Flaschenpost vom Mörder

Von

Ulrike Busch

Das Buch

Nach einer Partynacht im Sommer 1997 wurde die lebensfrohe Nina Asmus tot am Strand von Amrum gefunden. War es wirklich ein Unglück, wie die Ermittlungen des Vorgängers von Hauptkommissar Kuno Knudsen ergaben?
Zum zwanzigsten Jahrestag von Ninas Tod planen die damaligen Freunde eine Gedenkparty. Am Morgen dieses Tages findet ein Mitglied der Clique eine Flaschenpost am Strand, wie es scheint, ein Geständnis von Ninas Mörder. Und: Der Unbekannte kündigt an, weiter töten zu wollen.
Bei ihren Ermittlungen stoßen Kuno Knudsen und sein Kollege Arne Zander auf Erinnerungslücken, Mauern und Widersprüche. Plötzlich zeigt der Mörder, dass er es ernst meint.

Die Autorin

Drei Herzenswünsche hat die gute Fee der gebürtigen Ruhrpottpflanze Ulrike Busch erfüllt: Erstens, in Norddeutschland zu leben, und zweitens, als Autorin von Büchern tätig zu sein, die drittens an Nord- oder Ostsee spielen.
Seit 1986 wohnt die ehemalige selbstständige Texterin in Hamburg. „Dreimal hinfallen, und ich bin an meinen Sehnsuchtsorten: Amrum, Sylt, St. Peter-Ording, Travemünde, Niendorf, Timmendorfer Strand. Überall da, wo es viel Meer, Wind und Wetter und eine salzige Brise gibt."
Bereits ihr erster Krimi, der 2015 erschienene Bestseller „Der Pfauenfedernmord", etablierte sich als Longseller. Seitdem arbeitet die hauptberufliche Autorin ständig an neuen Bänden ihrer erfolgreichen Cosy-Krimi-Reihen „Ein Fall für die Kripo Wattenmeer", „Anders und Stern ermitteln" und „Ein Fall für Molly Bleck".

Ulrike Busch

Flaschenpost vom Mörder

Nordseekrimi

Umschlaggestaltung:
Jan Klaas Mahler
Mahler Kommunikationsdesign
www.mahler-design.de

Umschlagmotiv:
iStock #172879779
© urbancow

Herstellung und Verlag
BoD – Books on Demand, Norderstedt
Deutschland

ISBN: 978-3-75-264421-0

Vorwort

›Flaschenpost vom Mörder‹ ist der erste Band der Reihe ›Kripo Wattenmeer ermittelt‹, aber der dritte Band mit den Kommissaren Kuno Knudsen und Arne Zander.

Die ersten beiden Bände mit diesen Kommissaren, ›Der Pfauenfedernmord‹ und ›Jaspers letzter Flirt‹, sind 2015 und 2016 in der Reihe ›Ein Fall für die Kripo Wattenmeer‹ bei der Edition M erschienen.

Alle Bände können einzeln und unabhängig voneinander gelesen werden.

1

In gleichmäßigem Tempo joggte Frederik den breiten Strand von Nebel entlang. Die Nacht war sternenklar gewesen und so früh am Morgen fühlte die Luft sich an wie Eisgrieß in Zitronentee. Vor einer Stunde hatte die Flut den höchsten Stand erreicht. Die Wogen wurden sichtlich schwächer, mit jedem Wellenschlag zog der Flutsaum sich ein winziges Stück weiter zurück.

Unmöglich, nicht an Nina zu denken. Noch immer sah er sie vor sich, am Badestrand von Süddorf, an dem er sie gefunden hatte. Ausgerechnet er! Seitdem klebte ein Schatten an seinen Fersen, er verfolgte ihn in seinen Träumen und sprang ihn an, wenn er gerade mal wieder glaubte, ihn für immer verscheucht zu haben.

›Es ist nun mal geschehen‹, sagte er sich. ›Es war Schicksal. Guck nach vorn, denk nur noch an Gisa und dich!‹

Frederik verlangsamte seinen Schritt und suchte den nassen Sand nach Strandgut ab. Gisa war verrückt nach ausgefallenen Muscheln oder Steinen und nach bizarr geformtem Treibholz. Was er ihr von seinen Joggingtouren mitbrachte, verarbeitete sie zu Dekorationsartikeln, die sie in ihrem Kunstgewerbeladen im historischen Ortskern von Nebel verkaufte.

Da hinten, bei dem Schild, das die Grenze zwischen dem Textilbadestrand und dem FKK-Bereich markierte, glitzerte ein länglicher Gegenstand in der Sonne. Die auslaufenden Wellen rollten ihn sachte hin und her.

Frederik näherte sich seinem Fund. Noch im Laufen bückte er sich und fischte ihn aus dem Wasser: eine Flasche aus klarem Glas, verschlossen mit einem Korken.

Ein eingerollter Bogen Papier lag darin, zusammengehalten von einer Kordel, deren Enden zu einer Schleife gebunden waren.

Flaschenpost von Neptun!

Er schmunzelte. Wie oft hatte er sich als Kind gewünscht, einen Brief von einem Unbekannten zu erhalten, der auf so abenteuerliche Weise versandt worden war!

Frederik betrachtete die Flasche. Von welchem Kontinent das Schreiben wohl stammen mochte? Was war das für ein Mensch, der diese Nachricht auf den Weg gebracht hatte, und was hatte er dem Empfänger mitzuteilen?

Fast hätte seine Neugier gesiegt. Doch viel spannender würde es sein, das Geheimnis des Absenders gemeinsam mit Gisa zu lüften!

Auf einmal hatte er es eilig, nach Hause zu kommen. Er marschierte über den Bohlenweg, passierte den Strandübergang und rannte das letzte Stück zum Parkplatz, auf dem sein Fahrrad auf ihn wartete. Die Flasche fest in einer Hand, schwang er sich auf den Sattel und fuhr den Strunwai entlang, bog links in den Tanenwai ein, der ihn durch den Wald führte, dann rechts in den Noorderstrunwai.

Auf dem letzten Stück des Weges begegnete ihm Hauptkommissar Kuno Knudsen. Der Kripomann war mit seinem Dienstrad unterwegs.

Kuno hielt an, als Frederik auf ihn zu rollte, und deutete mit dem Kinn auf die Flasche. »So früh am Morgen schon ’ne Buddel unterm Arm?«, sagte er mit einem Augenzwinkern. »Wenn das man gut geht.«

Frederik hielt Kuno seinen Fund entgegen. »Der

Schnaps hat sich in Papier verwandelt, überzeug dich selbst.«

»Flaschenpost?«, fragte Kuno mit zusammengekniffenen Augen.

»Wie würdest du das sonst bezeichnen?«

»Erzähl mal bei Gelegenheit, was drinsteht«, rief der Kommissar Frederik zu und fuhr weiter.

**

In der Wohnküche läutete das Telefon. Gisa schlang sich das Handtuch um den Kopf, warf sich den Bademantel über und stieg die Stufen der schmalen hölzernen Wendeltreppe hinab.

Als sie unten ankam, klingelte es bereits zum sechsten Mal. In der Befürchtung, der Anrufer könnte gleich wieder auflegen, riss Gisa das Mobilteil aus der Ladestation. »Bleeker«, meldete sie sich.

»Moin, Gisa. Hier ist Eske. Stör ich gerade?«

Gisa zog eine nasse Haarsträhne durch die Finger und trocknete die Hand am Bademantel ab. »Jein. Ich habe verschlafen, komme gerade erst aus dem Bad und muss noch das Frühstück vorbereiten. Frederik wird in einer halben Stunde vom Joggen zurückkommen. Gibt's was Wichtiges?«

»Ich ruf an wegen heute Abend. Ninas Mutter hat beschlossen, doch nicht zu kommen. Sie bedankt sich für die Einladung, aber es wird ihr zu viel. Sie möchte den Abend lieber alleine verbringen.«

»Das verstehe ich«, sagte Gisa. »Würde mir an ihrer Stelle vermutlich genauso gehen.«

»Heute Mittag, wenn mein Laden geschlossen ist, wollen wir Blumen zu Ninas Grab bringen. Magst du uns begleiten?«

Gisa überlegte. Es war ihre Idee gewesen, Ninas zwanzigsten Todestag mit der gesamten Clique zu begehen, soweit die alten Freunde noch auf Amrum lebten. Frederik war nicht davon angetan gewesen, die tragische Geschichte wieder auszugraben. Doch am Ende hatte er eingewilligt. »Im Prinzip würde ich gerne mitkommen«, sagte Gisa, »aber das schaffe ich zeitlich nicht. Ich muss noch nach Wittdün, um für heute Abend einzukaufen. Du weißt ja, die frischen Sachen, Gemüse und Fisch.«

»Dass du dir so viel Arbeit machst«, sagte Eske. »Eigentlich sollte ich als Ninas beste Freundin ...«

»Du kümmerst dich schon genug um Ninas Mutter«, beruhigte Gisa sie. »Da kann ich dir auch mal was abnehmen. Wie geht es Tela überhaupt? Ich hab gehört, sie hat wieder Probleme mit dem Herzen.«

Eske seufzte. »Ja, du weißt ja, seit Ninas Tod will es nicht mehr so recht. Ich habe das Gefühl, Telas Lebenswille ist auf dem Nullpunkt angelangt. Gestern hat sie sogar gemeint, dass sie so eine Vorahnung hat ...«

»Ach was!«, sagte Gisa. »Sie ist doch noch gar nicht alt. Nicht alt genug zum Sterben. Mitte sechzig, wenn ich richtig gerechnet habe.«

»Es kommt nicht auf die Jahre an, Gisa, das weißt du doch. Tela hat eigentlich nur noch den Wunsch, bei ihrer Tochter zu sein. Gestern hat sie mir eine Seekiste anvertraut, die von ihrem eigenen Großvater stammt. Da ist Ninas Nachlass drin.«

»Ninas Nachlass?«

»Ja. Alle möglichen Dinge aus Ninas Leben. Briefe, Tagebücher, eine selbst genähte Stoffpuppe, ihre Lieblingsbücher, Schmuck. Die Kiste hat in Ninas Zimmer gestanden, seit sie ein kleines Kind war. Tela hat all die

Erinnerungsstücke an ihre Tochter dazugelegt. Ich habe ihr hoch und heilig versprochen, die Truhe mit allem, was darin ist, aufzubewahren, solange ich lebe.«

Gisa wurde neugierig. »Es geht mich ja nichts an, aber hast du schon mal da reingeguckt? Ich stelle mir das ein bisschen unheimlich vor. Eine Truhe voller Dinge, die einer längst verstorbenen Freundin gehörten – das ist ja, als wäre der Geist der Toten noch am Leben.«

Eske zögerte mit der Antwort. »Ich habe noch nicht hineingesehen. Vielleicht irgendwann einmal. Aber du hast recht: In manchen Augenblicken denke ich, gleich klappt der Deckel auf und Nina steigt aus der Truhe heraus.«

Die alte Standuhr in der Diele schlug zur vollen Stunde. Gisa zuckte zusammen. »Du, Eske, sei mir nicht böse, ich hab's jetzt wirklich eilig. Frederik wird bald vom Joggen zurück sein und nach dem Frühstück ... du weißt ja, die Vorbereitungen für heute Abend.«

***

Gisa stand im Garten und pflückte Wildblumen für den Frühstückstisch. Als Frederik auf das Grundstück radelte, erblickte sie sofort die Flasche in seiner Hand. »Was ist das denn?«

Frederik strahlte. »Na, was wohl?« Er ging ins Haus. Die Wohnküche des alten Friesenhauses mit den niedrigen Zimmerdecken und den kleinen Sprossenfenstern wirkte immer ein wenig düster. Doch mit Kerzenlicht und vielen bunten Accessoires erzielte Gisa dieselbe gemütliche Atmosphäre wie einst seine Großmutter, von der er das Haus geerbt hatte.

Er schob die leere Blumenvase zur Seite, die mitten auf dem Tisch auf die Wildblumen wartete, und postierte seinen Fund an die Stelle. »Schönen Gruß von Neptun.«

Gisa stellte sich lachend vor den Tisch und stemmte die Hände in die Hüften. »Was schreibt er denn?« Sie nahm die Flasche in die Hand und drehte sie. »Wo hast du die überhaupt her?«

»Direkt vom Strand, wie sich das für eine anständige Flaschenpost gehört. Willst du nicht wissen, was drinsteht?«

»Du hast die Flasche wirklich so gefunden, wie sie hier steht, mit dem Brief darin?«

Frederik nickte. »Aus einem Souvenirladen stammt sie nicht.«

Gisa stellte die Flasche wieder zurück. Sie schien sich noch nicht recht mit dem Gedanken anfreunden zu können, den Brief zu lesen. »Jetzt gibt's erst mal Frühstück.« Sie öffnete die Klappe des Backofens, klaubte die Rundstücke mithilfe einer langen Zange vom Kuchengitter und legte sie in den Brotkorb.

Frederik nahm die Kaffeekanne und schenkte die Tassen voll. Er setzte sich hin und musterte die Flasche wie ein seltenes Tier. »Was meinst du, woher die stammt?«

Auch Gisa nahm Platz. Sie griff zum Brotmesser und schnitt die Brötchen auf. »Aus den USA oder Kanada? Australien oder Südamerika?« Sie legte das Messer hin und ließ zwei Finger über die Flasche gleiten. »Das Glas fühlt sich nicht so an, als hätte es lange im Wasser gelegen.«

»Was meinst du denn«, fragte Frederik, »wie müsste Glas sich nach einer langen Reise durchs Meer anfühlen?«

Gisa biss in ihr Brötchen, das sie mit Butter und Himbeermarmelade bestrichen hatte, und kaute. »Weiß nicht«, sagte sie mit halb vollem Mund. »Rau, klebrig, mit Algen bewachsen. Es müsste grünlich schimmern.«

»Und wenn es durch die Wellen und das Salzwasser poliert wurde?«

»Kann natürlich auch sein.«

Frederik belegte sein Brötchen mit Schinken und zeigte mit der Aufschnittgabel auf die Flasche. »Wenn ich ehrlich sein soll, die Form kommt mir nicht sehr exotisch vor. Sieht aus wie jede x-beliebige Schnapsflasche, die man bei uns im Supermarkt kaufen kann.«

»Wie unromantisch! Lass uns weiter raten. Viel interessanter als die Flasche ist doch das, was drin ist.«

»Für Romantik bist du zuständig«, redete Frederik Gisa zu. Er hätte die Flasche nun zu gerne geöffnet. Aber seine Liebste mit ihrem Faible für alles Fantastische und Rätselhafte hatte sich in dieses Spiel hineingesteigert. Am Leuchten ihrer Augen konnte er das unschwer erkennen und er wollte ihr den Spaß nicht verderben. »Also, was glaubst du, wer hat die Flaschenpost ins Meer geworfen und was teilt er uns mit?«

Gisa stierte Frederiks Fund an wie eine Schlange, die es zu hypnotisieren galt. »Nein, du zuerst.«

Frederik seufzte. »Also, ich tippe, der Absender ist ein reicher alter Mann aus Übersee, der keine Erben hat und seine Farm und hundert Säcke voller Golddukaten demjenigen vermacht, der seine Post findet und sich gleich auf die Reise zu ihm begibt.«

Gisa schüttelte den Kopf. »Ich sehe einen Überlebenden aus dem versunkenen Rungholt. Er will uns mitteilen, dass es die Stadt noch gibt und wir nicht aufhören dürfen, danach zu suchen.«

Frederik tat, als würde er Gisas scherzhaft vorgebrachten Gedanken ernst nehmen. »Du glaubst also, dass die Bewohner von Rungholt seit der Sturmflut vor sechshundertfünfundfünfzig Jahren in den Tiefen des Wattenmeeres darauf warten, dass wir sie freischaufeln? Du meinst, dass sie uns dieses Lebenszeichen geschickt haben, weil sie mit ihrer Geduld am Ende sind?«

Gisa bibberte vor Aufregung. »Wäre doch ein spannender Gedanke. Ich würde mich freiwillig dafür melden, Rungholt auszubuddeln.«

Frederik schüttelte sich. »Aber bitte nur bei Ebbe!«

Plötzlich hatte er das Gefühl, dass jetzt der rechte Augenblick gekommen war, auf seine Zukunftspläne mit Gisa anzuspielen: Heiraten, vielleicht sogar ein Kind bekommen. Er lächelte verschmitzt. »Ich denke eher, der Absender ist der Nachkomme eines Fischers aus Nebel, der seiner Liebsten einen Heiratsantrag machen will.« Er nahm den Kaffeebecher in beide Hände und blickte Gisa fest in die Augen. Genüsslich beobachtete er, wie ihr Gesichtsausdruck sich von der Neugier, mit der sie sich auf die Flaschenpost konzentrierte, in Ungläubigkeit und schließlich in Freude verwandelte.

»Ist das dein Ernst?«

Frederik nickte.

Gisa sprang auf, beugte sich zu ihm hinab und fiel ihm um den Hals. »Und jetzt«, sagte sie, »lass uns die Flasche öffnen und nachsehen, welche Überraschung uns erwartet. Vielleicht ist es sogar eine Einladung zu einer Hochzeitsreise nach Südamerika!«

Frederik griff feierlich nach der Flasche und entkorkte sie. Er hielt sie kopfüber, sodass die Papierrolle durch den Flaschenhals rutschte. »Hier.« Er überreichte Gisa die Rolle. »Lies vor, was draufsteht.«

Vorsichtig zog Gisa die Kordel auf, rollte den Briefbogen auseinander und überflog den Text. Ihre Augen verfinsterten sich schlagartig.

Frederik bemerkte, dass ihre Hände zu zittern begannen. Er wurde unsicher. »Was steht denn drin?«

Gisa hielt ihm das Papier hin.

Frederik nahm es und starrte die computergeschriebenen Zeilen an. Die Buchstaben wankten nach rechts und nach links und wirbelten durcheinander. Es war, als würden sie vor seinen Augen tanzen.

22. Juli 1997
Ich habe gemordet.
Ich werde es wieder tun.

Frederik schmiss den Brief auf den Tisch, stierte ins Leere und sprach kein Wort.

»Verstehst du, was das soll?«, fragte Gisa.

Frederik schüttelte den Kopf. »Das ... Das ist irgendein Schwachsinn. Ein Verrückter, der uns Angst machen will. Nein, Quatsch, natürlich nicht uns, sondern dem zufälligen Finder dieses Briefs. Mit uns hat das nichts zu tun.«

»Bist du sicher? Guck doch mal auf das Datum. Das war heute vor zwanzig Jahren.«

Missgelaunt schob Frederik seinen Stuhl zurück, ging zum Fenster und blickte hinaus. Er stützte sich auf die Fensterbank und wippte auf den Zehenspitzen auf und ab. »Ich sagte doch gerade, das hat mit uns nichts zu tun. Das Datum ist ein Zufall. Der Absender konnte doch gar nicht wissen, wann die Flasche gefunden wird.«

»Aber wir haben heute den zweiundzwanzigsten Juli zweitausendsiebzehn und genau vor zwanzig Jahren ...«

Wütend warf Frederik sich herum. »Ich weiß, was heute vor zwanzig Jahren passiert ist«, brüllte er. Er griff nach dem Brief, rollte ihn zusammen und schob ihn in die Flasche zurück. »Ich bring die romantische Flaschenpost wieder dahin, wo ich sie gefunden hab. Oder noch besser: Ich geh zum Hafen und werfe sie so weit ins Wasser, wie ich kann. Soll ein anderer damit glücklich werden.«

Gisa ging auf Frederik zu, packte die Flasche und versuchte, sie seinen Händen zu entreißen. »Das tust du nicht! Ich gehe damit zur Polizei.«

»Zur Polizei?«, fragte Frederik ungläubig. »Was willst du denn da? Das ist doch lächerlich! Das hier ist nichts als ein Irrtum oder ein Scherz!«

»Merkwürdiger Scherz. Und Irrtum ausgeschlossen, behaupte ich. Dieses Schreiben ist kein Zufall. Wir beide haben unser ganzes Leben auf Amrum verbracht. Wie oft haben wir bisher eine Flaschenpost gefunden?«

Frederik hob abwehrend die Hände. Eine Antwort blieb er Gisa schuldig.

»Ninas Mutter hat nie daran geglaubt, dass der Tod ihrer Tochter ein Unglück war, wie der Gerichtsmediziner damals behauptet hat. Hier ...«, Gisa hob die Flasche hoch, die Frederik ihr resigniert überlassen hatte. »Hier drin liegt ein Geständnis. Von Ninas Mörder. Und er droht eine neue Tat an. Das müssen wir ernst nehmen.«

»Ernst nehmen!« Frederik schlug sich vor die Stirn und wandte sich wieder von Gisa ab.

Gisa lehnte sich gegen die Arbeitsplatte. Sie hielt die Flasche am ausgestreckten Arm in der Luft, als suchte sie den größtmöglichen Abstand dazu, und betrachtete sie. »Wer weiß, wen er als Nächstes auf dem Kieker hat? Wir müssen zur Kripo gehen. Vielleicht wird der Fall nun doch noch aufgeklärt und der Mörder wird gefasst.«

Frederik stieß sich von der Fensterbank ab, ging auf den Tisch zu und stützte sich mit beiden Händen auf eine Stuhllehne. Er spürte, dass das Blut aus seinem Gesicht gewichen war. »Nun halt mal die Luft an«, sagte er leise. »Grab mir bloß nicht die alten Sachen wieder aus. Du weißt, was damals für eine Missstimmung auf der Insel geherrscht hat. Wir können froh sein, dass Gras über die Sache gewachsen ist.«

Auf einmal wirkte Gisa so entschlossen, als läge die Verantwortung dafür, dass der Fall nochmals aufgerollt würde, in ihrer Hand. »Gras mag vielleicht über Ninas Grab gewachsen sein. Über das hier keinesfalls. Mord verjährt nicht, wie du weißt.«

»Mord!« Frederik machte eine verächtliche Handbewegung. »Mach, was du für richtig hältst. Die Konsequenzen trägst du. Ich muss jetzt jedenfalls zusehen, dass ich ins Büro komme.« Er lief die Treppe hinauf, duschte und zog sich an. In betonter Lässigkeit sprang er die Stufen wieder hinunter, küsste Gisa flüchtig auf den Mund und verließ das Haus.

Er beschloss, heute nicht durch den Ort zu dem alten reetgedeckten Haus im Ortskern von Nebel zu gehen, in dem seine Ferienhausvermietung lag. Lieber nahm er den Weg die Wattseite entlang. Er wollte jetzt keinem bekannten Gesicht begegnen.

Tief in Gedanken versunken folgte er dem Böle-Bon-ken-Wai bis zum Ende und schlug den schmalen, ausge-tretenen und teils von Gras überwucherten Pfad in Richtung Süden ein. Auf der Aussichtsplattform kurz vor dem Meeskwai stand eine Gruppe mit Ferngläsern bewaffneter Hobby-Ornithologen, die einem Vortrag lauschten. Sie beobachteten, wie die Seevögel sich hung-rig auf das trocken fallende Watt stürzten, um sich an Wattwürmern und Muscheln satt zu fressen.

»Das Büfett ist angerichtet!«, rief einer der Männer den Vögeln zu.

Den Blick gesenkt, marschierte Frederik an dem Steg vorbei, der über die sumpfige Wiese zu der Plattform führte. Zu seiner Rechten, auf dem Meeskwai, setzte sich eine Gruppe Wanderer in Bewegung, die sich vor dem ›Haus des Gastes‹ versammelt hatte.

Frederik beschleunigte seinen Schritt, um nicht in den Pulk zu geraten und womöglich noch in ein Gespräch verwickelt zu werden. Konzentriert achtete er auf den schmalen, unebenen Weg.

Die Nacht vom einundzwanzigsten auf den zweiund-zwanzigsten August neunzehnhundertsiebenundneunzig ging ihm durch den Kopf. Ninas Tod war für die ganze Clique ein Schock gewesen. Tagelang hatten sie in Un-gewissheit gelebt. Als das Ergebnis der rechtsmedizini-schen Untersuchung endlich bekannt wurde, hatten sie mit einer gewissen Erleichterung reagiert.

Die Obduktion hatte ergeben: Nina war ertrunken, aus unbekanntem Grund; eine Fremdeinwirkung war nicht erkennbar. Nina war alkoholisiert gewesen. Sicher-lich hatte dieser Umstand das Unglück mitverursacht.

Allerdings waren einige Fragen zu jener Nacht unge-
klärt geblieben und Frederik verstand, dass Gisa die Flaschenpost nicht als schlechten Scherz abtun mochte.

Aber wer sollte diesen Brief geschrieben haben? Und
wenn Gisa jetzt zur Polizei ginge ...

Was wäre, wenn die Polizei den Fall wiederaufneh-
men würde? Würde die Kripo nach so langer Zeit rekonstruieren können, was damals geschehen war? Wer
konnte sich denn heute noch in allen Einzelheiten an
den Verlauf der Party erinnern?

2

Schöner als an diesem Sommertag auf Amrum konnte es nicht einmal in der Karibik sein. Nina stand in ihrem Zimmer vor dem großen Spiegel. Für die Party hatte sie sich neue Shorts gekauft, die sie so sexy erscheinen ließen, dass wohl selbst Pamela Anderson bei ihrem Anblick neidisch geworden wäre. Der raffinierte Schnitt betonte ihren Apfelpo, als wäre er ein Push-BH fürs Hinterteil, und der senfgelbe, seidig schimmernde Stoff ließ ihre braun gebrannten Beine erscheinen, als hätte sie sich nicht am Strand von Amrum gesonnt, sondern an dem von Florida. Passend zu den Shorts trug sie ein Top mit Spaghettiträgern.

»Das Shirt malt deine Brüste so stark ab, da könntest du auch gleich nackt gehen«, sagte Eske in ihrer ehrlichen, spröden Art. Sie hockte auf der Bettkante und beäugte kritisch die Wandlung ihrer besten Freundin von der hübschen Modeverkäuferin zur heißen Partymaus.

»Wem das zu viel ist, der kann ja weggucken«, meinte Nina unbekümmert.

Eske stand auf, stellte sich neben sie und lachte. »Eins ist jedenfalls klar: Heute Abend machst du deinem Ruf als ›Miss Amrum‹ wieder alle Ehre.«

»Eine Miss muss Eindruck machen, sie muss aus der Rolle fallen«, erwiderte Nina und betrachtete sich selbstverliebt im Spiegel.

»Trotzdem. Ich denke, das ist eine Spur zu viel. Das kann nach hinten losgehen. Provozier es nicht!«

Nina lachte und drehte sich einmal um die eigene Achse. »Kann zu wenig zu viel sein?«

Eske gab es auf.

Nina wirbelte zu ihrem CD-Player, schaltete ihn ein und drehte die Lautstärke höher, als ihre Mutter es ertrug. Seit ihr Vater gestorben war, acht Jahre war das her, duldete Tela keine lauten Geräusche mehr in diesem Haus. Nina verstieg sich sogar gelegentlich dazu, zu behaupten, Tela habe das ganze Leben abgestellt.

»Nina, bitte dreh den Ton leiser!«, rief Tela von unten herauf. Ihre Stimme klang erschöpft.

Nina stieß einen Seufzer aus.

»Noch eine Stunde«, flüsterte Eske ihr zu, »dann ist die Party in vollem Gang.«

»Ich kann es kaum erwarten.« Nina drehte sich im Kreis und schnippte im Rhythmus der Musik mit den Fingern. »Endlich mal wieder richtig feiern. Auf niemanden Rücksicht nehmen müssen. Lebenslust tanken und mir alles erlauben, was seit Vaters Tod zum Ersticken verdammt ist.«

Das übermütige Klingeln einer Fahrradschelle drang durch das offene Fenster. Michael Weymer, der Juniorchef des Modeladens, in dem Nina beschäftigt war, stand am Gartenzaun.

Eske folgte Nina die Treppe hinab. Sie hatte nicht gewusst, dass Nina von Michi abgeholt würde.

»Tschüs, Mutti«, rief Nina im Vorbeigehen. »Bis morgen früh.«

»Pass auf dich auf«, rief Tela ihr hinterher, »und trink nicht zu viel.«

»Bin schon erwachsen!« Nina lief zum Gartenzaun, um Michi zu begrüßen.

Er stieß einen bewundernden Pfiff aus, als Nina sich vor ihm drehte und wendete wie ein Model, das Stücke aus der neuesten Kollektion vorführt. »Bist du soweit?«, fragte er.

Eske stand hinter Nina und meinte, dass man sie nicht übersehen könnte. Doch Michi beachtete sie nicht. Eske fühlte sich wie eine Statue aus Luft.

»Ich hol eben mein Rad«, sagte Nina.

Michi machte eine einladende Handbewegung. »Das brauchst du nicht. Setz dich bei mir auf den Gepäckträger. Ich nehm dich mit.«

Nina ließ sich nicht zweimal bitten. »Du kommst hinterher?«, rief sie Eske zu.

Eske nahm wortlos ihren Drahtesel, der am Gartenzaun lehnte, schob ihn auf die Straße und stieg auf.

Nina schwang sich seitlich auf den Gepäckträger von Michis Rad und umklammerte mit einem Arm den durchtrainierten Körper ihres Chefs. Als er losfuhr, lachte sie laut und streckte die Beine übermütig aus.

Bis zum Parkplatz am Strandübergang radelte Eske stumm hinter den beiden her.

Okko Knudsen und ein paar andere junge Männer standen vor der Strandhalle und reichten eine Packung Zigaretten herum. Aus dem Inneren des Gebäudes dröhnten Bässe. Der DJ aus Westerland, den die Veranstalter der Sommerparty engagiert hatten, war am Mittag mit der ›Adler-Express‹ von Hörnum nach Wittdün gefahren. Seit Stunden jonglierte er mit einem Techniker an der Anlage herum.

»Nicht schlecht, was?«, sagte Okko, als Michi, Nina und Eske zu der Gruppe stießen. Er deutete mit dem Kopf auf die offenstehende Tür.

Nina blickte gelangweilt an Okko vorbei.

Eske wusste, dass Nina für Kuno Knudsen schwärmte, den großen Bruder von Okko. Mit dem beliebten und nicht unattraktiven Polizeibeamten konnte Okko nicht mithalten. Auch sie selbst bedauerte, dass Kuno heute nicht mit dabei sein konnte. Er lebte seit einiger Zeit in Eutin und machte eine Ausbildung zum Kriminalkommissar. ›Wenn der wieder hier ist ...‹, hatte Nina ihr kürzlich gesagt. ›Auch ein Kerl wie Kuno Knudsen muss doch zu knacken sein!‹ Bisher hatte er Ninas Flirtversuchen konsequent widerstanden, was ihn für sie umso interessanter machte.

Die Musik verstummte. Ein metallisches Rauschen und Knistern ging durch die Lautsprecher. In die Geräusche hinein hörten sie den DJ ein paar Worte sagen. Es war das hölzerne Warmplaudern eines Mannes, der ganz unverkennbar lieber Musik machte, als Reden zu schwingen.

Okko warf seinen Zigarettenstummel auf den Boden und zertrat ihn mit der Fußspitze. »Kommt, wir entern den Saal. Gleich geht die Party los.«

Die Strandhalle war mit Girlanden und Luftballons geschmückt. In der hinteren Hälfte, in der zahlreiche Bistrotische standen, war das Licht gedämpft. Im vorderen Bereich, über der Tanzfläche, hingen Scheinwerfer, die mit ihrem blinkenden Neonlicht Disco-Atmosphäre erzeugten.

Die Leute aus Ninas Clique stürmten an die Bar, bestellten sich Getränke und stellten sich an die Stehtische. Zwei Mädchen aus Wittdün sprangen auf die Tanzfläche und wirbelten herum.

Für Nina gab es kein Halten mehr. Sie nippte ein paarmal gierig an ihrem Cocktail, stellte das Glas ab und zwinkerte Michi auffordernd zu. Beschwingt kreiselte sie an den Tischen vorbei, bis sie ebenfalls die Tanzfläche erreicht hatte. Michi folgte ihr, als hätte er Angst, dass ein anderer ihm zuvorkommen könnte, und bald tauchten die beiden in der Menge der swingenden und rockenden Partygäste unter.

Eske winkte eine Bekannte aus Nebel zu sich heran, von der sie wusste, dass sie ebenfalls lieber den anderen zusah, als sich selbst im Takt der Musik zu verrenken.

»Guck mal«, sagte die Frau und stupste Eske mit der Schulter an. »Frederik macht einen auf romantisch.«

»Genau wie Gunnar«, erwiderte Eske. »Muss wohl am Vollmond liegen.«

Schweigend beobachteten sie die tanzenden Paare.

Frederik schmiegte seine Wange mit schmachtendem Blick an die von Gisa. Er schien in eine andere Welt entschwebt zu sein. Auch Gunnar, Frederiks bester Kumpel, tanzte eng umschlungen mit seiner Svenja. Nina hing an Michis Hals, schielte aber unverhohlen zu den anderen Männern hinüber.

Plötzlich erschien Mareike, die Außenseiterin der Clique. Sie tanzte allein und robbte sich an die drei Paare heran.

»Merkt sie nicht, wie peinlich das ist?«, sagte Eske zu ihrer Bekannten.

Mareike schob einen Ellenbogen zwischen Frederik und Gisa. Ehe Frederik begriff, was los war, packte Gisa sie an der Schulter und schubste sie zurück. Mareike stolperte über den Fuß eines anderen Tänzers und fiel hin. Sie rappelte sich auf und wollte auf Gisa losgehen.

Doch Okko, der dem Treiben vom Rand der Tanz-fläche aus zugesehen hatte, ging dazwischen. Er hielt Mareike am Arm fest und redete beschwichtigend auf sie ein. Sie hörte ihm einen Moment lang zu, drehte sich ruckartig um, noch während er sprach, und verließ die Tanzfläche. Okko folgte ihr an einen Tisch in der hin-tersten Ecke und versuchte, mit ihr ins Gespräch zu kommen.

»Was hat Okko nur für einen Narren an Mareike gefressen?«, fragte Eske ihre Bekannte.

Die zuckte mit den Schultern. »Du weißt doch, irgendwann findet jeder Topf den passenden Deckel.«

Drei Stunden nach Beginn der Party zeigten die ers-ten Tänzer Konditionsschwäche. Die Luft in der Strandhalle war geschwängert von Schweiß und Alkohol und immer wieder gingen Gäste allein oder in Gruppen hinaus ins Freie.

Weit nach Mitternacht kehrten Frederik und Gunnar, die kurz zuvor mit einem Bier in der Hand nach draußen gegangen waren, in die Halle zurück. Frederik blickte in die erhitzten Gesichter, sprang auf das Podium, auf dem der DJ saß, und entriss ihm das Mik-rofon. »Es ist Vollmond!«, rief er in den Saal, »Neptun ruft. Lasst uns mit ihm gemeinsam schwofen. Kommt mit ins Meer!«

Die Tänzer klatschten und johlten wie nach dem Sieg der heimischen Mannschaft beim Endspiel einer Fuß-ballweltmeisterschaft. Der Großteil der Partygäste drängte hinaus und steuerte auf den Strand zu.

Auch Eske verließ die Strandhalle, doch sie war sich nicht sicher, ob es eine gute Idee war, schwimmen zu gehen. Niemand hatte Handtücher dabei. Würden sie sich nicht eine Erkältung holen, wenn sie aus dem kühlen Wasser stiegen und sich, nass wie sie waren, ihre Jeans und die verschwitzten T-Shirts anzogen?

Draußen war es stockduster. Die Luft roch intensiv nach Meer, doch vom Rand der Dünenkette aus war die See kaum zu erahnen. Mehr als fünfhundert Meter breit war der Strand an dieser Stelle und lang war er von hier bis zum Ende der Welt. Erst als sie sich dem Flutsaum näherten, sahen sie, wie die gewaltige Wassermasse, die das matte Mondlicht schluckte, in flachen, kraftvollen Wellen schaukelte.

»Wie eine riesige Badewanne«, rief Gunnar in das rhythmische Rauschen des Meeres hinein.

Hastig entblößte er sich, ließ seine Kleidung achtlos am Strand liegen und stürzte sich mit lautem Gebrüll in das kalte Wasser. Er keuchte und ruderte mit den Armen. »Kommt rein, ihr Feiglinge!«, rief er denen zu, die zögerlich am Flutsaum standen.

Wie auf Kommando schlüpften die Männer aus ihren Schuhen und den Jeans, warfen die T-Shirts ab und sprangen ebenfalls unter Freudengeheul in die See. Manche hechteten kopfüber hinein und tauchten wie Delfine einige Meter weiter wieder auf. Sie kabbelten sich im Spaß und tauchten sich gegenseitig unter.

Die Frauen suchten Schutz hinter den Strandkörben, legten ihre Kleider dort ab und liefen bibbernd zum Wasser. Vorsichtig tauchten sie erst die Zehenspitzen hinein, dann die Füße, liefen weiter, bis sie knietief im Wasser standen, und bespritzen ihre Körper. Die meisten blieben im seichten Wasser stehen.

Nur Nina, die Wilde, konnte es nicht erwarten und Mareike stürmte gleich hinterher. Typisch! Wann konnte

Mareike ihrer Konkurrentin mal die Bühne überlassen?

Nina kraulte ein paar Meter, dann tauchte sie unter. Irritiert warteten die anderen Frauen darauf, dass sie wieder auftauchte. Als Nina immer noch nicht zu sehen war, ließen auch die Männer voneinander ab. Sie traten im Wasser auf der Stelle und je länger Nina verschwunden blieb, desto unruhiger wurden sie.

Mit einem Mal tauchte Nina hinter ihnen auf. Sie schüttelte das Wasser aus ihren Haaren wie ein Hund und lachte übermütig.

Eske fiel ein Stein vom Herzen. Die Arme ängstlich vor der Brust verschränkt, stand sie mit nackten Beinen, nur mit Slip und T-Shirt bekleidet, am Flutsaum. Sie fror, und sie war nicht die Einzige. Die ersten Frauen kehrten aus dem Wasser zurück. Prustend und keuchend liefen sie zu den Strandkörben, schlugen mit den Händen das Wasser vom Körper, so gut es ging, und fluchten, weil sie nichts dabeihatten, womit sie sich abtrocknen konnten. Mit klappernden Zähnen zogen sie sich an und eilten in die Strandhalle.

Eske blickte übers Meer, bevor sie sich den anderen Frauen anschloss. Sie konnte Nina in der Dunkelheit nicht sehen, doch das ausgelassene Lachen ihrer Freundin hallte bis zu ihr hinüber.

»Nina, ich geh schon mal in die Strandhalle zurück!«, rief sie laut, ohne zu wissen, ob die wilde Wasserratte sie da hinten hören konnte.

Im nächsten Augenblick ärgerte sie sich über sich selbst. Warum gab sie Nina überhaupt Bescheid, wohin sie ging? Nina hatte sie doch auch einfach links liegenlassen, als Michi plötzlich vor der Tür stand. Und in der Strandhalle hatte sie sich sofort auf die Tanzfläche gestürzt und sie als ihre beste Freundin den ganzen Abend über nicht beachtet.

Verbissen stapfte Eske den Strand hinauf. Auf halbem Weg zwischen Flutsaum und Dünenkette fiel ihr auf einmal ein: Es war ablaufendes Wasser. Das Meer zog die Badenden hinaus. Schnell lief sie wieder zur Wasserkante. Sie formte die Hände behelfsweise zum Megafon und holte tief Luft. »Ablaufendes Wasser! Passt auf, dass das Meer euch nicht holt!«

Sie hörte einige Männerstimmen, dann ein Quieken. War das Nina? Erneut legte sie die Hände trichterförmig an den Mund und wiederholte ihren Warnruf.

»Wir kommen gleich!«, rief jemand zurück und winkte ihr zu.

Etliche Köpfe und kraulende Arme näherten sich dem Strand. Beruhigt drehte Eske sich um und machte sich erneut auf den Weg zur Strandhalle. Wenn eine Horde nackter, angeheiterter Männer dem Meer entstieg, musste sie nicht dabei sein. Und Nina ... Nina war alt genug. Sie musste sie nicht beaufsichtigen und beschützen wie ein kleines Kind.

An der Bar bestellte Eske sich einen Tee mit Zitrone. Sie stellte sich zu einer Gruppe von Frauen, die zwei Bistrotische zusammengeschoben hatten, und führte Gespräche über Themen, die sie nicht interessierten.

Während die ersten Besucher die Party verließen, kehrte der harte Kern der Schwimmer vom Strand zurück. Besorgt blickte Eske auf die Uhr. Wo blieb Nina? Sie wandte sich an Frederik, der auf die Bar zusteuerte und sich einen Whisky bestellte.

»Wo habt ihr Nina gelassen?«

Frederik blickte wie abwesend zum Barkeeper, die Arme auf den Tresen gestützt.

Eske stellte sich neben ihn und stieß ihn mit dem Ellenbogen an. »Wo ist Nina?«

Langsam wendete Frederik ihr das Gesicht zu. »Nina?«

Eske wurde panisch. Sie packte Frederik am Arm. »Sag bloß, sie ist noch im Wasser?«

Frederik entzog sich ihr, blies die Backen auf und stieß die Luft aus. Langsam schüttelte er den Kopf. Der Barkeeper stellte das Glas vor ihm auf den Tresen und nannte ihm den Preis. Frederik fingerte sein Portemonnaie aus der Hosentasche und legte einen Geldschein hin. »Weiß nicht«, sagte er endlich. Er schwankte leicht und zog einen Barhocker zu sich heran.

War Nina etwa nach Hause gefahren, ohne sich zu verabschieden? Eske wurde wütend. Sie beschloss, noch fünf oder zehn Minuten zu warten. Wo war eigentlich Michi? Sie drehte sich um und suchte die Strandhalle ab. Der DJ hatte Musik aufgelegt, zu der man bestenfalls noch einen Blues tanzen konnte. Die Tanzfläche war so gut wie leer, nur ein paar Mädels hingen sich in den Armen und wiegten sich zu dem einschläfernden Takt.

Gunnar hatte sich zu Frederik gesetzt. Die beiden Männer hatten die Köpfe zusammengesteckt. Gisa und Svenja standen ein Stück vom Tresen entfernt mit anderen Frauen zusammen. Eske ging auf sie zu. »Habt ihr Nina gesehen?«

Gisa blies sich eine Haarsträhne von der Stirn. Svenja wandte Eske schnippisch die Schulter zu. »Die wird sich mit irgendjemandem in die Dünen verkrochen haben«, antwortete sie und setzte ihr Gespräch mit Gisa fort.

»Danke für eure große Hilfe.« Pikiert wandte Eske sich um und marschierte hinaus. Am Ausgang wäre sie fast mit Mareike zusammengeprallt, die gerade den Toilettenraum verließ. »Hast du Nina gesehen?«

Mareike hielt sich am Türrahmen fest und guckte Eske lange an. Schließlich ließ sie die Türzarge los und torkelte zur Tanzfläche.

Eske trat hinaus. Sie verließ den Lichtkegel, den die Laternen vor der Strandhalle warfen, und ging ein Stück weit zum Strand hinab. Der Mond erhellte den Sand, doch das Licht reichte nicht, um auf der breiten Fläche bis zum Meer einen Menschen ausfindig machen zu können.

Angst überkam Eske. Sollte sie in dieser riesigen Sandwüste, in der sie von der Dunkelheit und Grenzenlosigkeit verschluckt zu werden drohte, ganz allein nach Nina fahnden? Sie kehrte in die Strandhalle zurück und ging noch einmal auf Gisa und Svenja zu. »Nina ist noch immer nicht aufgetaucht. Bitte helft ihr mir, sie zu suchen, wenn eure Männer schon nicht mehr dazu in der Lage sind.«

»Steht ihr Fahrrad denn noch hier?«, fragte Gisa. »Guck doch erst mal nach, bevor du die Pferde scheu machst. Vielleicht ist sie schon nach Hause geradelt.«

Eske verließ die Strandhalle – zum wievielten Mal an diesem Abend? Sie lief zum Parkplatz, auf dem sie ihre Fahrräder an Bügeln angeschlossen hatten. Auf dem Weg dorthin fiel ihr ein, dass Michi für Nina Zweiradtaxi gespielt hatte. Welches der Räder, die hier standen, war das von Michael Weymer?

Eske rannte wieder zu den anderen zurück und ließ ihren Blick nochmals über die Köpfe schweifen. Michi war offenbar tatsächlich nicht mehr hier. Erleichtert atmete sie auf und ging wieder hinaus. Sicher hatte er Nina wieder mit nach Nebel genommen. Ihr Herz raste. Sie hielt sich die Hand auf die Brust und setzte sich auf eine Bank, die vor der Strandhalle stand. Sobald der Herzschlag sich beruhigt hatte, würde sie nach Hause fahren.

Bei Nina würde sie heute Nacht nicht mehr anklingeln können und auch ein Anruf war um diese Uhrzeit nicht mehr möglich. Aber morgen, in aller Frühe, würde sie nachhören, wie es Nina ging.

Müde stieg sie auf ihr Rad. Vor ihrem Elternhaus in Nebel angekommen, das direkt neben dem lag, in dem Tela und Nina wohnten, blickte sie zu Ninas Fenster hinauf. Es brannte kein Licht. Leise rief sie Ninas Namen, doch es rührte sich nichts.

Sie schloss ihre Haustür auf und schlich sich in ihr Zimmer. Nach einer kurzen Nacht, die sie in einer einzigen Tiefschlafphase verbracht zu haben glaubte, wachte sie auf. Sofort pochte ihr Herz wieder wie verrückt. Sie musste Nina anrufen!

Eilig lief sie hinunter ins Wohnzimmer, griff nach dem Telefonhörer und tippte Ninas Nummer ein. Tela meldete sich. Sie hörte sich an, als wäre sie schwer krank.

»Ist Nina schon wach?«, fragte Eske.

Zuerst brachte Tela kein Wort heraus. Endlich sagte sie mit schlaffer Stimme: »Nina ist nicht nach Hause gekommen.«

Das Blut rauschte in Eskes Kopf und ihre Knie wurden weich. »Ich komme gleich zu dir rüber«, hauchte sie in den Hörer.

Sie schlüpfte in ihren Bademantel, rannte durch den Vorgarten und klopfte gegen Telas Tür.

Tela hatte schwarze Ringe unter den Augen. Wortlos bat sie Eske herein. Im Wohnzimmer sank sie völlig ermattet auf einen Stuhl. »Wo kann sie sein? Ist sie ... doch nicht bei diesem Michi? Doch nicht, ohne mir eine Nachricht zu hinterlassen?«

Auch Eske konnte sich nicht vorstellen, dass Nina bei ihrem Chef übernachtet hatte. Doch das war die einzige Erklärung für Ninas Verschwinden, die ihr plausibel erschien. »Ich ruf bei ihm an«, sagte sie spontan. »Wo ist dein Telefonbuch?«

Tela zeigte auf ein Regal neben dem TV-Schrank.

Eske blätterte das Teilnehmerverzeichnis auf, suchte Michis Telefonnummer heraus und warte ungeduldig darauf, dass der Anruf entgegengenommen wurde. Michi meldete sich mit verschlafener Stimme.

»Eske hier. Sag mal, ist Nina bei dir?«

»Nina?« Michi schien nicht zu begreifen, warum sie ihm diese Frage stellte.

»Wo ist sie?«

»Woher soll ich das wissen? Ich hab sie seit gestern Abend nicht mehr gesehen.«

»Du warst doch auch im Wasser?«, bohrte Eske nach und registrierte, wie Telas Gesichtszüge entgleisten.

»Klar, wie die anderen auch.«

»Wohin ist Nina, als sie aus dem Wasser gestiegen ist?«

Michi schien in der Küche zu hantieren. Im Hintergrund klapperte Geschirr und kochendes Wasser sprudelte. »Keine Ahnung«, sagte er nach endlos lang erscheinenden Sekunden. »Auf jeden Fall war sie, soweit ich mitbekommen habe, nicht mehr in der Strandhalle.«

»Sie ist aber doch mit dir hingefahren.«

Michi wurde ungeduldig. »Hin ja, aber nicht zurück. Hör zu, ich weiß wirklich nicht, wo sie ist.«

»Danke«, hauchte Eske und legte auf. »Wir müssen sie suchen«, sagte sie zu Tela.

»Die Polizei«, erwiderte Tela leise. »Ruf die Polizei.«

Das war nicht mehr nötig. Kaum hatte Eske aufgelegt, rief ein Polizist der Amrumer Wache bei Tela an und kündigte seinen Besuch an. Er würde sich sofort auf den Weg zu ihr machen.

Tela blickte Eske flehentlich an und krallte sich an ihrem Arm fest. »Bleib bei mir.«

Eske war klar, dass Tela wusste, was der Polizist ihr mitteilen würde. Sie selbst versuchte, die Gewissheit von sich fortzuschieben, solange die Nachricht noch nicht ausgesprochen war. Noch nie in ihrem Leben hatte sie eine so eiskalte Ruhe verspürt wie die, die sich in diesem Augenblick in Telas Haus ausbreitete.

Wenige Minuten später stand der Überbringer der schicksalhaften Nachricht vor der Haustür. Eske öffnete ihm, Tela war dazu nicht mehr fähig. Der Wachtmeister stierte Eske an, die regungslos vor ihm verharrte. Er nahm seine Mütze in beide Hände und drehte sie, als würde er dafür bezahlt. »Darf ich reinkommen?« Er räusperte sich.

Eske geleitete ihn ins Wohnzimmer.

»Es tut mir leid«, sagte er kaum hörbar. »Es tut mir so furchtbar leid.«

Auf einmal wusste Eske, dass sie jetzt keine Emotionen aufkommen lassen durfte. Sie musste funktionieren, Tela zuliebe. Sonst würde Ninas Mutter diese Situation nicht überstehen. »Wo habt ihr sie gefunden?«, fragte sie.

»Am Strand, bei Süddorf. Das Meer hat sie dorthin getrieben. Sie lag da, als Frederik heute Morgen am Flutsaum entlang joggte.«

Niemand sprach. Die Stille im Raum war unerträglich.

»Sie hat ganz friedlich da gelegen«, sagte der Polizist. »Wie eine schlafende Meerjungfrau.«

3

Kuno Knudsen stand auf dem Dachboden seines Hauses und verzweifelte. Es sah aus, als hätten Generationen von Vorbesitzern all den Krempel hier oben deponiert, den sie nicht mehr benötigten, der ihnen aber zu schade für den Müll war. Bisher hatte Kuno diesen Raum nicht benötigt. Daher hatte er das Entsorgen des verstaubten Sammelsuriums aus Truhen, Kisten und Kartons, einem Kleiderschrank, Regalen, Gartengeräten und leeren Blumentöpfen vor sich hergeschoben, seit er das Haus von einem ehemaligen Kapitän auf Großer Fahrt übernommen hatte. Familiäre Umstände zwangen ihn nun dazu, endlich mit der Entrümpelung zu beginnen.

Sollte er sich von einer Ecke zur anderen vorarbeiten? Oder nach der Größe der Dinge vorgehen? Zuerst das aussortieren, was sich zusammenknüllen und in die Mülltonne stopfen ließ, anschließend die Gegenstände nach unten bringen, die zum Recyclinghof mussten? Oder besser erst mal die Nachbarn fragen, ob sie etwas davon brauchen konnten?

Das Klingeln des Telefons erlöste ihn aus seinen Überlegungen. Vorsichtig stieg Kuno die steile Treppe hinab. Natürlich hatte der Anrufer gerade aufgelegt, als er das Wohnzimmer erreichte. Doch dank moderner Technik hatte der Hauptkommissar schnell herausgefunden, wer an ihn gedacht hatte: Arne Zander, sein Sylter Kollege, der gemeinsam mit ihm das Kernteam der Kripo Wattenmeer bildete.

Froh darüber, die Entrümpelungsaktion noch ein wenig hinausschieben zu können, ließ Kuno sich in den

Sessel fallen, der am Fenster zum Waasterstigh stand, drückte die Rückruftaste und blickte in den Vorgarten. Den Rasen würde er heute auch noch mähen müssen, vielleicht am Nachmittag. Oder doch lieber morgen?

»Hi, Kuno, auch schon wach?«, flachste Arne. »Sag bloß, ich hab dich aus dem Bett geholt.«

»Von wegen! Ich übe mich gerade als Held. Seit Jahren schiebe ich die Entrümpelung des Dachbodens vor mir her. Heute will ich da endlich mal ran.«

»Gibt's einen besonderen Grund dafür? Willst du dein Domizil verkaufen oder haben sich etwa Ratten da oben eingeschlichen?«

»Ratten?« Kuno zog einen Hocker unter dem Sessel hervor und legte seine Füße darauf. »Viel schlimmer. Mein Bruder kehrt nach Amrum zurück und er will bei mir leben, bis er eine eigene Wohnung gefunden hat.«

»Du hast einen Bruder? Davon wusste ich ja gar nichts.«

»Ich hatte ihn auch total verdrängt und ich wäre nicht böse gewesen, wenn er sich selbst nicht mehr daran erinnert hätte, dass er noch einen Verwandten auf Amrum hat.« Kuno biss die Zähne zusammen. Der Gedanke an Okko nervte ihn. Wie lange hatten sie keinen Kontakt mehr gehabt! Er würde einen Mann unter seinem Dach beherbergen, der ihm fremder war als jeder Unbekannte.

Arne schlürfte so laut, dass es Kuno in den Ohren schmerzte. »Kaffee oder Tee?«, fragte Kuno.

»Wie?«

»Was schlürfst du gerade? Anders gefragt: Haben deine Eltern dir nicht beigebracht, wie ein Erwachsener trinkt?«

»Komm, Kuno, lass deine schlechte Laune nicht an mir aus. Erzähl von deinem Bruder. Warum hast du ihn mir bisher verschwiegen? Wo hat er all die Jahre gelebt, was macht er beruflich und warum kommt er jetzt nach Amrum zurück?«

»Du bist aber ganz schön neugierig.«

»Das ist mein Beruf, schon vergessen? Also, erzähl!«

»Immer der Reihe nach, Herr Kommissar.« Jetzt hatte auch Kuno Teedurst bekommen. Er nahm die Füße vom Hocker, ging in die Küche und setzte Wasser auf, was sich mit nur einer Hand als umständlich erwies. »Okko lebt seit vielen Jahren in Süderbrarup.«

»Im Kreis Schleswig-Flensburg.«

»Richtig.« Kuno öffnete die Teedose, nahm einen Löffel und füllte Sencha mit Ingwerstückchen und Zitronengras in den Filtereinsatz der Kanne. »Du kennst dich in der Gegend ja aus. Deine alte Heimat.«

»Wie kommt er von Amrum nach Süderbrarup?«

»Mit der Fähre von Wittdün nach Dagebüll, weiter mit dem Auto oder dem Bimmelbähnchen«, sagte Kuno trocken.

»Ich meinte, wie ist dein Bruder auf die Idee gekommen ...«

»Ich weiß, was du meinst.« Das Teewasser brodelte. Kuno nahm den Kocher, goss das Wasser in den Filtereinsatz und stellte die Eieruhr auf zweieinhalb Minuten. Mit einer Pobacke setzte er sich auf den Tisch, ließ ein Bein baumeln und wartete darauf, dass die Zeit ablief. »Er hat sich vor urlanger Zeit in ein Mädel verliebt, das aus Süderbrarup stammte. So eine mit Latzhosen und ohne Schminke. Die hat damals in Norddorf ein Praktikum bei einem Landwirt absolviert. Als sie wieder nach

Hause ging, hat sie Okko mitgenommen. Niemand auf der Insel hat ihr das verübelt.«

»Und jetzt ist Schluss zwischen Okko und der Dame?«

Kuno rutschte vom Tisch, stellte sich ans Fenster und seufzte. »Ich glaube, mit der ist schon länger Schluss. Würde mich jedenfalls schwer wundern, wenn ein und dieselbe Frau es all die Jahre über mit ihm ausgehalten hätte.« Er kniff die Augen zusammen und zog den Kopf ein. Draußen, wo der Noorderstrunwai in den Waasterstigh mündete, wäre es beinahe zum Zusammenprall eines unachtsamen Radfahrers, der links in Kunos Straße einbiegen wollte, mit einem Auto gekommen. Die Straßenecke mit den Bäumen und hohen Hecken auf den Grundstücken war einfach zu unübersichtlich.

»Du scheinst richtig große Stücke auf deinen Bruder zu halten.«

Die Eieruhr klingelte. Kuno nahm den Filtereinsatz aus der Kanne, stellte ihn in die Spüle und schenkte sich einen Tee ein. Vorsichtig balancierte er den randvollen Becher ins Wohnzimmer und machte es sich wieder in seinem Sessel bequem. »Er war ein fauler Hund, schon immer«, sagte Kuno barsch. »Hatte immer Träume und Flausen im Kopf, hat aber nichts erreicht.«

»Wie hat er sich bisher durchgeschlagen?«

»Erst wollte er Rennfahrer werden, Formel 1. Da kam ihm aber ein kleines Alkoholproblem dazwischen und er war seinen Führerschein für ein Jahr los. Berufswunsch Nummer zwei war Heilpraktiker. Er ist zweimal durch die Prüfung gefallen, eine dritte Chance gab es nicht. War bestimmt auch besser so. Am Ende hat er sich für das entschieden, was er eine diversifizierte Karriere nennt.«

»Diversifizierte Karriere? Was ist das denn?«

»Ein besserer Ausdruck für ›Ich kann nix und ich will nix, nur ein paar müde Mark verdienen‹. Er jobbt mal hier, mal dort und grundsätzlich immer nur da, wo es Geld gibt, ohne dass er sich überanstrengen muss.«

»Spannend. Und diese Karriere will er jetzt auf Amrum fortsetzen?«

»Jo. Zum Monatsende muss er aus seiner Wohnung in Süderbrarup raus. Einen Job hat er gerade nicht, eine längerfristige Lebensabschnittsgefährtin offenbar auch nicht und weder das eine noch das andere ist in neuer Ausführung in Sicht. Also hat er sich an seinen Bruder auf Amrum erinnert.«

»Da stehen dir ja lustige Zeiten bevor.«

»Das kannst du wohl laut sagen. Und damit ich mein Bett nicht mit ihm teilen muss, mache ich an diesem Wochenende den Dachboden frei. Da oben kann Okko dann schnarchen, solange und so laut er will. Aber genug davon. Jetzt erzähl du mal, warum rufst du an? Doch nicht, um dir meinen Frust über die anstehende Entrümpelung anzuhören oder dich teilnahmsvoll nach meinem Bruder zu erkundigen?«

Arne räusperte sich. »Natürlich wollte ich mich mal erkundigen, wie es meinem Kollegen auf Amrum geht. Aber ich ruf auch aus beruflichen Gründen an. Was ich dich fragen wollte: Hast du den Artikel von Friedrich Fliegenfischer gelesen, der heute in der Inselzeitung steht?«

Im Bruchteil einer Sekunde schnellte Kunos Blutdruck hoch. »Du meinst die alte Geschichte mit Nina

Asmus? Komm mir bloß nicht damit!« Unwillkürlich griff er nach der Zeitung, die auf dem Couchtisch neben seinem Sessel lag, und schlug die Seite mit dem Bericht auf. »Der Friedrich soll froh sein, dass er bei der Sache mit unserem Jasper Erikson letztes Jahr mit anderthalb blauen Augen davongekommen ist. Was er sich da geleistet hat, hätte ihn auch glatt ins Kittchen bringen können.«

Mit der Abfuhr gab Arne sich offenbar nicht zufrieden. »So ganz Unrecht scheint euer Inselreporter mir aber nicht zu haben, wenn er meint, dass der Fall Nina Asmus damals nicht korrekt recherchiert worden ist. Wenn man dem, was er rausgefunden hat, Glauben schenken darf, hat dein Kollege, der zu dem Zeitpunkt das Kommissariat auf Amrum geleitet hat, die Ermittlungen ziemlich luschig geführt. Speziell geht es um den Rechtsmediziner, der den Obduktionsbericht erstellt hat. Es heißt, er könnte den Bericht fingiert haben und dein Kollege hätte alle Zweifel an sich abprallen lassen. Wie siehst du denn die Sache?«

Kuno überlegte, was er darauf erwidern sollte. Wenn er ehrlich sein wollte, konnte er Arnes Vorbehalte nicht ganz zurückweisen. Das Gerede über die mutmaßliche familiäre Verstrickung des Gerichtsmediziners in den Fall hatte auch er damals am Rande mitbekommen. Aber das würde sich heute kaum mehr nachprüfen lassen, sofern die Akten überhaupt noch existierten. Schließlich lag das Unglück zwanzig Jahre zurück und hatte, soweit er wusste, als abgeschlossen gegolten. Er selbst hatte die Sache allerdings nur aus der Ferne verfolgt. Auf jeden Fall fühlte er sich veranlasst, seinen Kollegen Hauptkommissar, der die Untersuchungen damals geleitet hatte und der einige Jahre später im Dienst einem Herzinfarkt erlegen war, Arne gegenüber zu verteidigen.

»Es gab seinerzeit einfach keinen Anhaltspunkt dafür, dass Nina Asmus gewaltsam ums Leben gekommen wäre. Es lagen Fakten vor, die zu der Erkenntnis geführt haben, dass es ein Unglück war. Nina hatte mit niemandem Streit, es war ein fröhlicher Abend. Sie hat ausgelassen gefeiert, war alkoholisiert und hat sich ziemlich leichtsinnig verhalten. Geh du mal besoffen ins Meer. Nein, um Himmels willen, lass es lieber bleiben.« Bei Arne konnte man nie sicher sein, ob er nicht auf die Idee käme, die Situation live nachzustellen.

»Die anderen waren nicht weniger besoffen und genauso leichtsinnig, aber denen ist nichts passiert.«

»Na gut, einen trifft es dann eben mal. So was nennt man Schicksal. Kennt man doch aus der Zeitung. Tausend junge Leute fahren frühmorgens nach der Disco übernächtigt, alkoholisiert und mit völlig überhöhtem Tempo über die Landstraßen nach Hause. Neunhundertneunundneunzig kommen heil an und einer fährt sich tot.« Kuno schleuderte die Zeitung auf den Tisch zurück.

»Du würdest also nicht unbedingt einen Anlass sehen, den Fall wiederaufzunehmen?« Arnes Stimme klang so, als hätte er seinerseits bereits eine andere Entscheidung getroffen.

»Wenn du in der Hoffnung angerufen hast, dass ich dich postwendend nach Amrum beordere, damit wir auf Mörderjagd gehen, muss ich dich enttäuschen. Glaubst du etwa, nach so vielen Jahren findest du was anderes raus als unser Kollege anno neunzehnhundertsiebenundneunzig?«

Offensichtlich hatte Arne heute seinen hartnäckigen Tag. »Wenn du den Artikel liest, kommt es dir nicht auch ein bisschen zu glatt vor, wie schnell damals eine Erklärung für die Todesumstände hervorgezaubert wurde? Ich meine, so wie der Fliegenfischer schreibt, haben unsere werten Kollegen doch erst gar nicht in Betracht gezogen, dass Nina Asmus durch etwas anderes ums Leben gekommen sein könnte als durch ein stinknormales Unglück. Gerade jetzt, wo sich der Todestag zum zwanzigsten Mal jährt und sich bestimmt viele Leute wieder verstärkt an die Ereignisse erinnern, wäre es doch eine gute Gelegenheit ...«

Kuno massierte sich die Stirn. »Arne, solange sich keine handfesten neuen Erkenntnisse ergeben, lass die alten Sachen ruhen. Wir können hier nicht jeden Grabstein umdrehen und gucken, ob eine Pistolenkugel darunter liegt, die vor hundert Jahren übersehen wurde.«

Arne zitierte ein paar Sätze aus dem Artikel.

Kuno griff wieder nach der Zeitung. Seine Blicke folgten den Zeilen, die Arne vorlas. »Okay, ich denk noch mal drüber nach«, sagte er, als Arne zu sprechen aufhörte. Er hoffte, seinen Kollegen mit diesen Worten endlich zum Schweigen zu bringen. Übermorgen, wenn die neue Woche begann und Arne auf Sylt genug Arbeit auf den Tisch flatterte, würden Fliegenfischers Artikel und der Tod von Nina Asmus vergessen sein. Kuno blickte auf die Uhr. »Jetzt lass mich mal weitermachen. Ich muss wirklich den Dachboden räumen und auf den Friedhof will ich auch noch.«

»Was willst du denn da?«

»Zum Grab meiner Eltern gehen. Heute ist der Todestag meines Vaters.«

»Er ist am gleichen Tag gestorben wie Nina Asmus?«

»Gleicher Tag, etliche Jahre später als sie.« Wieder einmal wurde Kuno bewusst, wie ungerecht das Leben manchmal war.

»Dann guck doch bei der Gelegenheit auch mal bei Nina Asmus vorbei.«

»Jo, mach ich.« Kuno fragte sich, was er an Ninas Grab sollte. Er hatte sie ja kaum gekannt. »Tschüs denn auch.«

»Jo, tschüs. Ach, Kuno?«

Der Hauptkommissar atmete tief ein. »Ja-haa.«

»Was hast du gesagt, wann ist dein Bruder von Amrum weggegangen?«

»Soweit ich mich erinnere, habe ich nichts dazu gesagt. Aber wo du jetzt so interessiert danach fragst: Es war vor fünfzehn, sechzehn Jahren.«

»Wie alt war er da?«

»Arne, mein Bruder war Mitte zwanzig.« Kuno stand auf und sah aus dem Fenster. Diesmal waren es zwei junge Rollerskater, die fast als Kühlerfiguren auf einem Ford Mondeo mit Gelsenkirchener Kennzeichen gelandet wären.

»Und er hat in Nebel gewohnt?«

Kuno trommelte mit den Fingern auf die Fensterbank aus weiß lackiertem Holz. »Du nervst, mein Freund. Ja, hat er. Wie unsere ganze Familie seit siebzehnhundertdreiundneunzig.«

»Hat er etwa auch zu der Clique um Nina Asmus gehört? Altersmäßig käme das hin.«

»Danach frag ihn doch bitte selbst. Ich war nicht sein Babysitter, ich habe zu der Zeit in Eutin gelebt. Und damit Ende der Durchsage.«

Bevor Arne sich noch dazu versteigen konnte, eine Art Verhör mit ihm zu führen, legte Kuno auf. Dieser Tag würde unweigerlich am Abend zu Ende sein, und er musste nun wirklich mal ein Stück weiterkommen mit dieser lästigen Entrümpelung.

Nachdenklich stieg er die Treppe hinauf.

Wie war das noch mit seinem Bruder? War der nicht tatsächlich in der Nacht, als Nina Asmus ums Leben kam, mit dabei gewesen? Er hatte doch irgendwann einmal von der Party in der Strandhalle gesprochen, als im größeren Kreis die Rede auf das Unglück gekommen war.

4

Beim Anblick dessen, was ihn auf dem Dachboden an Arbeit erwartete, beschloss Kuno, lieber erst das Grab seiner Eltern aufzusuchen. Zwar würde Okko schon in wenigen Tagen auf Amrum eintreffen, aber der konnte dann auch mal selbst mit anpacken. Schließlich war er es, der hier wohnen wollte und er sollte nicht gleich den Eindruck gewinnen, dass Kuno nach so vielen Jahren der Funkstille auf ein Fingerschnippen hin sprang. Da waren dem Hauptkommissar die Eltern, die viel zu früh gestorben waren, doch wesentlich näher als der Bruder. Unverrichteter Dinge stieg Kuno die Treppe hinab und verließ das Haus.

Seit jeher besaß die Familie Knudsen eine Grabstätte auf dem alten Friedhof an der St.-Clemens-Kirche. Kuno hatte ganz gewiss noch lange nicht vor, sein Kapitänshaus aufzugeben und auf den Friedhof umzuziehen. Aber er fand den Gedanken tröstlich, seine letzte Ruhestätte eines Tages auf diesem idyllischen Platz am Rand des historischen Ortskerns von Nebel zu finden, so dicht an den Wattwiesen und in unmittelbarer Nähe zu der weiß getünchten Kirche, die selbst ihm, der wahrlich kein Kirchgänger war, freundlich und einladend erschien. Manchmal setzte er sich sogar auf eine Kirchenbank, um in dem hellen, schmucklosen Innenraum, der von so vielen friedvollen Gedanken erfüllt war, zu sich selbst zu finden.

Noch während er darüber nachdachte, ob er Tela Asmus ansprechen würde, falls er ihr auf dem Friedhof begegnen sollte, erblickte er sie. Die Hände ineinander gefaltet und den Kopf gesenkt, stand sie vor dem Grab ihrer Tochter, neben ihr Eske.

Kuno blieb an der Hööwjaat, dem schmalen Weg, der zum Friedhof führte, stehen und überlegte, ob er sich doch lieber erst um den Dachboden kümmern sollte. Da löste Eske sich von Tela und drehte sich um, als hätte sie seine Blicke gespürt. Sie winkte ihn zu sich heran.

Er fühlte sich erwischt und tat jetzt so, als wäre er nur stehen geblieben, um seine Armbanduhr nach der Kirchturmuhr zu stellen. Demonstrativ sah er zur Turmuhr hinauf, fummelte anschließend zum Schein am Rädchen der Uhr an seinem Handgelenk herum, warf nochmals einen prüfenden Blick nach oben und setzte seinen Weg endlich fort.

Die Grabstätten beider Familien befanden sich an der Südseite der Kirche, das Grab seiner Eltern lag ein Stück hinter dem der Familie Asmus. Mit ernster Miene betrat er den Pfad, der an Ninas Grab vorbeiführte. »Moin, Tela.« Er reichte Ninas Mutter Hand und legte einen Arm um Eskes Schulter. »Moin«, sagte er auch zu ihr. »Schwerer Tag heute für euch beide.«

Tela wandte sich schnell von ihm ab, bückte sich und ordnete den riesigen Strauß leuchtend gelber Blumen in der grünen Friedhofsvase, obwohl es nichts mehr daran zu ordnen gab.

»An solchen Tagen kommt einfach alles wieder hoch«, sagte Eske mit brüchiger Stimme. »Das Entsetzen, die Trauer, aber auch die Zweifel.«

Ninas Mutter erhob sich wieder. Kuno bemerkte, dass sie wankte, und stützte sie. Gleichzeitig hielt Eske sie am anderen Arm fest. »Der Kreislauf?«, fragte Kuno zaghaft.

Tela schloss die Augen und nickte. Sie wirkte kraftlos und resigniert.

Ihre Trauer ging Kuno unter die Haut.

»Es ist so ungerecht«, sagte Tela tonlos. »Ein ungesühntes Verbrechen.«

Ihre Worte gaben Kuno einen Stich. Er wusste, dass immer gewisse Zweifel an der amtlich festgestellten Ursache von Ninas Tod bestanden hatten. – Wie wäre es gewesen, wenn er damals die Recherchen geleitet hätte? Hätte er einen Weg gefunden, den Befund des Rechtsmediziners infrage zu stellen? Hätte er den Fall anders gelöst als sein Kommissarskollege?

Eske griff nach Kunos Arm, sie krallte sich regelrecht daran fest. »Wenn es nun doch ...« Sie verstummte und hielt den Atem an.

Kuno wusste, was sie sagen wollte. Wenn es nun doch Mord gewesen ist? Er zwang sich dazu, ihrem Blick standzuhalten. Alles andere wäre feige gewesen.

»Gibt es denn gar keine Möglichkeit, den Fall noch einmal aufzurollen?«, fragte Eske schließlich. »Du hast doch sicher gelesen, was Friedrich heute in der Inselzeitung geschrieben hat.«

Dieser verdammte Fliegenfischer. Dass der ihm aber auch immer wieder ins Gehege kam. Der große Reporter, der gern so tat, als hätte er in jedem Mauseloch seine Wanzen und Videokameras installiert. Sollte er doch über den Amrumer Mühlentag berichten, über den Besuch des Musikzuges vom schleswig-holsteinischen Festland oder über die Niederlassung des Hamburger Immobilienmaklers, der die wenigen noch freien Grundstücke auf Amrum an Millionäre verscherbeln wollte, die meinten, Amrum sei das neue Sylt. Aber von

Todesfällen sollte er die Hände lassen. Besonders von denen, die so lange zurücklagen. Das wühlte doch nur die Gefühle auf.

»Ja, ich hab den Artikel des großen EffEff gelesen«, sagte Kuno und spielte damit auf das Kürzel an, mit dem Friedrich Fliegenfischer seine Artikel kennzeichnete: FF

»Und?« Eske klang erwartungsvoll.

Bevor Kuno sich eine Antwort überlegt hatte, die unverbindlich und gleichzeitig taktvoll geklungen hätte, winkte Tela ab. »Lass sein, Eske. Es bringt doch nichts.« Ihre Stimme war kaum hörbar und Kuno befürchtete, dass Ninas Mutter jeden Moment im Grab ihrer Tochter versinken würde.

»Um den Fall wieder aufrollen zu können«, sagte Kuno, »bräuchte ich neue Erkenntnisse.«

Eskes Gesicht hellte sich auf. »Rede doch mal mit Friedrich!«

Das hätte Kuno gerade noch gefehlt! Er, der Hauptkommissar der Kripo Wattenmeer, wandte sich auf der Suche nach neuen Erkenntnissen im Fall Nina Asmus ganz bestimmt nicht an den schmierigen Inselreporter Friedrich Fliegenfischer! An den Mann, der überall und nirgends herumwühlte und jedes Gerücht für bare Münze verkaufte! Kuno riss sich zusammen, um Tela und Eske nicht gleich jede Hoffnung zu nehmen. »Ich denk mal drüber nach«, sagte er, während er den Blickkontakt mit den Frauen mied.

Eske schien seine Äußerung als Interesse zu verstehen. »Magst du auf einen Tee mit zu Tela nach Hause kommen? Dann könnten wir mal über die Sache reden.«

Kuno zögerte. Es widerstrebte ihm, sich gleich festnageln zu lassen.

»Bitte.« Eskes Blick war unwiderstehlich. »Das sind wir Nina schuldig.«

Immerhin hatte sie nicht gesagt, er als Angehöriger der Polizeibehörde sei es Nina schuldig. Schuldgefühle hatte er nicht. Der Fall Nina Asmus betraf ihn nicht, den hatte sein Vorgänger zu verantworten. Obwohl ... Wenn sich herausstellen würde, dass damals etwas vertuscht worden war, wäre es seine Pflicht, der Sache nachzugehen. Einen solchen Hinweis müsste man ihm allerdings erst präsentieren.

»Was ist nun?«, fragte Eske. »Ein Tee bei Tela, Nina zu Ehren?«

»Okay, ich komme mit. Lasst mich nur kurz zum Grab meiner Eltern gehen, ein paar Minuten still mit ihnen reden.«

»Wir setzen uns solange da vorne auf die Bank«, sagte Eske. Sie hakte Tela unter und zog sie mit sich fort.

Bedächtig ging Kuno zum Grab der Knudsens. Seine Mutter war vor elf Jahren nach langer Krankheit gestorben. Harm, sein Vater, hatte das nie ganz verwunden. In den letzten Jahren seines Lebens hatte er keine innere Ruhe mehr gefunden. Wie oft hatte er nach oben geguckt, in den Himmel, und nach seiner Lore gesucht!

Tela ging es mit ihrer Tochter sicher nicht anders. So betrachtet grenzte es an ein Wunder, dass sie die zwanzig Jahre seit der Tragödie überlebt hatte. Doch so, wie sie ihm heute erschien ...

Kuno hielt ein kumpelhaftes Zwiegespräch mit seinem Vater und tauschte ein paar Sätze mit seiner Mutter aus. Schließlich murmelte er dem Grab ein ›Tschüs, bis bald wieder« zu und wandte sich zu Tela und Eske um, die auf einer Bank am Friedhof in der Sonne saßen und auf ihn warteten.

Eske half Tela, aufzustehen. Tela hakte sich bei ihren beiden Begleitern ein. Langsam gingen sie den Uasterstigh Richtung Süden, bogen links in eine Sackgasse ein und betraten Telas Haus am Ende der Straße, unmittelbar vor den Wattwiesen.

»Ich mach das schon«, sagte Eske, als Tela Tee aufbrühen wollte. »Setzt ihr euch doch hin.«

Sie ließen sich an dem runden Tisch im Wohnzimmer nieder.

Kuno spürte, wie Verlegenheit und Unsicherheit in ihm aufstiegen. »Schön habt ihr's hier«, sagte er und deutete mit dem Kopf in den Garten, der einen freien Blick auf die Wiesen, das Wattenmeer, die Insel Föhr und die Hallig Langeneß bot. Föhr lag in der Sonne, eine Fähre schob sich majestätisch zwischen Amrums Nachbarinsel und der Hallig aufs Festland zu und ganz hinten erahnte Kuno die Rotorblätter der Windkraftanlagen, die an der Küste standen. Mein Gott, was für ein schönes Fleckchen Erde das Wattenmeer war!

»Da, wo du jetzt sitzt«, sagte Tela, »das war Ninas Lieblingsplatz. Besonders gern hat sie am Abend hier gesessen, wenn die Laternen auf den Küstenstraßen von Föhr und die Lichter auf den Warften von Langeneß brannten. ›Es sieht aus wie eine Zauberwelt‹, hat sie dann immer gesagt.«

Kuno nickte stumm. Dieses Gefühl, das Nina beim Blick übers Watt empfunden hatte, kannte auch er. Wenn er an einem lauen Sommerabend auf der hölzernen Aussichtsplattform an der Wattseite von Nebel saß, schräg gegenüber dem Meeskwai, wenn kein Urlauber sich mehr dorthin verirrte und es so unglaublich still und friedlich war und dazu die Lichter blinkten ...

Eske betrat den Raum. »Was ist, wenn es doch Mord war?«, sagte sie so laut und resolut, dass Kuno zusammenschrak. Mit einem unbarmherzigen Klackern stellte sie drei Teebecher auf den Tisch, zündete mit geübter Hand das Teelicht an und postierte die Teekanne auf dem Stövchen.

Tela nahm die Kanne und schenkte jedem ein. »Wenn eine gute Fee käme und ich einen Wunsch frei hätte, einen einzigen nur ...« Sie hob den Kopf und hielt die Kanne am Henkel in der Luft. Ihre Blicke fixierten Kuno, dass es ihm wehtat. »Ich würde mir wünschen, dass die Ursache von Ninas Tod geklärt würde. Die wahre Ursache meine ich, nicht die, die für Polizei und Justiz die bequemste ist.«

Kuno hatte verstanden. Tela war nach wie vor felsenfest davon überzeugt, dass Nina für ihren Tod nicht selbst verantwortlich war. Sie war sicher, dass jemand nachgeholfen hatte. Das ging vielen Menschen so, die einen nahen Verwandten auf besonders schmerzhafte Weise verloren hatten. Er selbst hatte im Laufe seiner Arbeit bei der Polizei Ehefrauen erlebt, deren Männer, gestandene Unternehmer, sich mit dem Porsche absichtlich totgefahren hatten, weil die Firma kurz vor der Pleite stand und sie ihr Lebenswerk zerstört sahen, und die Frauen bestanden darauf, dass es ein Unfall war. Denen konnte man einen Abschiedsbrief vorlegen, es nützte nichts. Sie behaupteten steif und fest, der sei gefälscht, das seien weder die Schrift noch die Worte des Gatten und ganz bestimmt habe jemand anderes an dem Wagen die Bremsen manipuliert. Da half kein noch so fundiertes Gutachten, das diese Behauptung widerlegte.

Tela stellte die Kanne ab und trank ein paar Schlucke. Ihr Gesicht belebte sich.

In dem Moment wurde Kuno klar: Tela mochte noch so krank sein, sie würde nicht mit ihrem Leben abschließen und in Frieden von dieser Erde gehen können, solange der Tod ihrer Tochter nicht restlos aufgeklärt und der Täter nicht gefunden und vor Gericht gestellt war.

»Nina ist nicht ertrunken.« Telas Wangen zeigten wieder Farbe, sie setzte sich aufrecht hin, bog die Schultern nach hinten und unterstrich ihre Worte mit Gesten. »Ich weiß, du warst damals nicht auf Amrum. Du hast die Clique nicht erlebt.«

Kuno stützte einen Ellenbogen auf und strich sich durch den eisgrauen Kinnbart. »Wie war das eigentlich mit der Clique? Gab es Streit oder Eifersüchteleien untereinander?«

Eske schaltete sich ein. »Zeig mir den größeren Kreis von jungen Leuten, in dem es so was nicht gibt!«

Kuno wollte nachhaken, doch Eske schnitt ihm das Wort ab. »Ich seh dir schon an, was du fragen willst. Natürlich ging es dabei oft um Nina. Sie war nun mal die Hübscheste von uns allen.« Sie warf Tela einen Seitenblick zu.

»Es ging nicht nur um Nina, wenn sie sich stritten«, verteidigte Tela ihre Tochter. »Es ging doch reihum. Jeder hat mal Anlass zu Ärger und Streit gegeben. Trotzdem hat Nina natürlich immer irgendwie im Mittelpunkt gestanden. Würde mich nicht wundern, wenn eine der Frauen aus dem Kreis ...«

»Wir wollen jetzt aber nicht einer bestimmten Person die Schuld zuschieben«, warf Eske energisch ein. »Wir wollen niemanden konkret verdächtigen. Es ist nur so ein Gefühl. Vielleicht war es auch kein richtiger Mord. Aber nachgeholfen hat jemand, da sind wir ganz sicher.«

»Verstehe«, sagte Kuno. »Ihr meint, es hat ab und zu heftig gebrodelt in der Clique und es könnte durchaus sein, dass irgendwer irgendwann der Ansicht war, nun reicht's, es könnte ruhiger sein, wenn Nina nicht mehr dabei wäre.«

»So könnte es gewesen sein«, sagte Eske und Tela nickte dazu. »Vielleicht wollte ihr jemand nur einen Denkzettel verpassen. Übrigens ...«

»Ja?« Kuno wartete gespannt, was Tela ihm sagen wollte. Sie wirkte unschlüssig, ob sie überhaupt weiterreden sollte.

»Wir sind uns nicht sicher, Eske und ich.« Tela blickte fragend zu Eske hinüber.

Die nickte ihr ermutigend zu. »Sag es ruhig, ist ja nichts Schlimmes.«

»Wir glauben, Mareike vorhin auf dem Friedhof gesehen zu haben, Ninas größte Kontrahentin. Da war eine Frau, die hat sich hinter der Kirche versteckt. Wir haben ihre Blicke im Rücken gespürt und uns fast gleichzeitig zu ihr umgedreht. Im ersten Moment war sie offenbar starr vor Schreck.«

»Oder sie hat sich nicht gerührt, weil sie wollte, dass wir sie erkennen«, entgegnete Eske.

»Dann hat sie sich hinter die Mauer zurückgezogen und ist verschwunden.«

»Ihr seid ihr nicht gefolgt?«

Eske hob entrüstet die Hände. »Wir konnten doch nicht über den Friedhof rennen!«

»Aber ihr seid nicht sicher, dass es Mareike war?«

»Nicht hundert Prozent, aber ziemlich sicher. Ich kenne nur eine Frau mit so einem merkwürdigen Gesicht.«

Tela lachte auf. »›Die Kröte‹ hat Nina sie immer genannt. Was Mareikes Gesicht betrifft, war dieser Spitzname sehr zutreffend, finde ich.«

Kuno staunte. Auch die sanfte Tela, die kraftlose Witwe und verwaiste Mutter, trug also eine kleine Spur Boshaftigkeit in sich. Doch konnte man es ihr verdenken?

Aus Eskes Handtasche schrillte ein Handy. »Entschuldigt mich mal eben.« Sie zog das Mobiltelefon heraus und verschwand in der Küche.

Kuno verharrte still am Tisch. Mit der Fortsetzung des Gesprächs wollte er warten, bis Eske wieder dabei war.

Eine Zeit lang drang kein Laut aus der Küche. Eske schien längeren Ausführungen zuzuhören. Als sie endlich reagierte, klang ihre Stimme aufgeregt. »Komm doch schnell vorbei«, sagte sie, während sie sich wieder dem Wohnzimmer näherte. »Ich bin gerade bei Tela und Kuno ist auch hier.«

Sie blieb im Türrahmen stehen und hielt das Handy am ausgestreckten Arm in die Höhe wie die Freiheitsstatue in New York die Fackel mit dem brennenden Feuer. »Wir haben den Beweis. Es war Mord.«

»Ich hab's doch gewusst!« Tela schlug mit der Faust auf den Tisch.

»Nun mal langsam.« Kuno wunderte sich jetzt doch

ein bisschen darüber, dass Telas Lebensgeister sich derart geballt wieder zu Wort meldeten. »Mit wem hast du gerade gesprochen und was für einen Beweis habt ihr?«

»Gisa hat mich angerufen. Sie ist auf dem Weg hierher und sie bringt eine Flasche mit. Genauer gesagt, eine Flaschenpost. Frederik hat sie heute Morgen am Badestrand von Nebel gefunden. Gar nicht weit von der Stelle, an der ...«

Eske biss sich auf die Zunge. Nach einem Seitenblick auf Tela, die mit tragischer Miene am Tisch saß, berichtete sie, was Gisa ihr gerade im Telegrammstil erzählt hatte. »Als Frederik das Haus verlassen hat«, schloss sie ihren kurzen Bericht, »hat sie überlegt, ob sie damit sofort zur Polizei gehen oder erst Tela und mich informieren soll.«

Kuno lehnte sich zurück und verschränkte die Arme. »Klar, sie hat sich für euch entschieden, weil die Kripo für mutmaßliche Morde sowieso nur zweitrangig zuständig ist.«

Das passte ihm! Erst jammern, dass die Polizei sich nicht richtig kümmert, plötzlich über einen Beweis verfügen und den dann der Kripo unterschlagen. Lieber erst mal die Freundin anrufen und den Fund so oft durch verschiedene Hände gehen lassen, bis alle brauchbaren Spuren restlos beseitigt waren. Wo käme man auch hin, wenn man zuallererst die DNA des potenziellen Täters sicherstellen ließe?

Noch während er sich innerlich echauffierte und Eske und Tela betreten schwiegen, traf Gisa ein. Nach dem Telefonat mit Eske musste sie sich sofort aufs Fahrrad geschwungen haben, einen Rucksack auf dem Buckel, und zu Telas Haus geschossen sein. Sie ließ ihr

Rad einfach auf den Rasen im Vorgarten fallen und rannte auf die Tür zu, die Eske ihr öffnete.

Ohne die Anwesenden zu begrüßen, stellte Gisa sich vor dem Tisch auf. Sie holte die Flasche mit der Papierrolle aus dem Rucksack hervor und entfernte den Korken. »Das Schreiben war ursprünglich mit einer Kordel zusammengebunden«, erklärte sie und hielt die Flasche schräg.

Das zusammengerollte Blatt blieb im Flaschenhals stecken, der Durchmesser der nicht mehr verschnürten Rolle war zu breit. Vorsichtig langte Gisa mit einem Finger hinein und beförderte den Brief heraus. Wie eine wertvolle Urkunde zog sie das Papier, das sich gleich wieder zusammenrollen wollte, auseinander, hielt es hoch und zeigte es in die Runde.

Eske stieß einen Schrei aus. Tela hielt sich mit Augen, die vor Entsetzen weit aufgerissen waren, die Hände vor den Mund.

Kuno sah Gisa vorwurfsvoll an. »Wenn ich nicht zufällig hier gewesen wäre, wann hätte die Kripo diesen Fund zu sehen bekommen?«

Gisa zuckte leichthin mit den Schultern. »Ich hatte einfach Angst, dass ihr auf der Wache mich nicht ernst nehmt. Wenn ich an damals denke ...«

Tela gewann ihre Fassung zurück. »Dann läuft er also immer noch frei herum und er ist immer noch eine Gefahr. Was da steht, ist doch eindeutig eine Drohung, oder etwa nicht?«

Eske legte Tela eine Hand auf die Schulter. »Wen wird er sich als nächstes Opfer ausgucken?« Ihre Stimme klang schrill.

Gisa stimmte den gleichen Tonfall an. »Vermutlich

müssen wir sogar fragen: Wen von uns aus der alten Clique nimmt er sich als Nächstes vor?«

Kuno hob die Hände. »Jetzt mal Ruhe hier.« Er schob die halb leeren Teebecher und das Stövchen mit der Kanne zurück. »Gisa, bitte setz dich. Leg den Wisch mal hier hin und stell die Flasche dazu. Niemand geht jetzt mehr mit seinen Patschfingern da dran, kapiert? Die Spurensicherung muss prüfen, ob da noch Fingerabdrücke und DNA zu finden sind. Ich meine natürlich, Spuren von jemand anderem als von Gisa und Frederik.« Er sah Gisa strafend an. »Je mehr ihr mit den Sachen herumspielt, desto sicherer ist, dass ihr Spuren zerstört, die noch verwertbar sein könnten. Also, wenn das hier wirklich vom Täter stammen sollte ...«

»Von wem denn sonst? Vom Pfarrer?«, fragte Gisa schnippisch.

Kuno pochte mit dem Finger auf den Tisch. »Woher willst du wissen, ob der Schrieb echt ist? Wir nehmen das ernst, klar. Aber niemand weiß zum jetzigen Zeitpunkt, ob es sich nicht einfach nur um einen schlechten Scherz handelt.«

Tela schob entrüstet ihren Stuhl zurück. »Komm mir nicht damit! Wer würde denn so grausam sein und sich einen derart geschmacklosen Scherz über den Tod meiner Tochter erlauben? Willst du das jetzt etwa genauso schnell abtun, wie dein Kollege das damals gemacht hat?«

Kuno blieb hart. Er würde der Sache nachgehen, aber er würde sich nicht von drei Frauen, die sich verdammt nah auf einen hysterischen Ausbruch zubewegten, vorschreiben lassen, wie er zu arbeiten hatte. Jetzt galt es, einen kühlen Kopf zu bewahren. Diese Flaschenpost würde noch für genug Zündstoff auf der Insel sorgen. »Möglich ist alles. Es gibt so Verrückte, die sich einen Spaß daraus machen, an Gedenktagen wie dem heutigen eine Aktion zu starten, die die Angehörigen in Aufruhr bringt und die Polizei an der Nase herumführt. Wir müssen mit allem rechnen, auch damit, dass das Schreiben fingiert ist.«

Eine Weile schwiegen die Frauen.

»Und wie geht's jetzt weiter?«, fragte Gisa schließlich.

Sie schien diejenige zu sein, die von der Nachricht auf der Flaschenpost am wenigsten aus der Bahn geworfen worden war. Verständlich. Von allen drei Frauen, die mit Kuno am Tisch saßen, war sie diejenige, die Nina am wenigsten nahegestanden hatte.

Kuno wandte sich an Tela. »Hast du eine Plastiktüte für mich, die möglichst unbenutzt und groß genug für diese Sachen ist? Am besten wären zwei.«

Eske, die sich anscheinend bestens in diesem Haushalt auskannte, antwortete für Tela. »Ja, hat sie. Moment.« Sie öffnete eine Schranktür und kramte zwei Tüten hervor.

Kuno überlegte kurz. »Haushaltshandschuhe, gibt's die hier auch?«

Eske griff wieder in den Schrank und reichte ihm ein Paar gelber Handschuhe. »Die hätten wir auch in Türkis da.«

»Die Farbe ist mir wurscht. Aber zwei Nummern größer, das wäre nicht schlecht.«

Tela schüttelte bedauernd den Kopf.

Kuno schob seine Finger ein Stück weit in die Handschuhe, sodass er damit greifen konnte. Dann verstaute er mit aller Vorsicht die Flasche in der einen und den wieder zusammengerollten Briefbogen in der anderen Tüte. »So«, sagte er. »Das wär's für heute. Ich lass das untersuchen und dann sehen wir weiter.«

»Ist das alles?«, fragte Tela tonlos. »Sonst passiert nichts?« Mit einem Mal war sie wieder blass und in sich zusammengesunken.

Was für ein Höllenritt musste dieser Vormittag für sie gewesen sein! Erst die Trauer, die Resignation. Plötzlich dieser Hinweis auf einen mutmaßlichen Mörder, das Aufflammen einer Hoffnung, die längst begraben war. Nun würde er sie zurücklassen, ohne ihr die konkrete Perspektive bieten zu können, dass der Tod ihrer Tochter nochmals untersucht würde.

»Es geht doch jetzt erst richtig los, Tela«, sagte Kuno vorsichtig. »Im Moment kann ich nicht mehr tun, als den Fund der Spurensicherung zu übergeben. Ich werde beim Landeskriminalamt in Kiel nachfragen, ob es noch Unterlagen zu dem Fall im Archiv gibt. Allerdings werden die Akten der Fälle, die als geklärt gelten, nach zehn Jahren vernichtet.«

»Ich glaube, ich habe noch irgendwo eine Kopie des Obduktionsberichts«, sagte Tela. »Mein Anwalt hatte mir die Unterlagen mal ausgehändigt.«

»Ihr habt damals einen Anwalt eingeschaltet?«, frage Kuno.

Tela machte ein beleidigtes Gesicht. »Mich habt ihr ja nicht ernst genommen. Du weißt, ich habe nie daran geglaubt, dass Nina ertrunken ist. Sie war eine gute Schwimmerin. Das hab ich deinem Kollegen gesagt, nicht nur einmal. Meine Vermutung war, dass jemand sie unter Wasser gedrückt hat, bis sie sich nicht mehr gewehrt hat.«

»Hattet ihr einen bestimmten Verdacht, dass jemand sie töten wollte?«

Tela zuckte mit den Schultern. »Das nicht. Aber ob Versehen oder Absicht, am Ende ist es egal. Tot ist tot.«

Kuno räusperte sich. »So ganz egal ist es nicht.« Er konzentrierte sich darauf, die beiden Tüten fest in der Hand zu halten. »Im einen Fall wäre es fahrlässige Tötung, im anderen Mord. Strafrechtlich ist das ein Unterschied.«

»Für mich kommt es aufs Gleiche raus. Nina ist tot und mein Herz ist schwach. Der Arzt sagt, es könne jederzeit zu Ende sein mit mir. Ich habe nur noch diesen einen Wunsch: Ich möchte Ninas Tod aufgeklärt wissen, bevor ich sterbe.«

»Das kann ich verstehen.«

»Dein Kollege hat die Ermittlungen damals schneller eingestellt, als Nina gestorben ist. Meine ganz große Bitte an dich, Kuno: Geh der Sache nach, bis sie geklärt ist. Wirklich geklärt, restlos. Bitte!«

Das konnte Kuno ihr nicht abschlagen. »Ich verspreche dir, dass ich tun werde, was ich kann und noch ein bisschen mehr.« Er versuchte, zu lächeln.

»Wirst du die Leute befragen, die damals bei der Party in der Strandhalle dabei waren?«, fragte Eske.

»Das habe ich vor. Zumindest soweit sich rekonstruieren lässt, wer anwesend war. Alle Teilnehmer kriegen wir heute vermutlich nicht mehr zusammen.« Er wandte sich an Gisa und Eske. »Könnt ihr mir eine Liste mit den Namen derjenigen erstellen, an die ihr euch erinnert?«

»Das machen wir natürlich gerne«, sagte Gisa. »Heute Abend geben Frederik und ich eine kleine Feier, eine

Gedenkparty für Nina mit dem Kern unserer Clique von damals. Wir werden zusammen darüber nachdenken, wer dabei war. Ich bringe dir die Liste Anfang der Woche auf die Wache.«

»Perfekt.« Kuno verabschiedete sich von den Frauen und kehrte über den Pfad an der Wattseite nach Hause zurück. Diesen Weg wählte er nicht nur, weil der Ausblick übers Watt so bezaubernd war, wenn die Konturen von Föhr und den Halligen sich bei der klaren Luft, die heute herrschte, so scharf abzeichneten, dass man meinte, die Häuser auf den Warften mit den Händen greifen zu können. Anders als die Amrumer, denen er auf den Straßen von Nebel begegnen würde, würden ihn die Spaziergänger an den Wattwiesen nicht danach fragen, was er denn Seltsames in diesen beiden Tüten mit sich führte.

Zu Hause angekommen, wählte er Arnes Telefonnummer.

Arne meldete sich nach dem fünften Klingeln und schien etwas geistesabwesend zu sein.

Kuno hörte Vogelgezwitscher und ein Plätschern. »Amrum hier. Sitzt du im Planschbecken im Garten deiner Nachbarin?«

»Nö. Ich liege auf dem Sofa und höre meditative Musik mit Naturgeräuschen als Untermalung.«

»Hm, so so. Besorg dir mal ein Ticket nach Amrum. Wir haben Arbeit für dich. Kannst du morgen hier sein?«

»Morgen schon? Was ist denn passiert?«

»Am Badestrand von Nebel hat es einen seltsamen Fund gegeben.«

»Eine Leiche.«

»Falsch. Flaschenpost. Von einem Mörder.«

Das Plätschern im Hintergrund wurde mit einem Mal lauter, als würde jemand aus der Badewanne oder aus einem Wasserbecken steigen.

»Und keine Leiche dazu?« Arne klang enttäuscht.

Kuno versuchte, sich nicht allzu zerknirscht zu zeigen. »Wie es aussieht, gab es die schon. Es geht um den Tod von Nina Asmus. Wenn wir das Schreiben in der Flasche richtig interpretieren, behauptet jemand, sie umgebracht zu haben.«

»Ach nee, guck an. Also doch.«

»Was heißt: ›Also doch‹? Dieser Brief ist kein Beweis. Ich nehme ihn lediglich zum Anlass, noch mal mit den Leuten zu reden, die damals bei der Party dabei waren, nach der sie starb. Reines Pflichtbewusstsein. Ich will mir später nicht vorwerfen lassen müssen, Strafvereitelung im Amt begangen zu haben.«

»Schon in Ordnung.«

Das Plätschern im Hintergrund hatte aufgehört, das Vogelgezwitscher wurde immer leiser. Arne hörte sich an, als würde er sich im Flur oder im Badezimmer befinden.

»Arne? Arnimaus, wo bist du denn?«, rief von irgendwo weiter entfernt eine Frauenstimme.

Arne hüstelte. »Soll ich schon mal einen Termin mit Friedrich Fliegenfischer machen? Damit er uns erzählen kann, was er im Zuge seiner Recherchen zu dem Artikel, der heute in der Zeitung stand, rausgefunden hat?«

»Arne.« Kunos Stimme rasselte wie ein Säbel. »Wenn du verhindern willst, dass du deine restlichen dreißig Dienstjahre als Knöllchenschreiber in Süderbrarup verbringst, lass unseren Inselreporter aus dem Spiel. Und jetzt genieß den Rest des Tages und gib dich deiner Mäusemeditation mit Naturgeräuschen hin. Die nächste Zeit wirst du ohne sie auskommen müssen.«

5

Gisa nahm die Lebensmittel, die sie nach dem Besuch bei Tela und Eske in Wittdün beschafft hatte, aus dem Kofferraum und trug all die Taschen und Körbe der Reihe nach ins Haus. Getränke hatte Frederik gestern Abend schon besorgt, Bier und Softdrinks standen längst im Kühlschrank. Nur die Pfirsichbowle fehlte noch, die würde sie gleich zubereiten. Doch erst mal die Salate.

Wenn sie ehrlich sein sollte, stand ihr der Sinn jetzt herzlich wenig nach einer Gedenkparty für Nina. Gedenkparty, wie sich das anhörte! Wie war sie bloß auf die Idee gekommen, das Zusammentreffen der alten Freunde so zu nennen?

Gedenkfeier, das wäre die passende Bezeichnung gewesen. Eine richtige Trauerfeier hätten sie veranstalten sollen, eine Art Gedenkgottesdienst. Der Pfarrer hätte sich bestimmt dazu bereit erklärt, auch wenn sonst niemand von ihnen in die Kirche ging, auch Tela nicht. Es konnte nicht schaden, für Nina zu beten. Ein paar Lieder, der Organist hätte vielleicht zwei, drei zu Herzen gehende Stücke gespielt. Das hätte der Erinnerung an die Verstorbene einen feierlichen Rahmen gegeben.

Jemand hätte eine Rede halten müssen. Eske oder ... wer sonst? Frederik sicher nicht, auch wenn er immer großen Wert darauf legte, den Menschen, die gefeiert wurden, nette Worte zukommen zu lassen. ›Warum richtet nicht Tela die Feier aus?‹, war seine erste Reaktion gewesen, als sie ihm vor einigen Wochen von der Idee berichtete, die Eske und sie ausgeheckt hatten. ›Oder Eske, sie war doch Ninas beste Freundin.‹

Ninas Mutter konnten sie nicht mit diesem Vorhaben belasten, das war doch klar. Und Eske? Die wohnte direkt neben Tela, deren Garten kam dafür also auch nicht in Frage. Zu dem Zeitpunkt, als sie die Sache planten, wusste niemand, ob Tela überhaupt an das erinnert werden wollte, was geschehen war. Besser war es, die Feier in einem weiter entfernten Haus zu veranstalten. Dann konnte Tela dazukommen, wenn sie mochte, und gehen, wenn es ihr zu viel wurde.

Nun hatte sie also beschlossen, der Feier fernzubleiben. Dabei hatten sie der verwaisten Mutter so gern zeigen wollen, dass die Clique Nina nicht vergessen hatte. Vielleicht überlegte Tela es sich ja noch einmal. Nach diesem Vormittag, an dem sie allem Anschein nach eine Nachricht von Ninas Mörder in der Hand gehalten hatten, waren sie alle aufgewühlt; da musste man näher zusammenrücken.

Wie Frederik wohl reagieren würde, wenn er erfuhr, dass Kuno Knudsen die Flaschenpost so viel ernster nahm als er? ›Die Konsequenzen trägst du‹, hatte er heute Morgen gesagt. Was hatte er damit gemeint?

Gisa wurde hektisch. Es war bald drei Uhr nachmittags und sie hatte noch so viel zu tun. Notdürftig räumte sie die Arbeitsfläche frei und begann damit, Nudel- und Kartoffelsalat, Pizzateig und ein Schokoladendessert zuzubereiten. Jeder der Gäste würde noch etwas mitbringen, aber die meiste Arbeit blieb doch immer am Gastgeber hängen. Besser gesagt, an der Gastgeberin.

Tischdekoration hatte sie auch aus Wittdün mitgebracht. Wenn man es so betrachtete, würde es nachher in der Küche, im Wohnzimmer und auf der Terrasse nicht viel anders aussehen als bei Frederiks vierzigstem

Geburtstag vorletztes Jahr.

Ein Krachen ließ Gisa zusammenschrecken. Frederik war zurück. So geräuschvoll konnte nur er die Tür ins Schloss fallen lassen.

»Gisa?«

»Ja, Frederik?«

»Wann kommen die anderen? Um acht?«

»Um sieben!« Mit geübten Griffen stellte sie die Zutaten zusammen, die sie für das Salatdressing benötigte. »Neunzehn Uhr. Hab ich dir doch schon dreimal gesagt, mindestens.«

»Was brüllst du denn so? Nervös?« Frederik stand in der Küchentür, einen Unterarm erhoben und gegen den Türrahmen gestützt, die Füße über Kreuz, und sah aus, als wäre er überrascht über die vielen Lebensmittel, die Zutaten und Schüsseln, die auf dem Tisch und der Arbeitsfläche standen. »Ist genug Bier im Kühlschrank?«

»Darum kümmere dich bitte selbst. Bier und Wein sind dein Job.«

»Sieht ja schon richtig nach Party aus. Kann ich dir helfen?«

»Gib mir doch bitte mal die Essigflasche, die im Unterschrank neben dem Kühlschrank steht.«

Frederik öffnete den Schrank. »Kräuteressig oder Balsamico?«

»Balsamico bitte.«

Er reichte ihr die Flasche. »Apropos Flasche.« Er kratzte sich nachdenklich an der Stirn.

Gisa verfluchte sich dafür, ihn um den Essig gebeten zu haben. Es war klar, wonach er jetzt fragen würde. Zum Glück fielen ihr die Bistrotische ein. »Du müsstest bitte gleich die Tische im Garten aufstellen. Die stehen noch zusammengeklappt auf der Terrasse und schreien nach starken Armen.«

Frederik ging nicht auf das Ablenkungsmanöver ein. »Wo hast du die Flasche mit der Post von Unbekannt hingestellt? Die sollte aus dem Blickfeld verschwinden, bevor die Party losgeht. Die anderen müssen nichts davon erfahren.« Er drehte sich um die eigene Achse, sah in dem Korb hinter der Küchentür nach, in dem sie das Altglas sammelten, guckte unter den Küchentisch und öffnete schließlich den Unterschrank der Spüle, in dem der Abfalleimer untergebracht war.

»Lass sein.« Gisa drückte die Schranktür so schnell zu, dass sie Frederik beinahe die Finger eingeklemmt hätte.

»Na, sag schon, wo ist sie?« Frederiks Stimme nahm einen leicht panischen Tonfall an.

Warum machte er so ein Theater um diese Flasche?

»Ich war vorhin bei Eske.« Gisa beugte sich über die Arbeitsplatte, schaltete die Küchenwaage ein und wog Nudeln ab. »Ich hab lange nachgedacht. Ich meine, es war besser, mit jemandem aus der Clique darüber zu reden und sich eine zweite Meinung zu holen. Es betrifft uns doch alle.«

Frederik packte Gisa an der Schulter und drehte sie halb zu sich herum. Er stand jetzt ganz dicht vor ihr. »Wieso bei Eske?«

»Wieso nicht bei Eske?«

Frederik atmete laut aus. »Hast du die Flasche bei ihr gelassen? Mit dem Brief?«

Wie sollte sie es ihm erklären? »Nicht direkt. Eske war bei Tela.«

»Verstehe. Du warst bei Eske, und Eske war bei Tela.

Und wo ist nun die Flasche abgeblieben?«

Gisa hob abwehrend die Hände. »Eske war bei Tela, als ich sie anrief. Ich bin also zu den beiden hin und als ich ankam, war Kuno Knudsen gerade da.«

Frederik verharrte einen Moment regungslos, als könnte er es nicht glauben. »Dann hast du dem Herrn Kriminalhauptkommissar feierlich die Flaschenpost überreicht?«

Gisa begab sich innerlich auf Verteidigungsposition. »Eske und Tela waren dankbar dafür. Endlich eine Spur! Kuno will sich drum kümmern, dass der Fall neu aufgerollt wird. Jetzt hat Tela eine Chance, dass der Mörder ihrer Tochter gefunden wird.« Sie verstummte. Warum rechtfertigte sie sich vor Frederik dafür, dass sie der Kripo das mutmaßliche Geständnis des Mörders einer Frau aus ihrer Clique ausgehändigt hatte?

Frederik stierte Gisa ungläubig an. Es kam ihr vor wie eine Unendlichkeit, ein zeitloser Moment. Schließlich stob er aus der Küche.

Ruhig bleiben. Gisa wandte sich konzentriert dem Herd zu. Das Wasser kochte. Sie gab die Nudeln hinein und stellte die Uhr am Herd so ein, dass sie in neun Minuten klingelte. Ganz ruhig bleiben. Der kriegt sich wieder ein.

Frederik stapfte die Treppe hinauf.

»Du kannst auch gleich schon mal die Deko verteilen, wenn du die Tische aufgestellt hast«, rief sie ihm hinterher.

***

Frederik warf sich aufs Bett. Er breitete Arme und Beine aus und spürte der Schwere seines Körpers nach. Gisa hatte es also fertiggebracht, der Kripo die Flasche mit diesem dämlichen Brief zu geben. Und auch Tela und Eske wussten Bescheid. Das war insofern ungünstig, als die Frauen von jetzt an keine Ruhe mehr geben würden.

Eins war klar: Wenn Kuno Knudsen ihn nach seinen Erinnerungen an die Strandparty befragen würde, musste er cool bleiben.

Nach so langer Zeit waberten nur noch diffuse Gedankenfetzen zu Ninas Todesnacht durch die Köpfe der Partygäste von damals. In so einer Situation konnte ein Kriminaler viele Theorien entwickeln. Wahrscheinlich würde auf jeden aus der alten Clique irgendeine davon passen. Wenn man dann nicht schnell genug parieren konnte, saß man in der Falle. Kuno war nicht zu unterschätzen.

Das Fatale war das Datum auf dem Brief. Wenn das nicht wäre, würde kein Mensch dieses Schreiben mit Nina in Verbindung bringen.

Er musste Gunnar vorwarnen, jetzt gleich! Sein Kumpel ahnte sicher noch nichts. Kaum anzunehmen, dass Gisa sich mit Svenja in Verbindung gesetzt hatte. So dick war die Freundschaft wahrlich nicht.

Noch während er an Gunnar dachte, spürte er ein Vibrieren unter seiner linken Pobacke und eine halb erstickte Melodie ertönte. Sein Handy steckte in der Hosentasche, und er lag noch immer auf dem Rücken, unter ihm die Bettdecke mit dem zartgrün geblümten Bezug. Mühsam wie ein frisch operierter Patient drehte er sich auf die Seite und holte sein Smartphone hervor. »Hey, Mann, kannst du Gedanken lesen? Wollte dich gerade selbst anrufen.«

»Warum das? Sag bloß, ihr blast die Feier ab.« Gunnar hörte sich nicht so an, als ob er traurig darüber gewesen wäre.

»Schwingt da eine Spur Hoffnung in deiner Stimme mit?«

»Nein, nein. War nur so ein Gedanke. Warum wolltest du mich denn anrufen?«

Frederik stellte fest, dass der Radiowecker noch aktiviert war. Er drückte auf die Taste, um ihn auszuschalten. Morgen, am Sonntag, würde er ausschlafen. »Sag du erst, was anliegt.«

»Ja, äh ... Ich wollte nur mal hören, ob es schlimm ist, wenn wir heute Abend nicht um Punkt sieben bei euch sind.«

Also doch. Gunnar ging es offenbar wie ihm selbst. Er sehnte sich nicht danach, ein sentimentales Gedenken an Ninas Todesnacht zu zelebrieren. »Was hattet ihr denn gedacht, wann ihr hier aufschlagen wollt?«

»Och, so gegen acht, halb neun. Also spätestens um neun oder kurz danach. Svenja und ich wollen noch auf einen Sprung bei unseren Schwiegereltern vorbei. Du weißt ja, wegen des Hauses in Süddorf, das wir kaufen wollen. Svenjas Vater will uns mit einer großzügigen Spende unterstützen und schlägt vor, die Sache heute mit uns zu besprechen. Das geht natürlich vor.«

Frederik spielte mit einer kleinen Tonfigur, die Gisa als Talisman auf ihrem Nachttisch stehen hatte. »Seid ihr denn überhaupt auf das Geld angewiesen? Ich meine, Svenja hat doch sicher ein hübsches Sümmchen auf dem Konto, nachdem sie ihre Tante beerbt hat, und dein Fahrradverleih ist eine Goldgrube, soweit ich weiß. Ihr müsst doch genug Kohle haben, um die Hütte aus eigener Tasche bezahlen zu können.«

»Ja, sicher. Der Verleih läuft gut. Aber es sind ja auch immer Investitionen nötig. Reparaturen, neue Fahrräder, inzwischen sind auch E-Bikes gefragt. Das alles kostet was. Und Svenja möchte unbedingt flüssig bleiben, sie will nicht das ganze Geld in das Haus investieren. Du weißt, dass sie gerne mal nach Hamburg fährt und eine große Shoppingtour macht. Auf den Zuschuss meiner Schwiegereltern möchten wir nicht verzichten.«

»Verstehe.« Frederik druckste herum. »Hat der Besuch denn nicht wenigstens Zeit bis morgen? Ein Sonntagnachmittag bietet sich doch viel besser dafür an. So mit Kaffeeklatsch und Sahnetorte und gemütlichem Grillabend. Dann habt ihr Ende offen. Wenn ihr heute bei den Alten sitzt und dauernd auf die Uhr guckt, rutscht die Spendierhose deines Schwiegervaters bestimmt ein Stück nach unten. Also, was ist? Wäre schon gut, wenn ihr pünktlich da sein könntet.«

Gunnar druckste herum. »Muss ich noch mal mit Svenja drüber reden. Aber du wolltest mich auch anrufen, hast du vorhin gesagt. Was wolltest du denn von mir?«

»Dich vorwarnen.«

»Vorwarnen? Wovor?«

Frederik berichtete Gunnar von der Flaschenpost und davon, dass Gisa den Fund bereits Kuno übergeben hatte.

Gunnar stieß die Luft durch die Zähne aus, sodass ein leises, undeutliches Pfeifen und Zischen erklang. »Dann hast du jetzt ein echtes Problem.«

»Oder auch nicht. Wir müssen uns nur einig sein. Wir müssen damit rechnen, dass Kuno uns alle der Reihe nach auf ein Tässchen Tee zu sich auf die Wache einlädt und unser Erinnerungsvermögen auf die Probe stellt.«

»Unsinn! Er kann doch unmöglich erwarten, dass sich so viele Leute noch genau an die Nacht erinnern.«

»Eben. Das ist unsere Chance. Aber lass uns nachher in Ruhe darüber reden. Das ist nix für am Telefon. Das will gut durchdacht sein.«

»Ziemlicher Mist, das alles, wenn du mich fragst.«

Frederik sprach sein tägliches Mantra laut aus. »Nina war leichtsinnig und unüberlegt. Das weiß jeder hier im Dorf. Ihr Lebensstil ist ihr zum Verhängnis geworden.«

»So kann man es auch betrachten.«

»Wie gesagt, wir reden heute Abend darüber. Und tu mir einen Gefallen: kein Wort zu Svenja. Die erfährt es sowieso brühwarm von Eske.«

»Okay. Bis nachher. Ich denke, du hast recht, der Besuch bei meinen Schwiegereltern hat Zeit bis morgen. Ist dann viel entspannter.«

»Na, siehst du!«

»Hm, Frederik?«

»Ja?«

»Von wem kommt denn diese Flaschenpost?«

Die Frage ließ Frederiks Blutdruck ansteigen. »Wenn ich das wüsste.«

»Irgendwie merkwürdig. Auf jeden Fall ...«

»Auf jeden Fall was?«

»Du kannst dich auf mich verlassen.«

»Danke.« Frederik drückte auf die rote Taste und legte sein Handy auf den Nachttisch. Erschöpft drehte er sich wieder auf den Rücken und stierte die Decke an.

Das würde ein tolles Fest werden heute Abend. Die Frauen würden über nichts anderes reden als über Nina, ihren tragischen Tod und die Flaschenpost.

Hätte er die Flasche doch bloß gleich am Strand ge-öffnet! Wenn er den Brief da schon gelesen hätte, hätte er ihn umgehend in tausend kleine Fetzen zerrissen und die Stückchen einzeln im Meer ersäuft. Ja, ersäuft!

Frederik setzte sich auf, rutschte auf die Bettkante und rieb sich das Gesicht. Jetzt brauchte er eine Dusche.

6

Gisa stellte die letzte der Schüsseln mit den Salaten, die sie zubereitet hatte, auf den großen Esstisch auf der Terrasse, die unter einem Glasdach lag. Auf einem Gartenregal an der Hauswand standen Geschirr, Besteck und Gläser. Die Servietten fehlten noch, dann war so ziemlich alles fertig – einschließlich ihrer Wenigkeit. Hoffentlich sahen die Gäste ihr nicht an, wie müde und abgespannt sie sich fühlte.

Frederik stand seit einer Stunde im Garten, brachte den Grill auf die richtige Temperatur und bereitete die Würstchen und das Fleisch vor. Er wirkte konzentrierter und ernster als sonst. Normalerweise machte er, wenn es ans Grillen ging, ein Gesicht wie ein Cowboy am abendlichen Lagerfeuer in einem italienischen Schmunzelwestern. Aber heute ging es eben nicht um eine fröhliche Sommerparty, sondern um eine Gedenkveranstaltung. Insofern war seine Miene verständlich.

Gisa sah an sich hinab. War es übertrieben, dass sie das schwarze Kleidchen angezogen hatte, das sie sonst nur aus dem Schrank holte, wenn ein Theaterbesuch in Kiel oder Hamburg anstand oder wenn sie auf eine Beerdigung ging? In diesem eng anliegenden Fummel sah sie ziemlich sexy aus, trotzdem schien er ihr dem Anlass zu entsprechen. Auch zu einer Gedenkfeier musste man nicht in Sack und Asche erscheinen. Wie wohl die anderen kommen würden? Sie hatte absichtlich keinen Dresscode vorgegeben. Es sollte jedem selbst überlassen bleiben, in welchem Stil er diesen Abend begehen wollte.

Sie ging zur Garderobe und warf einen letzten prüfenden Blick in den Spiegel. Ihre schulterlangen blonden Haare hatte sie hochgesteckt, doch einige Strähnen hatten sich gelöst. Während sie die eine wieder feststeckte, rutschte eine andere heraus. Leise fluchte sie in sich hinein.

Frederik stand plötzlich neben ihr. »Lass das doch so. Muss doch nicht immer alles perfekt und wie geleckt sein.«

Die Türglocke läutete. Gisa schrak zusammen. Es war erst halb sieben. So früh hatte sie nicht mit den ersten Gästen gerechnet. Sie wandte sich zur Tür, doch Frederik hielt sie am Arm zurück. »Die Flaschenpost.« Er legte den Finger an die Lippen und machte: »Pssst.«

Gisa sah ihn fragend an.

»Red nicht gleich davon. Erwähne sie heute Abend am besten gar nicht. Lass den Kuno erst mal gucken, was davon zu halten ist. Du bringst sonst die ganze Insel in Aufruhr und nachher ist es nur heiße Luft.«

»Aber es müssen doch alle wissen, was der Mörder angekündigt hat. Und Eske weiß es doch sowieso. Die wird nicht stillhalten. Warum auch?«

Es klingelte erneut, diesmal lang anhaltend.

»Gisa, bitte. Oder hat Kuno Knudsen etwa Panik gemacht?«

Gisa schüttelte den Kopf.

»Na, also. Wenn der cool geblieben ist, dürfen wir das auch. Nimm Eske gleich einfach beiseite und sag ihr, sie soll sich zurückhalten.«

Frederik setzte das Lächeln des Gastgebers auf, der sich auf nichts mehr freut als auf eine Gartenparty mit Steaks und Bier und netten Gästen. Schwungvoll öffnete er die Tür.

Vor ihm stand Kuno Knudsen. »'N Abend. Ich störe doch nicht?«

Frederik schluckte.

Gisas Blicke wechselten zwischen dem amtlich dreinblickenden Kuno und Frederik, dessen Gesichtsfarbe eine Nuance blasser geworden war. »Ehrlich gesagt, wir bereiten gerade unsere kleine Feier zu Ehren von Nina Asmus vor.«

Kuno lachte jovial. »Na, das passt doch. Auf einen Gast mehr kommt es dann wohl nicht an.«

Gisa bemerkte, dass sie selbst und Frederik dem Kommissar immer noch den Eingang versperrten. Sie trat einen Schritt zurück, nicht zuletzt notgedrungen, da Kuno seinen großrahmigen Körper Zentimeter um Zentimeter in den Flur schob wie ein Kapitän seinen Dampfer an den vorgesehenen Liegeplatz im Hafen.

Frederik gab sich geschäftsmäßig. »Was können wir für dich tun?«

»Paar Fragen beantworten.« Er drückte Frederik den Zeigefinger auf die Brust. »Allerdings brauche ich nur dich. Gisa kann gerne die Feier weiter vorbereiten.«

»Gisa hat aber so gut wie nichts mehr zu tun, außer hübsch auszusehen. Wenn ich jetzt zum Verhör geladen werde, wird entweder der Grill kalt oder das Fleisch verbrennt, je nachdem.«

»Vorschlag zur Güte. Du stellst dich an den Grill, ich guck zu. Ich stell dir Fragen, du antwortest. Und zur Belohnung bekommen wir beide nachher ein Steak.« Kuno grinste breit.

Gisa gab Frederik mit ihren Blicken zu verstehen, dass er klein beigeben sollte. Wortlos drehte Frederik sich um und ging voraus in den Garten. Kuno ließ Gisa den Vortritt. Unsicher stakste sie vor ihm her. So musste es sich anfühlen, wenn man verhaftet wurde.

Was wollte Kuno von Frederik?

»Ich helf dir«, sagte Gisa spontan und stellte sich mit an den Grill.

Im Bereich von zwei Metern um den Grill herum duldete Frederik ihre Gegenwart üblicherweise nicht. Jetzt aber schien er selig zu sein, dass er Beistand erhielt. Er griff zu der Grillschürze, die auf einem Beistelltisch neben dem Grill lag, und band sie sich um.

Kuno pfiff bewundernd durch die Zähne. »Professionell ausgestattet.«

Frederik schien genervt, bemühte sich aber um Freundlichkeit. »Auch wenn ich mich wiederhole: Was kann ich für dich tun, außer dir zu einer guten Mahlzeit zu verhelfen?«

Er stand sichtlich unter Strom. Gisa erkannte das an den Falten, die sich von den Mundwinkeln ausgehend im senkrechten Verlauf ins Kinn gruben. Wenn Frederik nervös war, erschienen die Linien tief und hart; in entspannten Momenten dagegen konnte man sie nur ahnen.

»Die Flaschenpost, die du heute gefunden hast, warum hast du die nicht gleich selbst bei mir abgeliefert?«

»Ist man als Finder von solchem Strandgut dazu verpflichtet, das Zeug zur Kripo zu bringen?«

»Fällt dir die Antwort auf meine Frage so schwer, dass du eine Gegenfrage stellen musst?«

Frederik wischte sich die Hände an einem Tuch ab. »Muss ich jetzt ein schlechtes Gewissen haben?«

»Das weißt nur du.«

Gisa nahm Blickkontakt mit dem Kommissar auf und deutete auf einen Kasten Bier.

»Gerne.« Kuno blinzelte Gisa freundlich zu und wandte sich wieder an Frederik. »Was hast du gefühlt, als du den Brief gelesen hast? Was ist dir durch den Kopf gegangen?«

Frederik gab vor, nachzudenken. Was wirklich hinter seiner Stirn vorging, vermochte Gisa nicht zu beurteilen. »Es war ein merkwürdiges Gefühl«, sagte er schließlich. »Kann ich nicht näher beschreiben. So was Diffuses.«

Kuno nahm das volle Bierglas von Gisa entgegen und bedankte sich. »Frederik, warum bist du nicht auf die Idee gekommen, mit diesem nicht sehr freundlich klingenden Schreiben, das noch dazu mit einem höchst denkwürdigen Datum versehen ist, auf direktem Weg zu uns auf die Wache zu düsen?«

»Also, zuerst hab ich ja mal gar nicht reingeguckt. Das haben wir zu Hause gemeinsam getan. Und dann musste ich ins Büro. Ich hatte einen Termin mit Interessenten für ein Ferienhaus.«

Gisa wurde wütend. »Ach, jetzt bleibt es wieder an mir hängen.«

Kuno sah sie an und hob die Hand, um sie zu beruhigen. »Auf dem Weg zu deinem Büro kommst du an meinem Haus vorbei, Frederik. Warum hast du mir die Flasche nicht vorbeigebracht? Warum hast du Gisa die Entscheidung überlassen, was sie damit macht?«

Frederik gab die Inhalte der Fläschchen mit Grillsoßen in kleine Schüsseln, die er auf den Beistelltisch stellte und mit Löffeln versah. Er vermied es, Kuno anzusehen. »Rein theoretisch betrachtet könnte jeder X-Beliebige die Flaschenpost in einen großen Fluss geworfen haben, der in die Nordsee mündet. Jeder Urlauber, der der deutschen Sprache halbwegs mächtig ist, könnte den Brief geschrieben, in eine Flasche geschoben und von einem Kreuzfahrtschiff aus direkt ins Meer befördert haben.«

»Hmhm.« Kuno inspizierte die verschiedenen Würstchensorten, die auf einer großen Platte bereitlagen. »Ist das Wildschwein?« Er deutete mit dem Finger auf eine Reihe.

Gisa nickte. »Möchtest du nachher probieren?«

»Der Grill ist noch nicht heiß genug«, sagte Frederik. »Das dauert noch. So viel Zeit wird Kuno gar nicht haben.«

Kuno schob die Hände in die Hosentaschen und trat von einem Bein aufs andere. »Och, für ein leckeres Würstchen schaufele ich mir gerne ein bisschen Zeit frei. Aber kommen wir auf die Flaschenpost zurück. Das Schreiben hat Gisa Angst gemacht und Tela und Eske ebenso. Warum dir nicht? Läuft dir keine Gänsehaut über den Rücken, wenn du so was liest?«

Frederik hob die Schultern. »Das Schreiben konnte das Geständnis eines wahren Mörders sein oder einfach nur ein blöder Jux. Kann ich das beurteilen? Ich hab's einfach nicht so richtig ernst genommen.«

Kuno senkte den Kopf und sah Frederik fest in die Augen. »Das Datum, der zweiundzwanzigste Juli neunzehnhundertsiebenundneunzig, das sagt dir aber was?«

Frederiks Stimme wurde heiser. Gisa kannte das von ihm, wenn er unter Stress stand. »Das war ein blöder Zufall. So was gibt es doch. Die Wahrscheinlichkeit, dass man zweimal im Leben einen Sechser mit Zusatzzahl hat, ist vermutlich genauso hoch oder niedrig wie die, eine Flaschenpost mit dem Todesdatum einer alten Bekannten aus dem Meer zu fischen. Und trotzdem gibt es Leute, denen das passiert. Genauso kann es vorkommen, dass man eine Flaschenpost mit einem Datum findet, das im eigenen Leben eine Rolle gespielt hat.«

Kuno hob den Zeigefinger und wedelte damit vor Frederiks Nase herum. »Aha, sehr aufschlussreich: ein Datum, das in deinem Leben eine Rolle gespielt hat.«

»Verdammt noch mal.« Frederik ging zwei Schritte zurück, als suchte er den größtmöglichen Abstand zu Kuno, und gestikulierte mit den Händen. »Der Absender kann vor zwanzig Jahren seine Großmutter vom Kirchturm geschubst haben, und jetzt hat er vermutlich eine Schwiegermutter, der er das gleiche Schicksal angedeihen lassen will. Deshalb diese Warnung: ›Ich werde es wieder tun‹.«

Kuno zog die Augenbrauen in die Höhe. »Der Absender? Du bist also sicher, dass es sich um einen Mann handelt.«

Frederik wurde kleinlaut. »Wenn ich an Flaschenpost denke, sehe ich automatisch einen Mann vor mir, der einen Brief in eine Buddel schiebt, sie verschließt und ins Meer wirft. Der Brief kann aber natürlich genauso gut von einer Frau stammen.«

»Kann er.« Kuno nickte, als wäre er dabei, eine neue Erkenntnis abzuwägen. »Aber du hast eher das Gefühl, er stammt von einem Mann?«

Demonstrativ baute Gisa sich an Frederiks Seite auf und legte eine Hand auf seine Schulter. Langsam begann er, ihr leidzutun.

Das Grillbesteck in der Hand, hob Frederik ergeben die Hände. »Ich sage dazu nichts mehr. Das ist ja ein regelrechtes Verhör. Ich lass mich doch hier nicht ins Bockshorn jagen.«

»Verhöre führe ich nicht im Garten.« Kuno legte eine Hand ans Kinn und betrachtete Frederik mit zusammengekniffenen Augen. »Die Zeiten, zu denen du joggst, sind vielen Amrumern bekannt. Deine bevorzugten Strecken auch. Schon mal drüber nachgedacht«, er machte eine kleine Pause, wohl um Frederiks Aufmerksamkeit zu erhöhen, »ob die Flaschenpost ganz gezielt zu der Zeit an die Stelle des Strandes gelegt wurde, zu der du da vorbeikommen würdest?«

Frederik war vollends irritiert. Er griff zu einem Messer, das in dem Messerblock auf dem Beistelltisch stand, und fuhr mit einem Finger über den Rücken der Klinge. »Nee.«

Kuno machte ein Pokerface. »Von dir selbst stammte der Brief nicht?«

Frederik und Gisa sahen ihn erschrocken an.

Kuno schmunzelte. »Nur 'n kleiner Scherz. Das mit dem Steak und den Wildschweinwürstchen übrigens auch. Schmeiß die Steaks aufs Feuer, Frederik, eure Gäste kommen gleich. Nachher würde ich gern ein paar Worte an sie richten. Ich guck mal kurz bei Arne vorbei, dann komm ich wieder zu euch zurück.«

Er drehte sich um und nahm den Weg durch den Garten. Am Zaun stützte er sich mit einer Hand ab und sprang hinüber. Von der Straße aus winkte er den beiden zu und verschwand.

Einen Augenblick später klingelte es an der Haustür. Frederik legte die Grillschürze ab. Er befürchtete, wenn er sich außerhalb des Grillbereichs damit sehen ließe, würde Gunnar ihn vor versammelter Mannschaft als

Küchenhilfe necken. Gisa begleitete ihn ins Haus.

Wieder war es Frederik, der die Tür öffnete. Gisa stellte sich einen halben Schritt hinter ihn. Fast gleichzeitig, als hätten sie sich zu einem Sternmarsch verabredet, trafen die alten Freunde und Bekannten aus ganz Nebel ein. Einige weitere, die in Süddorf, Wittdün oder Norddorf lebten und den Weg mit dem Fahrrad oder dem Auto zurücklegten, trudelten kurz darauf ein.

Gisa führte die Gäste auf die Terrasse, bot ihnen Getränke an und postierte die mitgebrachten Salate und belegten Brötchen auf dem Tisch.

Frederik blieb in der Nähe der Tür stehen, bis auch das letzte Paar eingetroffen war. Er gab Gisa mit den Augen zu verstehen, dass sie mit Eske reden sollte, doch Gisa zog die Stirn kraus und schüttelte unwillig den Kopf.

Auf der Terrasse bildete sich unwillkürlich ein Kreis. Jeder, der sein Getränk erhalten hatte, stellte sich dazu, bis sie vollzählig waren.

Frederik erhob sein Glas. »Dann mal Prost, auf Nina.«

»Möge es ihr gut gehen, da, wo sie jetzt ist«, schob Gisa eilig hinterher.

Alle nippten an ihren Gläsern. Es herrschte verlegene Stille. Gisa deutete mit einer großen Geste auf den Tisch mit den Salaten. »Tja, also, das Büfett ist eröffnet. Bedient euch bitte.«

»Halt, Moment«, rief Eske mit heiserer Stimme. »Wer hält denn eigentlich die Rede?«

Frederik grinste. »Immer der, der fragt.«

Eske wurde rot. »Ich hab nichts vorbereitet. Ich bin ja nicht die Gastgeberin.« Sie warf Frederik und Gisa, die wie ein Pärchen aus einem Hollywood-Film beieinanderstanden, einen Blick zu, der eine Mischung aus Erwartung und Vorwurf zugleich war. »Aber einer sollte doch ein paar Worte in Erinnerung an unsere Freundin sagen, oder nicht?« Sie sah sich im Kreis um.

Niemand reagierte.

»Freundin!«, rief Svenja schließlich aus und lachte verächtlich. »Nina war der unübersehbare Mittelpunkt unserer Clique, das wohl. Aber seid doch mal ehrlich, wer von uns war so richtig mit ihr befreundet?«

Eske räusperte sich provokant.

»Ja, du natürlich, Eske.« Svenjas Stimme hallte in eine betretene Stille hinein. »Und die Männer.« Sie warf Gunnar einen Blick zu, der wiederum schielte zu Frederik hinüber. »Aber sonst? Von uns Frauen hat sie sich doch immer etwas distanziert, oder nicht? So, wie ich sie erlebt habe, hielt sie sich für ein bisschen was Besseres.«

»Da stimme ich dir zu.« Eine Frau, die etwas abseitsstand, prostete ihr zu.

Eske hob den Kopf. »Wenn das so ist, warum dann überhaupt diese Gedenkparty?«

Frederik trat einen Schritt vor. »Du hast recht, Eske. Eine kleine Rede hat Nina auf jeden Fall verdient.« Er stellte sich auf die Zehenspitzen und verharrte einen Moment so. »Also – jeder von uns hat Nina bestimmt als fröhliche, attraktive junge Frau in Erinnerung. Dass sie so früh gestorben ist ...«, er hielt sich die Faust vor den Mund und hüstelte, »... sterben musste, erfüllt uns alle mit großer Traurigkeit. Aber wir wollen sie so in Erinnerung behalten, wie sie von ihrem Wesen her war: lebenslustig und auf ihre Weise liebenswert. Ich schlage vor, wir legen jetzt eine Gedenkminute ein. Und dann haben wir den ganzen Abend, um uns gemeinsam an sie zu erinnern.« Sein Blick schweifte zu Gisa hinüber.

Sie nickte. Hastig platzierte sie ihr Glas auf der Fensterbank, faltete die Hände vor ihrem Körper und senkte den Blick. Die anderen Gäste stellten ihr Glas auf den Tisch oder auf den Boden und taten es ihr nach, die Frauen zum Teil mit unverhohlen verzogenen Mündern. Als Gisa meinte, dass ungefähr eine Minute vergangen sein könnte, schlug sie zaghaft mit einem Dessertlöffelchen gegen ihr volles Sektglas. Der Klang war dumpf und kaum zu vernehmen, doch jeder schien auf ein Zeichen gewartet zu haben, und wenn es ein Floh gewesen wäre, der gehustet hätte. Erleichtert lösten die Gäste sich aus der Starre, hoben die Köpfe und griffen wieder nach ihrem Getränk.

»So«, sagte Frederik, »das Büfett ist eröffnet und der Grillmeister steht euch zu Diensten.« Er legte seine Grillschürze wieder an, postierte sich vor dem Grill und guckte hoheitsvoll drein wie ein Sternekoch.

Gisa und Eske verzogen sich mit ihren Tellern in eine Ecke des Gartens und plauderten miteinander. Frederik war inmitten der hungrigen Gäste zu sehr mit seinen Steaks beschäftigt, um den beiden Frauen auch nur eine Sekunde Aufmerksamkeit schenken zu können. Gisa weihte ihre Freundin in Frederiks Unwillen darüber ein, öffentlich über den Fund der Flaschenpost zu reden.

»Wieso stellt er sich so an?«, fragte Eske.

»Ich denke, er will einfach nicht, dass sich Panik verbreitet.«

Eske nickte verständig. »Aber es geht doch sowieso wie ein Lauffeuer über die Insel, sobald Kuno die ersten Teilnehmer der Strandparty von damals zu sich auf die

Wache einlädt.«

»Sehe ich genauso. Nachher kommt übrigens ...« Gisa blickte zu Frederik hinüber und sah, dass Svenja dicht bei ihm stand. Sehr dicht. Sie hatte sich an seine Seite gestellt und flüsterte ihm etwas ins Ohr. Sein Gesichtsausdruck ließ deutlich erkennen, dass Svenja nicht über Grillrezepte sprach. Er wirkte auf einmal sehr ernst und verschlossen und ließ jegliche Routine vermissen, als er ihr ein Steak auf den Teller legte. Völlig unnötigerweise ging Svenja um den Grill und damit auch zwangsläufig um Frederik herum. Frederik versuchte, ihr auszuweichen. Dabei drückte er sich gefährlich nah an den Grill.

Was für eine Vorstellung war das, die Svenja da gerade gegeben hatte?

»Gisa? Was ist denn?«

»Entschuldige, ich war ganz in Gedanken. Was wollte ich sagen? Ach ja: Kuno kommt nachher vorbei und weiht unsere Gäste ein. Er wird schon die richtigen Worte finden, um keine Panik und keine unnötigen Gerüchte aufkommen zu lassen. Wenn die anderen mit dem Essen fertig sind, sammeln wir am besten schon mal die Namen der Leute, die damals dabei waren.«

Gisa und Eske mischten sich unter die Gäste und führten ihre Small Talks. Als die meisten Besucher zum Dessert übergegangen waren, holte Gisa Block und Bleistift, die sie im Wohnzimmer bereitgelegt hatte. Assistiert von Eske, stellte sie sich auf die Stufe vor der Terrassentür und klopfte mit dem Kuli gegen ihr Glas. »Jetzt mal bitte alle herhören. Wir würden gerne die Namen derjenigen festhalten, die bei der Party in der Strandhalle vor zwanzig Jahren mit dabei waren.«

»Wieso das denn?«, fragte ein Mann, der in Frederiks Nähe stand.

Wie aus dem Nichts tauchte Kuno wieder am Gartenzaun auf. »Das will ich euch kurz erklären.« In großen Schritten lief er über den Rasen zur Terrasse.

Gisa wunderte sich über den Auftritt zu einem Zeitpunkt, der wie von einem Drehbuch vorgegeben schien. Hatte der Kommissar die Anwesenden etwa schon eine Zeit lang hinter einem der dichten Sträucher beobachtet und belauscht?

Kuno bat die Gäste, sich um ihn zu versammeln, und hielt eine kleine Ansprache. Ohne Frederiks Namen zu erwähnen, berichtete er, dass an diesem Morgen eine fragwürdige Flaschenpost an den Badestrand von Nebel gespült worden sei. Seine Worte erweckten den Eindruck, dass es sich dabei um einen Fund handelte, der im Prinzip keiner großen Aufmerksamkeit bedurfte.

Es bestehe kein Grund zur Panik, meinte Kuno, doch solange sein Kollege und er den Sachverhalt nicht aufgeklärt hätten und keine hundertprozentige Sicherheit gegeben sei, würde er allen Anwesenden raten, Vorsicht walten zu lassen und sich nicht unnötig in Gefahr zu begeben. Die Kripo Wattenmeer würde Entwarnung geben, sobald die Hintergründe des Fundes geklärt seien.

Er wiederholte Gisas Bitte, die Namen der Leute, die damals in der Strandhalle dabei gewesen waren, zusammenzustellen. In den nächsten Tagen würden Arne Zander und er mit dem einen oder anderen von ihnen Rücksprache halten. Mit betont unbeschwerter Haltung wünschte er noch einen schönen Abend und verabschiedete sich.

Gisa meldete sich zu Wort. »Die Namen derjenigen,

die heute Abend hier sind, haben wir schon zusammengestellt und im Computer gespeichert. Jetzt ist jeder von euch aufgerufen, mal scharf nachzudenken, wer damals noch dabei war, und die Namen hier einzutragen. Wir vervollständigen dann morgen unsere bestehende Liste und geben sie an die Kripo weiter.«

Einer der Gäste, die Kuno aufmerksam zugehört hatten, trat zwei Schritte vor. »Das heißt also, jeder von denen, die auf der Liste stehen, ist grundsätzlich verdächtig, die Flaschenpost auf den Weg geschickt zu haben, oder wie muss ich das verstehen?«

Eine Frau, die dem Bedenkenträger schräg gegenüberstand, schüttelte den Kopf. »Das hat Kuno doch gerade erklärt. Es ist eine Routinesache. Du weißt doch, wie so was läuft. Die Polizei befragt jeden, ob er sich an etwas Auffälliges erinnern kann. Du sagst Nein, und alles ist gut.«

Die Frau, die neben ihr stand, hob den Finger. »Warum ist eigentlich Mareike nicht hier? Die hat doch auch zu unserem engeren Kreis gehört. Hatte sie keine Zeit oder habt ihr sie erst gar nicht eingeladen?«

»Oh, die Mareike!« Einige der Gäste drehten sich demonstrativ ab.

Gisa wippte auf den Zehenspitzen und blickte die Frau, die nach Mareike gefragt hatte, mit überlegener Miene an. »Mareike hat dazugehört, aber waren wir wirklich mit ihr befreundet?«

»Pah«, rief Svenja aus, »das hätte der so gepasst. Gekommen wäre sie bestimmt gern, aber wer hätte sie hier haben wollen?«

Ein Mann, der in Gisas Nähe stand, mischte sich ein. »Mareike lebt doch schon lange auf Föhr. Glaubt ihr denn im Ernst, sie wäre extra nach Amrum gekommen, um mit uns den Todestag der Frau zu begehen, die sie imitiert und zugleich gehasst hat?«

Gunnar hob ihm sein Bierglas entgegen. »Natürlich wäre sie das. Sie ist ja nicht aus der Welt. Ihre Mutter lebt heute in Wittdün.«

Eske fühlte sich offenbar veranlasst, das ehemalige Mitglied der Clique, dessen Abwesenheit niemand so recht bedauerte, zu verteidigen. »So schlimm war Mareike nun aber auch wieder nicht. Nur weil sie dauernd mit Nina in Konkurrenz stand, müssen wir sie nicht verurteilen. Ein bisschen haben wir ja selbst dazu beigetragen, dass sie zur Außenseiterin geworden ist. Und dann wollten einige ihr auch noch die Schuld an Ninas Tod unterjubeln. Nicht ohne Grund hat Mareike Amrum verlassen.«

»Typisch Eske.« Gisa legte einen Arm um die Schulter ihrer Freundin. »Immer auf der Seite der Schwächeren.«

Eine Frau trat auf sie zu und berührte sie am Arm. »Nimm Mareike nur in Schutz. Einer muss das ja wohl tun.«

Gisa wandte sich an die Frau, die nach Mareike gefragt und damit dieses Gespräch in Gang gesetzt hatte. »Du hast natürlich recht, sie gehört auf die Liste, die wir für Kuno zusammenstellen.« Sie trug Mareikes Vor- und Nachnamen ein. Anschließend reichte sie den Block samt Kugelschreiber an Eske weiter, die ihn mit unschuldigem Lächeln der Frau übergab, die ihr gerade so scheinheilig beigepflichtet hatte.

Als eine der Letzten kam Svenja an die Reihe. Sie überflog die Liste mit kritischem Blick, wandte sich an die Frau, die neben ihr stand, und tippte mit dem Kugelschreiber auf einen Namen. »Der hier, kennst du den noch? Hinter dem war Nina her wie Fritz' Katze.«

»Hinter wem war Nina nicht her?«, raunte die Frau Svenja zu. In der Stille, die sich verbreitet hatte, während der Block herumgereicht wurde, war der Einwurf überdeutlich zu hören.

Svenja wandte sich an die gesamte Runde. »Wisst ihr noch, wie Ninas Lebensmotto gelautet hat?« Sie klatschte albern in die Hände.

»Wie denn?«, fragt einer der Männer.

Svenja setzte ihr Bowlenglas an die Lippen. Sie brachte es fertig, kleine Schlucke zu trinken und gleichzeitig verschmitzt zu lächeln. Dann leckte sie sich über die Lippen und warf den Kopf in den Nacken. »Ihr Motto lautete: ›Man muss nicht mit jedem Mann auf der Welt geschlafen haben, aber man muss es wenigstens versucht haben.‹«

Die meisten Männer, die um sie herum standen, waren angetrunken genug, um laut zu grölen. Eskes Lippen wurden schmal; sie warf Svenja Blicke wie Pfeile zu.

»Ein toller Spruch«, rief ein Mann von der anderen Seite des Gartenzauns herüber, als das Gelächter nachließ.

Alle wandten sich der Richtung zu, aus der die Stimme kam.

Friedrich Fliegenfischer stand, bis zur Hüfte verdeckt, an der Hecke, die am Zaun an der einen Seite des Grundstücks wuchs. In dem blassen Licht, das die Straßenlaterne in der Dämmerung abgab, wirkte er wie eine Figur auf einem Heiligenbild, die von einem göttlichen Schein umgeben war. Er winkte zu den Gästen hinüber.

»Darf ich?« Er eilte zum Gartentor. Ohne die Antwort der Hausbesitzer abzuwarten, öffnete er die Pforte und trat ein. Mit hoch erhobenen Händen ging er auf die Anwesenden zu.

»So wie der hier antanzt, hat er was von 'nem Prediger auf der Kanzel«, wisperte Gunnar, der neben Gisa stand. »Nur der Talar fehlt noch.«

»Die Tela«, Friedrich baute sich, die Hände immer noch erhoben, vor der Terrasse auf. »Die Tela hat mir gesagt, dass hier so eine Gedenkfeier stattfindet. Da dachte ich mir, ich komme mal vorbei. Habt ihr was dagegen, wenn ich ein paar Bilderchen mache?« Er holte seine Kamera aus einer ausgebeulten Umhängetasche hervor.

Frederiks Antwort war kurz und knapp. »Ja.«

Einen Friedrich Fliegenfischer konnte eine Abfuhr nicht verunsichern. Er lachte »Ha! Der Frederik!« Er ging zu dem Gastgeber, der ihn nicht eingeladen hatte, und legte ihm den Arm um die Schulter. »Ihr habt doch wohl noch 'n lecker Stückchen Fleisch für einen eifrigen Reporter? Hab bis gerade an der Tastatur gesessen. Mensch, hab ich Hunger. Hmmm, das duftet ja.« Er nahm den Arm von Frederiks Schulter, rieb sich die Hände und beugte sich über den Grill, auf dem der Küchenchef das letzte Steak zubereitete, das er womöglich selbst hatte essen wollen. »Das nehm ich gerne. Mit 'ner Knobisoße, bitte. Habt ihr doch da, oder? Und ein Bierchen?« Er klopfte Frederik auf den Rücken.

Gisa brachte ihm ein Glas und eine Bierflasche.

»Flasche reicht.« Fliegenfischer holte einen Öffner aus seiner Jackentasche hervor.

Frederik legte das Steak auf einen Pappteller, ertränkte es in Knoblauchsoße und drückte dem Reporter den Teller in die Hand. »Heute Nacht brauchst du keine Angst vor Vampiren zu haben.«

Gisa reichte Friedrich, der sich an einen der Bistrotische gestellt hatte, Besteck und eine Serviette und gesellte sich zu ihm. Während der Reporter ihr mit vollem Mund von seinem anstrengenden Journalistenalltag berichtete, beobachtete sie, wie Frederik sich mit Gunnar auf ein kaum merkliches Zunicken hin in den hintersten Winkel des Gartens verzog. Ihr schien es, als hätten die zwei Männer, die seit der Schulzeit gute Freunde waren, sich schon vor Beginn der Feier zu diesem Plausch verabredet.

Sie lehnten sich an den Zaun in der Nähe der Mülltonnen. Frederik fing sofort an zu reden. Gunnar lauschte und zog die Stirn in Falten. Schließlich entgegnete er etwas, woraufhin Frederik sich gestikulierend ereiferte. Gunnar legte ihm die Hand auf die Schulter und redete auf ihn ein. Frederik schien sich zu beruhigen.

Friedrich Fliegenfischer folgte Gisas Blicken. »Knies zwischen den alten Kumpels?«

Gisa versuchte, ein gleichgültiges Gesicht zu machen, und zuckte mit den Schultern. »Die werden wieder Geschäftliches zu besprechen haben.«

Der Reporter setzte eine leidenschaftlich neugierige Miene auf, rückte näher an Gisa heran und raunzte in ihr Ohr. »Geschäftliches? Die beiden? Der eine macht in Immobilien, der andere in Fahrradverleih. Was für ein Business verbindet die zwei?«

»Ist doch logisch. Die Gäste, die bei Frederik eine Ferienwohnung mieten, wollen oft Fahrräder dazu. Die ordert Frederik natürlich bei Gunnar. Wo denn sonst?«

Sie nahm ihr Glas. »Ich geh mal einen Tisch weiter. Muss mich schließlich auch um die anderen Gäste kümmern.«

Frederik und Gunnar unterbrachen ihr Gespräch in dem Moment, in dem sie merkten, dass Gisa sich zu ihnen gesellen wollte. Zeitgleich setzten sie ein ausdrucksloses Lächeln auf.

»Wirklich gelungen, die Feier«, sagte Gunnar. »Danke, dass du dir solche Mühe gegeben hast. Wenn du das nicht organisiert hättest, hätte wohl niemand an diesen Tag gedacht.«

Frederik verzog das Gesicht zu einer bitteren Miene. »Dran gedacht hätte jeder. Nur gefeiert hätte keiner.« Er wandte sich von Gisa ab und blickte auf den Weg an den Wattwiesen.

Gunnar ließ sich von seinem Lob für Gisa nicht abbringen. »Das meine ich ja. Es ist nur dir zu verdanken, Gisa.«

Gisa fühlte sich geschmeichelt und doch waren ihr die Worte peinlich. Sie hatte doch nur ein Zeichen setzen wollen. Für Tela, Eske und ja, auch für Nina.

Noch immer stierte Frederik zu dem Weg hinüber. Auch Gisas Blick wanderte dorthin.

Frederik nippte an seiner Bierflasche. »Da ist jemand.«

Nun wandte auch Gunnar sich um. »Wo?«

»Da vorne hat jemand gestanden und eine ganze Zeit zu uns rübergeguckt.«

Gunnar lachte. »Kein Wunder. Wo auf Amrum sieht man mal eine Gartenparty von diesem Ausmaß?«

Gisa zog die Stirn in Falten. »Ich würde fast sagen, das könnte Mareike gewesen sein.«

Gunnar sah sie ungläubig an. »Mareike?« Er suchte Frederiks Blick.

Doch Frederik blieb stumm und sah der Gestalt hinterher, die in der Dunkelheit in Richtung Wittdün verschwand.

7

Tela saß in ihrem Wohnzimmer. Es war spät in der Nacht. Das einzige Licht, das den Raum ein wenig erhellte, waren zwei Kerzen. Sie standen in der Mitte des Esstisches, rechts und links neben dem großformatigen Porträtfoto von Nina.

An jedem Jahrestag des Todes ihrer Tochter vollzog Tela das gleiche Ritual. Am Vormittag besuchte sie Ninas Grab. Meist war sie zu der Uhrzeit dort, zu der der Wachtmeister ihr die Nachricht von Ninas Tod überbracht hatte. Vom Friedhof aus ging sie wieder nach Hause und gab sich in aller Stille ihrer Trauer hin.

Mittags aß sie nichts, und sie trank nur, wenn ihr Körper förmlich nach Wasser schrie. Abends nahm sie eine Kleinigkeit zu sich. Eske leistete ihr dabei Gesellschaft. Ohnehin war es meist Eske, die das Essen zubereitete. Ihr selbst fehlte an diesem Tag die Kraft dafür.

Den ganzen Tag über fragte sie sich: Wozu weiterleben? Ihr Mann war viel zu früh von ihr gegangen, ihre Tochter war ihr auf brutale Weise genommen worden.

Und dann kam dieses Gefühl wieder in ihr hoch und ihr fiel ein Grund ein, warum sie weiterleben sollte: Derjenige, der ihre Tochter auf dem Gewissen hatte, sollte gefunden werden und sie wollte wissen, wer das war. Dieser Gedanke war das Einzige, das sie am Leben hielt.

Sie war es Nina schuldig, dafür zu sorgen, dass ihr Tod nicht ungesühnt blieb. Vor zwanzig Jahren hatte sie alles versucht, was in ihrer Macht stand. Vergeblich. Jetzt keimte wieder Hoffnung in ihr auf.

Und dazwischen immer wieder diese Selbstvorwürfe. Es war doch ihre Schuld! Sie hätte ihre Tochter, auch wenn sie längst erwachsen war, warnen müssen. Eine Party mitten in der Woche, nur weil es sich gerade so ergab. Weil die Strandhalle an diesem Abend günstig zu mieten war. Ein Samstag hätte sich doch viel besser angeboten. Dann wäre Nina ausgeruht gewesen. Sie hätte sich im Wasser gegen ihren Angreifer verteidigen können, statt als Opfer zu enden.

Vielleicht wäre es an einem anderen Tag auch nicht so heiß gewesen wie ausgerechnet an diesem. Die tropisch warme Nacht hatte förmlich dazu eingeladen, sich im Meer ein wenig abzukühlen. Bei einem frischen Wind und fünfzehn Grad Lufttemperatur wäre Nina sicher nicht ins Wasser gegangen und dann hätte niemand die Gelegenheit gehabt, sie einfach zu ersäufen.

Wie hatte sie ihre Tochter an dem Abend einfach ziehen lassen können?

Ein Klopfen an der Tür. Es war das geheime Zeichen, das Nina und Eske einst unter sich ausgemacht hatten, weil Tela zu später Stunde kein Klingeln ertrug.

Tela öffnete die Tür. »Ist die Feier schon zu Ende? Ist doch nicht mal Mitternacht.«

Eske folgte Tela ins Wohnzimmer.

Tela schaltete die Deckenleuchte ein und drehte am Dimmer, damit das Licht nicht zu grell war.

»Die meisten anderen sind noch zugange. Ich hatte keine Lust, bis zum Schluss zu bleiben. Ist mir zu stressig. Diese Svenja ... Kann ich ein Wasser haben?«

»Nimm dir, was du möchtest. Du bist ja hier zu Hause.«

Eske ging in die Küche und kehrte mit einer Flasche Wasser und zwei Gläsern zurück.

Tela guckte sie müde an. »Was ist denn mit Svenja?

Hat sie wieder über Nina hergezogen?«

Eske seufzte. »Was die für Sprüche loslässt! Völlig indiskutabel.«

»Was hat sie denn heute gesagt?«

Eske winkte ab. »Dummes Zeug. Du weißt ja, wie das mit Frauen ist, die chronisch unzufrieden sind. Ich glaube nicht, dass sie mit Gunnar glücklich ist. Sie haben vor, ein größeres Haus zu kaufen, und jedes Gespräch dreht sich zurzeit nur um dieses eine Thema. Dabei bin ich überzeugt, mit dem Haus ist es bei den beiden wie bei anderen zerrütteten Paaren mit einem Kind. Sie legen es sich zu, weil es die Ehe retten soll, obwohl es gar nichts mehr zu retten gibt.«

Tela wurde nachdenklich. »Svenja ist gesund, sie hat ihre Eltern, ihren Mann und einen großen Freundeskreis. Sie besitzt mehrere Häuser, die sie für gutes Geld an Urlauber vermietet, und sie führt ein schönes Leben. Damit sollte sie doch zufrieden sein.« Sie hielt Eske, die gerade die Wasserflasche öffnete, ihr Glas hin. »Einen kleinen Schluck nehme ich auch.«

»Frauen wie Svenja sind nur zufrieden, wenn sie sich ihrer Unzufriedenheit hingeben können. Daran kann man nichts ändern. Was mich allerdings erschreckt, ist diese Kälte, die sie anderen Menschen gegenüber zeigt.« Eske deutete auf die Kerzen auf dem Tisch. »Die sind bald runtergebrannt. Soll ich neue holen?« Sie blies die Stummel aus, nahm sie aus den Haltern und legte sie zum Auskühlen in eine Porzellanschale auf der Anrichte.

Tela schüttelte den Kopf. »Ich mach das schon.« Sie erhob sich, holte neue Kerzen aus einer Schublade und zündete sie an. »Ich weiß noch, wie unbeteiligt Svenja mich angeguckt hat, als sie mir an Ninas Grab ihr Beileid aussprach. Ich glaube, sie hat keine Sekunde um Nina getrauert.«

Eskes Blick verlor sich im Schein der Kerzen. »Das denke ich auch. Sie war schon immer so. Eiskalt, egoistisch und rücksichtslos.«

***

Als die Gedenkparty zu Ende war und alle Gäste gegangen waren, fragte Gisa sich im Stillen, warum sie sich das überhaupt angetan hatte. Frederik gegenüber äußerte sie diesen Gedanken lieber nicht. Der hätte nur gesagt, er hätte es ja gleich gewusst ...

Frederik packte mit jeder Hand drei leere Glasflaschen, die mit Grillsoßen gefüllt gewesen waren, und stellte sie in einen Korb. »Sag nicht, dass du vorhast, so 'ne Party zum fünfundzwanzigsten Todestag von Nina zu wiederholen.«

Gisa riss sich zusammen und tat so, als verstünde sie nicht, was er meinte. »Immerhin war es eine nette Geste gegenüber Tela. Wir haben ihr gezeigt, dass wir Nina nicht vergessen haben und dass wir alle gemeinsam mit ihr trauern. Und wer weiß, vielleicht hat Nina gespürt, dass wir an sie gedacht haben?«

Frederik sammelte leere Bierflaschen von den Bistrotischen und vom Rasen auf und sortierte sie in die Kästen ein, die auf der Terrasse standen. »Glaubst du, sie reserviert dir einen Platz im Himmel als Dank für dein aufopferungsvolles Engagement ihr zu Ehren? Guck dir an, wie es hier aussieht! Die anderen fallen jetzt entspannt ins Bett und wir ackern noch die halbe Nacht.«

»Auch wenn es viel Arbeit war, die Idee an sich war nett.« Gisa klappte einen Bistrotisch zusammen und klemmte sich dabei die Finger ein. »Autsch.« Sie steckte eine Fingerkuppe, aus der ein Blutstropfen hervorquoll, in den Mund.

»Brauchst du ein Pflaster?«

Gisa schüttelte den Kopf. »Danke.«

»Es geht doch nicht nur um die Arbeit, es geht auch um die Überraschungsbesuche, die man zu so einem Anlass bekommt. Erst taucht Kuno Knudsen aus heiterem Himmel hier auf, dann stürmt der Fliegenfischer den Garten ...« Frederik trank seine Bierflasche leer und ließ sie geräuschvoll in den obersten Kasten des Stapels fallen. Er deckte den Grill ab und stellte den Messerblock auf den Tisch auf der Terrasse. »Weißt du was? Wir beide gehen jetzt auch schlafen. Um den Rest kümmern wir uns morgen.«

»Den Rest?« Gisa blickte ihn ungläubig an. »Den ganzen Krempel willst du über Nacht hier stehenlassen?«

»Das stört doch niemanden.« Er nahm ihre Hand und zog Gisa zu sich heran. »Sei doch nicht immer so furchtbar ordentlich.«

Gisa vergewisserte sich, dass nichts auf dem Rasen lag, das nicht nass werden durfte. Zwar sah es nicht nach Regen aus, aber sie schlief ruhiger, wenn sie wusste, dass alles in Sicherheit war. »Geh du schon mal ins Bad. Ich sammle noch schnell die Pappteller ein, damit sie bei aufkommendem Wind morgen früh nicht herumgeweht werden. Dann komme ich nach.«

Mit der Abfalltüte in der Hand machte Gisa noch einen Gang durch den Garten und klaubte Pappteller, Besteckteile und Plastikbecher von den Tischen und vom Rasen. Als sie die Tüte in die Mülltonne beförderte, blickte sie sehnsüchtig übers Watt.

Am liebsten hätte sie noch einen kleinen Spaziergang zur Aussichtsplattform unternommen. Ein paar Minuten auf der Holzbank sitzen, die Ruhe genießen und sich geborgen fühlen beim Anblick der Lichter, die von Föhr und Langeneß herüber blinkten.

Bisher hatte sie nie Bedenken gehabt, selbst in der tiefsten Dunkelheit noch einen Spaziergang zu machen. Auf Amrum fühlte sie sich sicher. Doch das Schreiben des Mörders, wenn es denn echt war, machte sie vorsichtig.

Vom Garten aus blickte sie nach oben. Im Bad brannte Licht. Frederik lag also noch nicht im Bett.

Sie ging ins Haus, setzte sich aufs Sofa und legte die Beine hoch. Während sie in der Zeitung blätterte, ließ sie diesen Tag, der wohl jedem aus der Clique auf irgendeine Weise nahegegangen war, Revue passieren. Wenn auch niemand wusste, was damals wirklich passiert war, hatte doch jeder das Gefühl, wenn sie alle ein wenig aufgepasst hätten, wäre Nina heute noch am Leben.

Frederik hatte nicht ganz unrecht: Den fünfundzwanzigsten Jahrestag sollten sie anders begehen.

Die Toilettenspülung rauschte. Kurz darauf klapperte die Badezimmertür, dann die des Schlafzimmers. Barfuß huschte Gisa die Treppe hinauf, erledigte ihre Abendtoilette und schlich sich ins Schlafzimmer. Frederik schlief bereits. Gisa legte sich hin, drehte sich auf die Seite und zog die Bettdecke bis zu den Schultern. Den beruhigenden, gleichmäßigen Rhythmus von Frederiks Schnarchern in den Ohren schlief auch sie bald ein.

Mitten in der Nacht schrak sie hoch. Sie konnte nicht sagen, ob sie die Geräusche, die sie geweckt hatten, geträumt hatte oder ob sie real gewesen waren. Frederik schlief fest. Er lag auf der von ihr abgewandten Seite und rührte sich nicht. Nur die Bettdecke über dem Brustkorb hob und senkte sich leicht.

Wieder ein Geräusch. Glas zerbrach auf der Terrasse, die unterhalb des Schlafzimmers lag. Es musste eine Bierflasche gewesen sein, die sie vergessen hatten, in einen Kasten einzusortieren.

Gisa beugte sich über Frederik. Seine Lider waren fest geschlossen. Sie legte ihm die Hand auf die Schulter und rüttelte sanft. Leise fing sie an zu sprechen. »Frederik? Frederik, aufwachen, schnell, da ist jemand im Garten.« Noch einmal rüttelte sie an seiner Schulter, diesmal fester.

Jetzt hörte sie Schritte auf der Terrasse.

Sie traute sich nicht, aufzustehen und aus dem Fenster zu sehen. Womöglich hatte der Kerl eine Schusswaffe und würde nicht davor zurückschrecken, auf sie zu zielen.

Frederik drehte sich halb auf den Rücken. »Was'n los?«

Er hatte eine Bierfahne. Gisa wich ein wenig zurück. Sie legte einen Finger an den Mund. »Schscht. Da ist jemand im Garten.«

Frederik befand sich im Halbschlaf. Er begriff nicht. »Wird 'ne Möwe gewesen sein.« Er drehte sich wieder auf die Seite. »Lass mich schlafen.«

Wieder rüttelte Gisa ihn. »Wach auf. Wir müssen die Polizei rufen.«

Bei dem Wort ›Polizei‹ wurde Frederik munter. Ruckartig, wenn auch immer noch mit halb geschlossenen Augen, drehte er sich um und stützte sich auf den Ellenbogen ab. »Willst du jetzt wegen jeder Kleinigkeit die Polizei einschalten?«

»Es war jemand unten auf der Terrasse, ich hab's doch gehört. Er hat eine Flasche umgeworfen. Es muss ein Dieb sein.«

Frederik ließ sich auf den Rücken fallen. »Was soll er schon klauen. Die leeren Bierkästen? Oder sich den schweren Grill in die Tasche stecken?«

»Wenn es jemand ist, der einbrechen will?«

Frederik lauschte. »Jetzt ist doch alles still da unten.«

»Wenn er nur anderes Werkzeug holen will und gleich wieder zurückkommt, um die Scheiben einzuschlagen?« Gisa schlug die Decke zurück und sprang aus dem Bett. Unschlüssig blieb sie an der Wand, die der Fensterseite gegenüberlag, stehen und schob sich mit beiden Händen die Haare hinter die Ohren. »Ich schlaf jedenfalls heute Nacht nicht mehr. Nicht, solange nicht geklärt ist, was da unten los ist. Lass uns die Polizei rufen.«

»Meinst du, da zerdeppert einer erst mal was und macht ordentlich Lärm, um die Hausbesitzer vorzuwarnen, dann holt er 'nen Holzhammer und probiert es 'ne halbe Stunde später noch mal?« Frederik sah sie mitleidig an. »Also gut, wenn es dich beruhigt ...« Nun stieg auch er aus dem Bett. Er stellte sich neben das Fenster, schob den Vorhang vorsichtig einige Zentimeter zurück und lugte hinaus. »Da unten ist niemand.« Er ließ den Vorhang zurückfallen und ging mit todernster Miene auf die Schlafzimmertür zu.

Gisa nahm ihr Smartphone in die Hand, das den ganzen Tag ausgeschaltet auf ihrem Nachttisch gelegen hatte, und schaltete es ein.

Frederik zeigte auf das Mobiltelefon. »Was willst du denn jetzt damit?«

»Na, was wohl?«

»Jetzt lass mich doch erst mal gucken.« Er verließ das Zimmer und ging bei ausgeschaltetem Licht lautlos die Treppe hinab.

Gisa verharrte an der halb offenen Schlafzimmertür. Mit der einen Hand umklammerte sie das Handy. Der Zeigefinger der anderen schwebte über dem Notruf-Symbol. Gebannt lauschte sie nach unten.

Nach einer Weile knarrte die Treppe. »Frederik?«

»Nee, hier kommt das Nachtgespenst.«

Kurz darauf stand er wieder vor ihr. Er stieß die Tür auf und nahm Gisa in den Arm. »Eine Bierflasche ist vom Tisch gefallen. Sonst nichts.« Er drückte ihr einen Kuss auf die Stirn, legte sich wieder ins Bett und deckte sich in aller Ruhe zu.

Wie konnte eine Bierflasche einfach vom Tisch fallen? Hatte es etwa auf Amrum ein kleines Erdbeben gegeben, das sich einzig und allein auf ihre Terrasse konzentriert hatte? Oder hatte ein Mini-Tornado gewütet, der über den Tisch hinweggefegt war?

Unsicher ließ Gisa sich ins Bett fallen. Das Handy legte sie griffbereit auf den Nachttisch. Den Rest der Nacht würde es eingeschaltet bleiben.

8

Gerade hatte Kuno es sich bei Tee, Brötchen und einem weich gekochten Ei in seiner kleinen Küche gemütlich gemacht. Das Fenster stand weit offen. Er genoss die kühle, würzige Luft, die hereinwehte, und versuchte, anhand des Gezwitschers die Vogelarten zu identifizieren, die sich auf dem trockengefallenen Watt über die Beute hermachten, die das Meer mit seinem tidebedingten Rückzug freigegeben hatte.

Eine Melodie, die plötzlich aufkam, passte nicht in die Palette an Pfeif- und Singtönen hinein. Kein Wunder, es war die seines Handys. Okko rief an.

Kuno wischte über das Symbol mit dem grünen Hörer. »Hallo?«, grummelte er und tat ahnungslos. Er wollte Okko gegenüber nicht durchblicken lassen, dass er dessen Telefonnummer gleich nach seinem ersten Anruf vor ein paar Tagen gespeichert hatte.

»Moin, Kuno. Okko hier. Wie ich dich kenne, bist du doch bestimmt schon irgendwo in der freien Natur unterwegs.«

Kuno bemühte sich um einen gelassenen Tonfall. »Nach so langen Jahren der Funkstille solltest du damit rechnen, dass ich meine Lebensgewohnheiten geändert haben könnte.«

Okko reagierte nicht weiter darauf, er redete munter weiter. »Ich wollte dir nur mitteilen, dass ich heute schon nach Amrum komme. Um dreizehn Uhr legt meine Fähre in Dagebüll ab.«

Kuno sprang von seinem Stuhl hoch. In der einen Hand den Teebecher, in der anderen das Mobiltelefon, lief er aufgebracht zwischen Küche und Wohnzimmer hin und her. »Heute schon? Letzte Woche hast du gesagt, du kommst am Monatsende. Das ist noch acht Tage hin.«

»Ich hab das Monatsende kurzerhand auf den Dreiundzwanzigsten vorgezogen.«

»So war das aber nicht ausgemacht.«

»Ich wollte mal deine Flexibilität testen.« Okko kicherte.

Kuno kochte vor Wut. Hätte er seinem Bruder doch bloß eine Absage erteilt! Wo stand geschrieben, dass man Verwandten auf ewige Zeit verpflichtet war?

Vermutlich hatte Okko seine Flamme, mit der er zuletzt in Süderbrarup zusammengelebt hatte, derart verärgert, dass sie ihn keinen einzigen Tag mehr in ihrem Dunstkreis duldete. Dass der Dachboden noch nicht geräumt war, interessierte Okko nicht. Hauptsache ein Dach überm Kopf, ein Klo im Haus und ein Wasserkocher in greifbarer Nähe.

»Erkennst du mich noch, wenn wir uns nachher am Hafen gegenüberstehen?«, fragte Okko.

»Ich fürchte, ja.« Kuno beendete das Gespräch grußlos, stützte den Kopf in die Hände und raufte sich die Haare.

Nun würde dieser Sonntag stressig werden, denn Okko war nicht der Einzige, den Kuno heute erwartete. Arne war unterwegs zu ihm. Um elf Uhr fünfundvierzig würde er mit der ›Adler-Express‹, die um zehn in Hörnum abgelegt hatte, in Wittdün eintreffen. Kuno hatte gehofft, dass Arne ihm heute ein bisschen beim Entrümpeln des Dachbodens behilflich sein könnte. Zwischendurch hätte er seinen Kommissarskollegen über Nina Asmus und ihr trauriges Schicksal informiert und ihn auf die anstehenden Befragungen der damaligen Partygäste eingestimmt.

Jetzt konnte er sich nur noch überlegen, auf welche Weise er nachher den Pausenclown gab. Die Fähre, die ihm seinen Bruder Okko wieder ins Leben schwemmte, würde um vierzehn Uhr dreißig in Wittdün anlegen. Mit dem Auto waren es zwar nur gut zehn Minuten von Wittdün nach Nebel, Staus gab es auf der Insel genauso wenig wie Ampeln, sodass er nicht mal einen zeitlichen Puffer einrechnen musste. Aber es lohnte sich kaum, mit Arne nach Hause zu fahren, um zwei Stunden später wieder nach Wittdün zu kutschieren und Okko in Empfang zu nehmen.

Ursprünglich hatte er damit gerechnet, dass Okko mit einem riesen Gefährt von Umzugswagen anreisen würde. Sein Bruder musste doch im Laufe seiner etwas mehr als vierzig Lebensjahre ein paar Möbelstücke und sonstigen Hausrat angeschafft haben. Doch er zockelte mit der Bahn nach Dagebüll, wie er Kuno gerade berichtete – mit dreimaligem Umsteigen: in Kiel, Husum und Niebüll. Und er hatte nichts als ein Köfferchen dabei. Das sah ihm ähnlich! Nichts besitzen, nichts können, nichts nützen. Aber alles wollen. Sein Vater hatte schon immer gewusst, dass sein jüngster Sohn ...

Lass es, Kuno, sagte er sich. Du regst dich nur unnötig auf. Wenigstens auf Arne ist Verlass.

Kuno stieg in seinen Wagen und fuhr gemächlich nach Wittdün. Bis zu Arnes Ankunft hatte er noch Zeit. Er stellte den Golf auf dem Parkplatz am Hafen vor dem Häuschen ab, in dem die Amrum Touristik saß, und trottete zur Südspitze. Dort ließ er sich auf einer Bank nieder, die in der Sonne stand, und beobachtete die Schiffe, bis er von Weitem die ›Adler-Express‹ erblickte. Als das Schiff in den Hafen einfuhr, stand er an der Mole und winkte seinem Kollegen zu.

Arne hatte einen Trolley an der einen Hand, eine Reisetasche in der anderen und einen Rucksack auf dem Rücken. Vor Kunos Füßen stellte er das Gepäck ab, legte ihm zur Begrüßung beide Hände auf die Schultern und lachte ihm ins Gesicht. »Mensch, Kuno, ausgeschlafen siehst du aus. Verdammt lang her, dass ich das letzte Mal bei euch auf der Insel war. Ist ja nicht so, dass ich Amrum mehr Kriminalität wünschen würde, aber ich komm immer wieder gerne hierher.«

»Siehst du«, sagte Kuno, »heute kann ich dir sogar noch eine besondere Attraktion bieten. In zweieinhalb Stunden trifft mein Bruder ein.«

»Die Knudsens im Doppelpack, da kann ich wohl einpacken.« Arne deutete einen Boxhieb gegen Kunos Bauchansatz an. »Was machen wir bis dahin? Noch ein bisschen am roten Teppich stricken?«

Kuno verdrehte die Augen. »Hör bloß auf. Wenn's um meinen Bruder geht, versiegt mir das letzte bisschen Sinn für Humor.« Er hob Arnes Reisetasche auf. »Ich schlag vor, wir verstauen dein Gepäck in meinem Wagen und drehen eine Runde über die Strandpromenade. Danach lade ich dich auf einen Pott heiße Schokolade mit Sahne in die ›Insel-Praline‹ ein, damit wir ein bisschen Nervennahrung tanken können, bevor wir uns den Okko antun.«

»Hört sich gut an. Vorschlag angenommen.« Arne folgte Kuno zum anderen Ende des Parkplatzes, um das Gepäck im Wagen zu verstauen.

Die Kommissare schlugen die Volkert-Quedens-

Straße ein, die zur Seeseite hin steil anstieg. Auf halber Höhe fiel Arne hinter Kuno zurück und fing an zu keuchen. Kuno gab sich taktvoll und tat, als merkte er das nicht. Als er auf der Oberen Wandelbahn ankam, der Promenade, die längs über den Dünenkamm führte, verharrte er einen Moment, um Arne aufschließen zu lassen.

Der Blick von hier oben über den unendlich breiten Strand und das glitzernde Meer bis zu den Halligen war selbst für ihn als Amrumer immer wieder atemberaubend. Doch zwischen den wuchtigen alten Bauten des Berlin-Wilmersdorfer Nordseeheims zur Linken und der Jugendherberge Wittdün zur Rechten fühlte Kuno sich unwohl. Insgeheim wünschte er sich, dass diese Gebäude, wenn sie einmal zufällig leer stünden, in den Tiefen der Dünen versinken würden, auf denen sie errichtet waren. Dann wäre hier endlich Platz für was hübsches Neues. Die einmalige Lage an der Südspitze der Insel hätte es verdient, dass hier Häuser stünden, die zur Landschaft passten.

Arne japste wie ein untrainierter Läufer nach einem Marathon.

Kuno schlug ihm auf die Schulter. »Keine Kondition mehr, was? Warte, ich scheuch dich in den nächsten Tagen über die Insel. Wenn du wieder nach Sylt zurückfährst, bist du fit wie 'n Wikinger.«

Arne lächelte gequält. Er setzte seine Sonnenbrille auf und genoss ebenfalls den Ausblick. Langsam kam er wieder zu Atem. »Mich scheuchst du nirgendwo hin, ich schlag hier oben Wurzeln. Was für einen riesigen Sandstrand ihr habt! Die Sahara ist nichts dagegen. Und wie weit man gucken kann!« Er streckte den Arm in Richtung Hooge und Langeneß aus. Die Fenster der Häuser auf den Warften reflektierten die Sonne. »Zu den Halligen möchte ich unbedingt auch mal! Irgendwann mach ich einen Ausflug dahin.«

Kuno legte ihm eine Pranke auf die Schulter. »Das machen wir zusammen.«

Sie folgten der Oberen Wandelbahn bis zum Ende und spazierten über den Bohlenweg, der durch die Dünenlandschaft führte, bis zum Wriakhörnsee, dem Süßwassersee inmitten der Dünen von Wittdün. Auf dem Weg dorthin erzählte Kuno seinem Kollegen von der Flaschenpost, die Frederik am Vortag gefunden hatte.

Arne hörte ihm gebannt zu. »Hältst du das Schreiben für echt?«

Kuno blieb am Ufer des Sees stehen und beobachtete einen Schwarm Austernfischer. Vom Rand des gegenüberliegenden Ufers hoben sie ab und flogen über die Dünen zur offenen See. »Wenn ich nicht wenigstens in Erwägung ziehen würde, dass er echt wäre, hätte ich meinen Beruf verfehlt.«

Arne, vom Anblick des Vogelschwarms unbeeindruckt, gab sich mit Kunos Antwort nicht zufrieden. »Welcher Mörder, der zwei Jahrzehnte lang unentdeckt geblieben ist, wäre so bescheuert, der Welt per Flaschenpost mitzuteilen: ›Huhuu, ich war's, ihr habt mich übersehen. Aber haltet nur die Augen offen, ich komme bald zurück.‹«

Kuno machte ein ernstes Gesicht. Er bückte sich nach einer zerbeulten Coladose, die jemand achtlos auf dem Boden einer in die Dünen gebauten Holzplattform liegen gelassen hatte, und warf sie in den grünen Abfalleimer, der an einem Pfahl befestigt war. »Das frag ich mich natürlich auch. Ich denke, entweder ist es einer, der krank im Kopf ist und den Drang verspürt, immer wieder zu töten ...«

Arne hob den Zeigefinger. »Das könnte dann sogar jemand sein, der zwischenzeitlich irgendwo anders weitere Morde begangen hat.«

»Zum Beispiel. Auszuschließen wäre das nicht, auch wenn ich nicht so recht daran glaube, dass wir es mit einem krankhaften Mörder zu tun haben. Wer so gestrickt ist, begnügt sich erfahrungsgemäß nicht damit, seinem seelischen Drang nur alle zwanzig Jahre nachzugeben.«

Arne nickte. »Die Wahrscheinlichkeit, dass ein psychopathischer Serienkiller viele Jahre lang frei herumläuft, ohne geschnappt zu werden, ist heutzutage wirklich ziemlich gering.«

»Zum Glück ist es so. Ich könnte mir eher vorstellen – und das wäre für mich die denkbare Alternative zu einem Psychopathen –, dass es einer ist, der mit seiner Schuld nicht zurechtkommt. Der jetzt auf sich aufmerksam machen will, weil er es nicht mehr aushält, der sich aber auch nicht traut, von sich aus zur Polizei zu gehen und sich zu stellen.«

»Wenn das zutreffen sollte, hofft der Täter jetzt wahrscheinlich inständig darauf, dass wir ihn ausfindig machen und er endlich ein Geständnis ablegen kann.«

»Davon wäre auszugehen.«

»Dabei lässt er sich ein Hintertürchen offen, der feige Hund. Wenn wir ihn nicht finden, läuft er weiter frei herum.«

»So ist es.« Kuno schob mit dem Fuß eine ausgetretene Zigarettenkippe, die am Rand des Bohlenwegs lag, in den Sand. »Dann müsste er allerdings weiter mit seiner Schuld herumlaufen.«

»Das bedeutet im Klartext: Im einen Fall dürfte der Absender der Flaschenpost wieder einen Mord planen, im anderen schlimmstenfalls einen zaghaften Versuch unternehmen, bei dem er es darauf anlegt, von uns verhaftet zu werden.«

Kuno nickte. »Noch hoffe ich allerdings auf Möglichkeit Nummer drei.«

»Als da wäre?«

»Es ist alles nur ein Spuk und irgendjemand will nichts weiter, als die Insulaner oder zumindest die Kripo in Aufruhr zu bringen.«

»Das hieße wiederum, dass unser Kollege sich damals nicht geirrt hat. Dass Nina Asmus also nicht ermordet wurde, sondern wirklich verunglückt ist.«

»Auch die Möglichkeit ziehe ich nach wie vor in Betracht.«

»Boah.« Arne blieb stehen. »Der Typ müsste aber mit Klassenkeile rechnen, wenn er entdeckt wird.«

»Ein Querkopf, der bloß Staub aufwirbeln will, wäre mir immer noch lieber als ein echter Mörder.« Kuno blickte auf die Uhr. »Lass uns mal umkehren. Sonst ist die Fähre eher am Anleger als wir.«

»Dann müsste dein Bruder auf das Empfangskomitee warten. Das gäbe Ärger, das woll'n wir nicht.«

Auf dem Rückweg berichtete Kuno seinem Kollegen, was er vom Hörensagen über den Tod von Nina Asmus wusste. »Ich hab sofort eine Mail an das Landeskriminalamt geschickt, um nach den Akten forschen zu lassen.«

»Du meinst, die haben noch was in ihren Archiven?«

Kuno wiegte den Kopf. »Wenn wir Glück haben, ja. Tela Asmus und ihr Anwalt haben damals vehement angezweifelt, dass es sich um ein Unglück ohne Fremdverschulden handeln könnte. Gut möglich, dass die Staatsanwaltschaft den Fall für nicht ganz geklärt erachtet hat. Wenn es so wäre, dürften die Unterlagen noch vorhanden sein.«

»Das wird ja richtig spannend. Erst recht, wenn wir anfangen, die Leute zu befragen, die bei der Party anwesend waren.«

Kunos Versuch, zu lachen, hörte sich selbst in seinen eigenen Ohren kläglich an. »Das dürfte ein buntes Spektrum an Gedächtnislücken und irrigen Erinnerungen werden.« Ihm wurde schwummrig bei dem Gedanken daran, wie schwierig es werden würde, die wirklichkeitsnahen Aussagen vom puren Wunschdenken zu unterscheiden und zu erkennen, an welcher Stelle jemand versuchte, von sich selbst als Täter abzulenken.

Auch Arne verfiel ins Grübeln. »Wenn ich mir vorstelle, ich wäre einer von denen, die jetzt aussagen sollen, ich glaube, mir würde der Nämliche auf Grundeis gehen. Wie schnell gerät man nach so langer Zeit in einen Verdacht, weil ein anderer sich nur noch ungenau erinnert oder auch bewusst was Falsches sagt, um sich selbst aus der Affäre zu ziehen? Wie will man dann seine Unschuld beweisen?«

Kuno stimmte Arne zu. Noch mehr Bauchschmerzen verursachte ihm allerdings der Gedanke an Tela Asmus und ihr schwaches Herz. Tela sah furchtbar schlecht aus. Wenn er ihr doch bloß den Wunsch erfüllen könnte, die Umstände des Todes ihrer Tochter aufzuklären ...

Arne blickte zu Kuno auf, der einen guten halben Kopf größer war als er. »Sag mal, wie ist das denn nun mit Okko? Hast du ihn gefragt, ob er bei der Party damals dabei war?«

Kuno blieb stehen. »Ehrlich gesagt, nein. Das können wir gleich nachholen.«

Für den Pott Schokolade in der ›Insel-Praline‹ blieb ihnen keine Zeit mehr. Die ›Uthlande‹ nahm bereits Kurs auf den Hafen, als die Kommissare die Inselstraße erreichten, an der das Café lag.

»Den Kakao trinken wir gleich zusammen mit meinem kleinen Bruder«, sagte Kuno. Seine Stimme klang dünn und sein Tempo wurde immer langsamer, je näher sie der Mole kamen. Angestrengt guckte er zu dem Schiff hinüber. An dessen Bug sammelten sich die Passagiere, die zu Fuß oder per Fahrrad unterwegs waren. Egal, welche Fähre anlegte, es war immer das gleiche Bild: Sobald die Fährbrücke heruntergelassen wurde, wollte jeder der Entspannung und Ruhe suchenden Urlauber der Erste sein, der sich auf das Hafengelände drängeln konnte, um seine Lieblingsinsel im Sturm, notfalls auch unter Einsatz der Ellenbogen, zu erobern.

»Siehst du ihn schon?«, fragte Arne.

»Nö. Ich weiß allerdings auch nicht, wie er heute aussieht.«

»Er hätte dir besser ein Foto schicken sollen.«

»Das wollte er, aber das hab ich abgeblockt. Hab auch meinen Stolz.«

Arne prustete vor Lachen und zog sich einen Rippenstoß von Kuno zu.

»Kuuu-nooo!«, erscholl es mit einem Mal aus Richtung der Fähre. »Hiiiii-hier!«

Arne revanchierte sich mit seinem spitzen Ellenbogen für den Stoß, den er gerade von Kuno erhalten hatte. »Guck, da vorne, der mit der Halbglatze und dem Vollbart.«

Kuno stutzte. »Wieso hat der 'ne Pläte? So was hat keiner in unserer Familie.«

»Einer ist immer der Erste. Freu dich, dass du es nicht bist.«

Die Hafenmitarbeiter gaben die Fährbrücke frei. Okko wurde inmitten des Pulks von der Fähre heruntergespült und über die Mole geschoben.

Arne amüsierte sich über Okkos hilfloses Gesicht. »Der schwimmt mit wie ein Hering im Schwarm.«

Kuno blieb wie angewurzelt stehen. Arne wollte auf Okko zugehen, doch der Hauptkommissar ergriff mit seiner kräftigen Pranke blitzschnell dessen Arm und hielt ihn zurück. »Der kommt zu uns, Arne, nicht wir zu ihm.«

»O-kayyy.«

Okko trug nur eine mittelgroße Reisetasche und einen kleinen Rucksack bei sich. Er wirkte ein bisschen heruntergekommen. Seine Kleidung schien sauber zu sein, aber alt und abgetragen. Die Jeans waren unten an den Hosenbeinen ausgefranst. Der braune Gürtel, den er eng um die Hüften geschnallt hatte, deutete darauf hin, dass er in Bezug auf sein Körpergewicht bessere Tage erlebt hatte. Das Poloshirt mit den blau-weißen Querstreifen war vorne in die Hose gestopft, hinten hing es heraus. An dem einen Sportschuh war der Schnürsenkel korrekt gebunden, am anderen hatte Okko ihn irgendwie zusammengeknotet und anschließend die Enden unter die Lasche gefriemelt.

Kuno schauderte bei dem Gedanken, dass er seinem Bruder in nächster Zeit all das würde beibringen müssen, was die Eltern nicht geschafft hatten, ihm einzubläuen.

Auf einmal fiel ihm auf, dass er in den Stunden, seit Okko seine Rückkehr angekündigt hatte, nicht ein einziges Mal darüber nachgedacht hatte, wie er sich verhalten sollte, wenn er seinem Bruder plötzlich gegenüberstand. Dass sie sich nicht um den Hals fallen würden, war ihm instinktiv klar gewesen. Aber welches Begrüßungsritual war nun angebracht? Sollte er Okko die Hand geben? Oder einfach nur ›Hallo‹ sagen?

Okko blieb vor Kuno stehen. »Tach auch.« Seine Stimme krächzte.

»Moin. Da bist du ja.« Mechanisch schob Kunos Rechte sich Okko entgegen.

Der guckte Kunos Unterarm an wie ein fremdes Reptil, das sich auf ihn zubewegte. Als fiele ihm urplötzlich ein, was Kuno mit dieser Geste bezweckte, ließ er die Reisetasche fallen, umfasste die Pranke mit beiden Händen und schüttelte sie. »Schön, dich mal wiederzusehen.« Er strahlte, wie kleine Brüder das mitunter zu tun pflegen.

Kuno brummte etwas Unverständliches. Als seine Hand wieder frei war, zeigte er auf seinen Kollegen, der links neben ihm stand. »Das ist Arne. Kriminalkommissar Arne Zander aus Westerland auf Sylt. Ein Mitglied des Teams der Kripo Wattenmeer.«

Okkos Gesichtsausdruck wechselte zwischen strahlender Freude und Unsicherheit. Er reichte Arne die Hand. »Schön, dass Sie meinen Bruder dabei unterstützen, mir einen würdigen Empfang zu bereiten, Herr

Zander. Und tja, ich wollte ja schon immer mal von einer Polizeieskorte nach Hause begleitet werden.«

Langsam fand Kuno wieder zu gewohnter Lockerheit zurück. »Mensch, Okko, jetzt red mal nicht so gestelzt daher. Mit der Anrede ist das bei uns auf Amrum so wie in den Alpen oberhalb von achthundert Metern.«

»Wie jetzt?« Okko starrte seinen großen Bruder mit offenem Mund an.

»Man duzt sich flächendeckend.«

»Echt?«

»Sag bloß, daran kannst du dich nicht mehr erinnern!«

»Nö.«

»Und was die Polizeieskorte betrifft, die hattest du doch schon, als sie dich vor Jahren mit zwei Komma drei Promille am Steuer erwischt haben.«

Okko zog die Stirn in Falten. »Mich?«

»Kannst dich nicht mehr erinnern, was?« Kuno gab Okko einen jovialen Klaps auf die Schulter. Eine erste freundschaftlich-familiäre Geste nach all den Jahren ohne Kontakt.

Arne mischte sich in das Gespräch der beiden Brüder ein. »Also, Jungs, lasst uns doch zur Begrüßung was trinken gehen.« Höflichkeitshalber wandte er sich an Okko. »Wie wär's mit der ›Insel-Praline‹?«

Okko zuckte die Schultern. »Mir ist alles recht, wo es was Anständiges zu saufen gibt.«

Kuno und Arne setzten sich in Bewegung. Auf dem Weg zu dem Café verstauten sie auch Okkos Gepäck in Kunos Auto.

Okko warf einen bewundernden Blick auf das Fahrzeug. »Den darf ich dann ja auch mal fahren«, stellte er fest, als wäre das eine beschlossene Sache.

Kuno ernüchterte ihn umgehend. »Auf unserer Insel kommt man mit dem Fahrrad überallhin, solange man nicht größeres Gepäck zu transportieren hat.« Er steuerte auf einen Tisch im Außenbereich des Cafés zu.

Okko griff sofort nach der Karte.

»Du bist eingeladen.« Kuno beugte sich zu ihm vor. »Wir dachten an einen Kakao mit Sahne.«

Okko machte große Augen. »Ist heute Kindergeburtstag?«

Arne lachte und fing sich einen strafenden Blick von Kuno ein.

Kuno bestellte tatsächlich dreimal heiße Schokolade mit Sahne.

»Einmal mit Schuss«, rief Okko der Serviererin hinterher.

Kuno erinnerte sich allzu gut daran, dass sein Bruder schon als Jugendlicher mehr Alkohol konsumiert hatte, als die Jungs vom Fußballverein zusammengenommen. »Wie hoch ist denn dein Spritstand um diese Uhrzeit?« Der mahnende Unterton in seiner Stimme war nicht zu überhören.

Okko antwortete vage. »Ein Pharisäer bisher, vorhin auf'm Schiff. Mehr nicht, ehrlich.« Seine Augen wurden groß. Sein Blick schweifte zwischen Kuno und Arne hin und her. »Warum seid ihr eigentlich zu zweit hier? Hat das etwa mit mir zu tun? Hab ich was auf dem Kerbholz, von dem ich noch nichts weiß?«

Kuno setzte seine Lesebrille auf und blätterte in der Karte des Cafés herum. »Stück Kuchen?« Er guckte Arne über den Brillenrand hinweg an.

Arne schüttelte den Kopf.

»Du?«, fragte er seinen Bruder.

Der rieb sich den Magen. »Sag mir erst, was Sache ist. Ihr seid irgendwie so komisch, ihr zwei.«

Arne beugte sich vor, stützte die Ellenbogen auf den Tisch und fixierte Okko mit seinem Blick. »Sag mal, kannst du dich noch an Nina Asmus erinnern?«

Okkos Augen funkelten. »Wer würde sich an die nicht erinnern? Scharfe Maus!«

»Und tot ist sie.« Kuno atmete hörbar ein. »Warst du bei der Party damals dabei?«

Okko tat, als würde er sich nur schwach erinnern. »Du meinst, an dem Abend, als sie ...«

»Genau das meine ich.«

Okko wich dem Blick seines Bruders aus und deutete ein Nicken an. »Jo, glaub schon. Doch, ja.«

»Dann ist es ja gar nicht so schlecht, dass du zurückgekommen bist.«

Okkos Miene verfinsterte sich. »Wollt ihr mir jetzt was anhängen oder wie?«

Arne schüttelte den Kopf. »Nur wenn du 'ne Flaschenpost auf den Weg nach Nebel gebracht hast.« Er zwinkerte Kuno zu.

Okko blickte panisch zum Hafen hinüber.

Kuno lachte. »Zu spät. Die Fähre legt gerade ab.«

***

Gisa hatte noch lange wach gelegen. Der Schreck darüber, dass jemand Fremdes im Dunkeln durch den Garten geschlichen war, hatte ihr die Bettschwere geraubt. Erst gegen fünf Uhr morgens fand sie die Ruhe, noch einige Stunden Schlaf nachzuholen.

Am späten Vormittag kam Frederik ins Schlafzimmer, setzte sich auf die Bettkante und strich ihr über den Arm, bis sie aufwachte.

Verschlafen blickte sie ihn durch die halb geöffneten Lider an.

»Willst du noch frühstücken oder soll ich den Tisch abräumen?«

»Lass ruhig alles stehen, ich komme gleich.«

»Ich geh dann schon mal draußen aufräumen.«

Gisa huschte ins Bad, gönnte sich eine ausgiebige Dusche und ein Schönheitsprogramm mit Body-Peeling und Gesichtsmaske. Schließlich trug sie eine Creme und Mascara auf und kehrte ins Schlafzimmer zurück. Nach einem langwierigen Entscheidungsprozess vor dem Kleiderschrank schlüpfte sie in eine pinkfarbene Jeans und zog ein weites, luftiges Shirt über.

Im Erdgeschoss war es still. Auf dem Weg in die Küche blieb Gisa stehen und warf einen Blick durch das große Wohnzimmerfenster. Frederik stiefelte durch den Garten, den Kopf gesenkt. Er schien nach etwas zu suchen.

Sie ging weiter in die Küche, aus der es nach Kaffee duftete. Die Zeitung von gestern lag auf dem Tisch. Gisa beschloss, erst einmal alles zu verdrängen, was gestern und letzte Nacht gewesen war, in aller Ruhe zu frühstücken und danach Frederik beim Aufräumen zu helfen.

Sie war bei der letzten Tasse Kaffee angelangt, als Frederik zu ihr in die Küche kam. »Weißt du, wo das Messer abgeblieben ist, das im Messerblock in den Schaft ganz rechts in der mittleren Reihe gehört?«

Gisa schüttelte den Kopf und hielt sich die Hand vor den vollen Mund. »Ich hab das überhaupt nicht benutzt.«

Frederik wendete sich ab und wollte wieder hinausgehen.

»Woher kam denn das Klirren letzte Nacht?«, rief sie ihm hinterher. »Was ist da kaputtgegangen?«

Er kehrte zurück und blieb im Türrahmen stehen. »War tatsächlich 'ne Bierflasche.«

Gisa wurde stutzig. Mit beiden Händen ergriff sie die große Kaffeetasse, trank den letzten Schluck und folgte Frederik in den Garten.

Frederik suchte jeden Winkel ab.

Gisa griff nach seiner Hand. »Du siehst so traurig aus.«

Frederik nickte. »Du weißt doch, den Messerblock hat mein Opa vor vielen Jahren aus Spanien mitgebracht. Die Griffe der Messer sind handgeschnitzt, das sind Unikate. Dafür krieg ich niemals Ersatz.«

Gisa erinnerte sich, dass der Messerblock auf dem Beistelltisch neben dem Grill gestanden hatte, solange Frederik grillte. Jetzt erblickte sie ihn auf dem großen Holztisch auf der Terrasse. »Wann hast du den dahingestellt?«

»Gestern Abend, bevor wir schlafen gegangen sind. Erinnerst du dich nicht?«

Gisa stemmte eine Hand in die Hüfte und legte den Zeigefinger der anderen ans Kinn. »Die Bierflasche, die vom Tisch gefallen ist, wo hat die genau gestanden?«

Frederik deutete auf eine Stelle auf der Terrasse, an der ein dunkler Fleck zu sehen war. Es musste noch ein Rest Bier in der Flasche gewesen sein, der sich über den Boden ergossen hatte. »Hier ist sie hingefallen. Wo sie vorher gestanden hat, weiß ich nicht, aber es muss ungefähr hier gewesen sein. Warum fragst du?«

Gisa stellte sich neben Frederik. »Sie hat also auf jeden Fall zur Gartenseite hin vor dem Messerblock gestanden.«

»Ja, und?«

»Auch die schräge Seite des Messerblocks ist zur Gartenseite gewandt. Das bedeutet, der Typ, der die Flasche vom Tisch gefegt hat, hat vermutlich auch das Messer geklaut. Er hatte nur das Messer im Blick, hat die Flasche nicht gesehen und schon lag sie am Boden.«

Frederik resignierte. »Erzähl das deinem Kriminalhauptkommissar.«

9

Svenjas Laune war auf dem Nullpunkt angelangt. Den ganzen Tag hatte sie mit einem Stapel Bücher im schattigen Gästezimmer verbracht, das an der Nordseite des Hauses lag, und darauf gewartet, dass es Abend wurde. Endlich wehte kühle Luft herein und sie lebte auf.

Sie mochte die pralle Sonne nicht und hochsommerliche Temperaturen waren ihr ein Gräuel. Was fanden die Leute daran, sich stundenlang auf einem Badetuch am Strand durchbraten zu lassen wie ein Fisch in der Pfanne?

Mürrisch ging sie die Treppe hinab und zog sich ihre Laufschuhe an. Einen Moment lang überlegte sie, dann griff sie zum Smartphone. Sie wollte Gunnar wenigstens darüber informieren, dass sie jetzt aus dem Haus ging.

»Hi, Svenja.« Er schlürfte und ein Glucksen rollte durch den Lautsprecher. »Bist du endlich aus deinem schattigen Loch gekrochen?«

»Und du, wo bist du gerade?«

»Liege in den Dünen und lass mir Pizza und Bier schmecken. Brauchst mit dem Abendbrot nicht auf mich zu warten.«

»Falls du gedenkst, demnächst nach Hause zu kommen, und falls du mich dann vermissen solltest: Ich gehe jetzt joggen. Richtung Norddorf und zurück, soweit die Füße tragen.«

»War mir klar. An welchem Abend gehst du mal nicht joggen?«

Seine Stimme klang gleichgültig. Warum hatte sie ihn überhaupt angerufen? »Wir sehen uns.« Sie drückte das Gespräch weg, legte das Handy auf die Ablage an der

Garderobe und zog die Tür zu. Auf dem Weg zur Dünenkette hinter dem Wald ließ sie ihren Gedanken freien Lauf.

Den ganzen Tag über hatte Gunnar sie allein gelassen. Gleich nach dem Frühstück hatte er stillschweigend das Haus verlassen, ohne ihr mitzuteilen, wohin er gehen und wann er zurückkommen würde.

Die miese Stimmung zwischen ihnen war bereits gestern Mittag aufgekommen und hatte sich seitdem hochgeschaukelt. Urplötzlich war Gunnar auf die Idee gekommen, den für gestern geplanten Besuch bei ihren Eltern auf heute zu verschieben. Darauf hatte sie sich nicht eingelassen; ihre Eltern mochten kurzfristige Änderungen nicht. Sie war alleine zu ihnen gegangen, während Gunnar zu Hause an irgendetwas herumgebastelt hatte.

Als sie zurückkam, stand er in der Tür und warf ihr vor, absichtlich getrödelt zu haben. Nun würden sie zu spät zur Gedenkparty kommen, hatte er dramatisiert. Und was war dann? Sie waren als Erste bei Frederik und Gisa eingetroffen.

Auf dem kurzen Stück zu ihren Freunden hatte er sich auf einmal in eine Trauer um Nina hineingesteigert, die schon ans Lächerliche grenzte. Nina war seit zwanzig Jahren tot! Irgendwo hatte doch alles seine Grenzen.

Das hatte sie ihm nach der Rückkehr von der Feier auch deutlich zu verstehen gegeben. Und nach einem kurzen, heftigen Disput um zwei Uhr morgens hatte sie einfach ihr Bettzeug genommen und sich ins Gästezimmer einquartiert.

Svenja folgte dem Noorderstrunwai, der an der Dünenkette endete. Sie überquerte den Sanghughwai.

Ab hier verlief der Weg quer durch den Wald, der vor Jahrzehnten auf der Insel angepflanzt worden war, und um diese Uhrzeit fand sie hier die Ruhe und Einsamkeit, die sie so liebte.

Auf den rund siebenhundert Metern von der Kreuzung Tanenwai bis zur Dünenkette wurde der Weg immer schmaler, der Wald aus Kiefern, Fichten und Birken immer dichter. Bei Westwind mischte sich der harzige Geruch der Nadelbäume mit dem von Salz und Tang. Schon als Kind war Svenja am liebsten bei Nieselregen hier entlanggelaufen, wenn die Feuchtigkeit den Duft noch stärker zur Geltung brachte.

An diesem Abend wehte kein Wind, das Rauschen des Meeres war nicht zu hören. Eine fast unheimliche Stille erfüllte den Wald.

Plötzlich ein Knacken, dann wieder Stille. Svenja blickte sich um. Sie konnte niemanden erkennen. Es musste ein Tier gewesen sein, das einen Zweig abgebrochen hatte.

Ihr fielen die Worte von Kuno Knudsen gestern Abend auf der Party ein. Ein seltsamer Fund, eine Flaschenpost; kein Grund zur Panik. Und dennoch die Bitte an alle, vorsichtig zu sein, bis Entwarnung gegeben wurde.

Wieder ein Knacken, leiser diesmal, doch immer noch deutlich hörbar und ein bisschen unheimlich. Es gab keine Rehe oder Hirsche auf der Insel, es gab Waldeidechsen und Kreuzkröten, in feuchten Gebieten auch Moorfrösche und Teichmolche. Welches Tier verursachte die Geräusche, die sie jetzt vernahm?

Wenn sich ein Mensch hier versteckt halten sollte, sie

würde ihn durch das Dickicht des Unterholzes an dieser Stelle des Waldes kaum ausmachen können.

Svenja blickte aus den Augenwinkeln nach rechts und links, machte die Schultern breit und versuchte, ruhig zu atmeten. Die Einsamkeit, die sie sonst suchte, fing auf einmal an, sie zu bedrücken. Doch gleich hatte sie es geschafft. Das Ende des Weges lag nur wenige Meter vor ihr.

Auf dem allerletzten Stück wurde der Pfad wieder breiter und lichter. Noch ein paar Schritte, dann würde sie die dunkle Höhle, die die hochgewachsenen Bäume bildeten, verlassen. Dann stünde sie im Hellen, und in diesem Moment war ihr sogar der Gedanke an warme Sonnenstrahlen willkommen.

Svenjas Herz klopfte immer noch laut, als sie aus dem Wald heraustrat. Doch dann machte sich Erleichterung in ihr breit.

Ihr Blick fiel auf die Holzplattform, die etwas erhöht in der Dünenlandschaft lag und über eine Treppe zu erreichen war. Gleich auf dem ersten Stück des rund einen Kilometer langen Bohlenweges, der quer durch die beeindruckende Dünenlandschaft bis zum Badestrand führte, lud dieser Aussichtspunkt zum Innehalten und Staunen ein. Oft saßen hier Urlauber und picknickten, doch jetzt befand sich niemand dort. Trotzdem wirkte diese Plattform beruhigend auf sie.

Svenjas Atem verlangsamte sich und sie schimpfte mit sich selbst. Seit wann ängstigte sie sich vor der Natur, die doch ihr Zuhause war?

Sie hatte nun den Ausgangspunkt ihres Lauftrainings erreicht. Von hier aus würde sie ihren Lieblingsweg einschlagen, den Pfad in Richtung Norddorf, der zwischen

Waldrand und Dünenkette verlief. Er führte durch eine Welt, in der sie alles abschütteln konnte, was sie ärgerte oder bedrückte. Als Kind hatte sie sogar ganz fest daran geglaubt, dass dieser Weg direkt in den Himmel führte, wenn man ihm nur lang genug folgte.

Konzentriert horchte sie in ihren Körper hinein. Alles okay. Sie ging auf die kleine Treppe zu, die den Beginn des Bohlenwegs markierte. Die Stufen nutzte sie für Dehnungsübungen, bevor sie mit dem Joggen begann. Sie stellte einen Fuß auf den Brettern ab und streckte das Bein.

Da war es wieder, dieses Knacken. Verunsichert drehte Svenja sich um. Niemand war zu sehen. Wahrscheinlich hoppelten Wildkaninchen durchs Unterholz. Im zwölften Jahrhundert war diese Spezies als Jagdwild auf Amrum ausgesetzt worden. Die Nachkommen der putzigen Tierchen bevölkerten die Insel heute noch und manchmal glaubte man, es gäbe mehr Kaninchen als Menschen hier.

Trotz der harmlosen Erklärung für die Geräusche beschloss Svenja, die gymnastischen Übungen nur kurz auszuführen und bald loszulaufen. Etwas übereilt wechselte sie das Bein, beugte sich nach vorn und dehnte nochmals die Muskulatur. Sie spannte die Rückenmuskeln an, als sie sich aufrichtete, hob eine Hand über den Kopf und dehnte Schulter und Arm mithilfe der anderen Hand.

War da jemand hinter ihr?

Sie wollte sich umdrehen. Doch plötzlich traf sie ein Stich in den Rücken.

Ein Stich, so tief ...

Ihr Atem stockte, der Schrei blieb ihr in der Kehle

stecken. Die Beine sackten unter ihr weg. Der Himmel schwankte, die Bäume schienen auf sie herabzufallen und niemand fing sie auf.

Alles um sie herum wurde schwarz.

***

Mit hungrigen Mägen spazierten die Kommissare der Kripo Wattenmeer durch die Smääljaat. Ihr Ziel war die Seekiste, in der Kuno zwei Plätze reserviert hatte. Er wollte seinen Kollegen zu der legendären Fischsuppe einladen, die im Weckglas serviert wurde.

Kurz vor dem Eingang zu dem Lokal wurden sie von Kunos Handy gebremst. Die Nummer auf dem Display signalisierte einen Anruf der Einsatzzentrale. Das verhieß nichts Gutes.

Kuno nahm das Gespräch entgegen, und noch während der Kollege in der Zentrale ihn auf den Stand der Dinge brachte, hörte er den Hubschrauber und die Sirene des Krankenwagens.

Arne stand vor ihm. Mit fragendem Blick zeigte er auf Kuno und sich selbst, um sich zu vergewissern, ob der Anruf sie beide betraf.

Betreten nickte Kuno ihm zu und beendete das Gespräch. »Die Suppe muss warten. Ein Urlauberpaar hat eine bewusstlose Frau beim Bohlenweg am Ende des Noorderstrunwais gefunden. Sie hat eine blutende Wunde am Rücken. Scheint attackiert worden zu sein. Helikopter und Krankenwagen sind unterwegs, wie du hörst.«

»Wie kommen wir jetzt dahin?«

»Lass uns meinen Wagen nehmen. Wir kommen nicht bis ganz dran, aber relativ nah.«

Sie kehrten auf dem Absatz um, stiegen in Kunos

Golf und fuhren bis zu der Stelle, an der der Noorder-strunwai den Tanenwai kreuzt. Kuno stellte den Wagen am Wegesrand ab. Die Ermittler sprangen heraus und liefen, so schnell sie konnten, zu der angegebenen Stelle. Der ortsunkundige Arne stolperte über eine der dicken Wurzeln, die aus dem Boden ragten, und fiel hin.

Kuno hörte ihn fluchen und drehte sich um. Doch Arne schien sich nicht ernsthaft verletzt zu haben. Er rappelte sich auf und rannte weiter.

Der Fahrer des Krankenwagens war in den düsteren, engen Weg hineingefahren, soweit es möglich war. Der Wagen stand mit offenen Türen da. Dort, wo der Wald zu Ende war und die Dünenlandschaft begann, hockten der Notarzt und die Sanitäter neben der Verletzten und behandelten sie.

Kuno näherte sich ihnen und blickte auf die Frau hinab. »Meine Güte. Das ist doch Svenja!«

Das Paar, das die Einsatzzentrale alarmiert hatte, kauerte einige Meter entfernt im Moos. Die Frau hatte den Kopf an die Schulter ihres Partners gelehnt. Er drückte sie an sich.

Der Mann blickte traurig zu Kuno auf. »Eigentlich wollten wir Erste Hilfe leisten. Aber wir wussten gar nicht, was wir genau tun sollten. Ich hoffe, wir haben nichts verkehrt gemacht.«

Seine Frau unterstrich seine Worte. »Wir haben das noch mit der stabilen Seitenlage versuchen wollen. Aber dann haben wir das viele Blut gesehen und hatten Angst, dass es noch schlimmer wird, wenn wir sie bewegen.«

Arne stellte sich zu ihnen. »Schon gut. Ab und zu mal den Erste-Hilfe-Kurs aufzufrischen kann nichts schaden. Aber ich denke, Sie haben genau richtig reagiert. Machen Sie sich keine Vorwürfe.«

Der Mann zeigte sein Handy vor. »Zuallererst haben wir natürlich den Notruf alarmiert. Ein Glück, dass es Mobilfunk gibt!«

Kuno nickte. Moderne Technik, Fluch und Segen zugleich.

Aus dem Augenwinkel sah er jemanden auf einem alten Drahtesel mit schwarzem Rahmen auf sich zukommen. Friedrich Fliegenfischer. Natürlich hatte der Reporter mal wieder illegal den Polizeifunk abgehört. »Was willst du hier?«

Der Journalist gab sich überrascht. »Eigentlich wollte ich 'ne kleine Runde am Strand drehen. So schöne Luft heute Abend. Aber was ist denn hier passiert?« Er sprang vom Rad und blickte mit Unschuldsmiene auf die Sanitäter, die immer noch über Svenja gebeugt waren.

Zwei Männer standen auf, liefen zum Krankenwagen zurück und holten die Trage.

Kuno winkte Friedrich zum Bohlenweg durch. »Geh einfach weiter. Der Strand wartet auf dich.«

Friedrich stöhnte auf. »Das kann nicht dein Ernst sein.«

»Entweder du gehst zum Strand oder du radelst zurück nach Nebel. Aus unserem Dunstkreis verschwindest du jedenfalls, und zwar sofort.«

Friedrich verzog das Gesicht. Er schloss sein Fahrrad an einem Baum an und ging an Svenja und den Sanitätern vorbei. Auf der ersten Stufe zum Bohlenweg verharrte er einen Augenblick.

Arne warf dem Reporter einen frechen Blick zu und

klatschte in die Hände. »Hopphopp!«

Ohne ihn eines Blickes zu würdigen, ging Friedrich weiter – genau bis zu der Treppe, die zur Aussichtsplattform führte. Dort stieg er hinauf, setzte sich auf eine Bank und beobachtete, was sich fünfzig Meter entfernt abspielte.

Kuno gab es auf. Er hatte wirklich Wichtigeres zu tun und ein Friedrich Fliegenfischer fand immer einen Weg. Wenn es sein musste, würde er sich als Eichhörnchen verkleiden und einen Baum hinaufklettern, um von dort oben aus die Sanitäter zu beobachten.

Der Kommissar wandte sich wieder dem Pärchen zu, das Svenja gefunden hatte. »Haben Sie jemanden in der Umgebung der Verletzten gesehen?«

Beide schüttelten den Kopf. »Auf dem Bohlenweg, in den Dünen und hier vorne auf dem Waldweg war niemand. Nur sie lag da.« Der Mann deutete mit dem Kinn auf Svenja.

»Auch am Strand war niemand mehr außer uns«, sagte seine Frau. Sie beobachtete Svenja, die auf die Trage gehoben und zum Krankenwagen gebracht wurde. »Nur ein Mann war noch im Wasser. Aber der kann ihr nichts getan haben. Er war schon da, als wir an den Strand kamen, und hat die ganze Zeit in unserer Nähe gesessen.«

Der Notarzt kam auf Kuno zu. »Sie hat eine Stichwunde im Rücken, direkt neben der Wirbelsäule.«

»Steckte die Tatwaffe noch in der Wunde, als ihr gekommen seid?«

Der Arzt schüttelte den Kopf. »Die hat der Täter wieder mitgenommen. Es sei denn, sie liegt hier irgendwo herum. Aber das ist Euer Terrain.«

»Die Kollegen von der Spurensicherung werden danach suchen.« Kuno deutete mit der Hand zu der Trage, die gerade in den Rettungswagen geschoben wurde. »Wo bringt ihr die Verletzte hin?«

»Nach Föhr. Die Klinik ist informiert. Der Heli steht auf der Wiese am Sanghughwai bereit.«

»Okay, wir informieren die Angehörigen gleich.« Kuno notierte dem Arzt Svenjas Adresse und die Website des Fahrradverleihs, auf der er Gunnars Handynummer finden konnte. »Hier, falls ihr den Ehemann schneller über den Zustand seiner Frau informieren müsst, als er sich an euch wenden kann.«

Der Arzt nahm den Zettel entgegen. »Sag ihm, wir werden ihn anrufen, sobald sie aus dem OP ist und wir Genaueres wissen.«

Kuno verabschiedete sich von dem Arzt und kehrte zu dem Urlauberpaar zurück.

Der Mann hatte Arne gerade seine Personalien und seine Handynummer diktiert. »Eine knappe Woche sind wir noch in Nebel. Am Samstag geht's wieder zurück nach Hannover.«

Die Ermittler begleiteten das Paar bis zum Tanenwai. Wie Kuno anhand der Hausnummer feststellte, wohnten die Urlauber in einem Ferienhaus, das in Westerheide lag, nicht weit von Friedrich Fliegenfischers Haus entfernt.

Bevor sich ihre Wege trennten, hielt der Kommissar den Mann zurück. »Eine Bitte noch. Der Herr, der vorhin mit dem schwarzen Fahrrad gekommen ist, ist unser Inselreporter. Wenn der rausfindet, wo Sie wohnen, können Sie den Rest Ihres Urlaubs vergessen, dann finden Sie keine Ruhe mehr. Ihre alleinigen Ansprechpartner in allen Dingen rund um diesen Fall sind mein Kollege und ich, wenn Sie verstehen.«

»Alles klar.« Der Mann nickte freundlich.

Seine Frau hakte sich bei ihm unter. »Was wissen wir denn schon?« Sie zwinkerte den Kommissaren zu.

Kuno sah die beiden verschwörerisch an. »Der Typ kriegt alles aus Ihnen raus, sogar das, wovon Ihnen selbst noch gar nicht bekannt war, dass sie es wussten.«

10

Innerhalb weniger Minuten erreichten die Ermittler das Haus von Gunnar und Svenja.

Gunnar öffnete ein Fenster, als er sah, dass Kuno vor dem Haus parkte. Er zog bedauernd die Schultern hoch. »Bei mir gibt's heute weder 'ne Gartenparty noch ein paar saftige Steaks. Wenn ihr darauf gehofft haben solltet ...«

Kuno deutete ein Kopfschütteln an. »Wir kommen dienstlich.«

»Dienstlich?« Gunnars Lächeln wirkte verlegen. »Hab ich falsch geparkt?«

Arne schnaufte durch. »Sind wir von der Verkehrsstaffel?«

Gunnar schien zu verstehen, dass die Kommissare den Grund ihres Kommens nicht zwischen Tür und Angel mit ihm besprechen wollten. Er schloss das Fenster, während die Beamten auf die Haustür zugingen. Sekunden später standen sie bei ihm im Flur und er machte wenig Anstalten, sie ins Wohnzimmer zu bitten.

Mit einer Hand knetete Kuno den Funkschlüssel seines Wagens. »Wir kommen wegen Svenja.«

Gunnar hob hilflos die Arme. »Die ist nicht da. Wir haben uns den ganzen Tag kaum gesehen. Sonntags macht meist jeder von uns, was er will. Ich war surfen. Bin eben erst zurückgekommen.« Er blickte abwechselnd von einem Kommissar zum anderen. Kuno und Arne wiederum musterten ihn mit ernster Miene. »Sie wollte joggen gehen. Kann noch ein bisschen dauern. Es lohnt sich bestimmt nicht, auf sie zu warten. Kann ich ihr was ausrichten?«

Er redete so unbedarft daher, dass Kuno ungeduldig wurde. »Du hast den Hubschrauber vorhin gehört?«

»Den Hubschrauber? Ja, sicher. Aber was hat der mit Svenja zu tun?«

Die Ermittler schwiegen.

Gunnar wurde sichtlich nervös. »Ihr wollt doch nicht etwa sagen, dass ... Da ist doch nicht Svenja mit ausgeflogen worden? Ich meine ...« Er wusste nicht, wohin mit seinen Händen.

»Svenja wird gerade nach Föhr gebracht. In die Klinik.«

»Was? Aber wieso ... Wieso Svenja? Was ist mit ihr?«

»Dürfen wir uns setzen?« Kuno ging an Gunnar vorbei ins Wohnzimmer, ohne die Antwort des Hausherrn abzuwarten. Arne folgte ihm und setzte sich neben ihm aufs Sofa.

Gunnar nahm ihnen gegenüber Platz.

»Jemand hat Svenja einen Gegenstand in den Rücken gestoßen«, sagte Kuno. »Vermutlich ein Messer.«

»Ein Messer?« Gunnar guckte ungläubig. »Aber warum das denn?«

»Bei der Beantwortung dieser Frage sind wir auf deine Hilfe angewiesen. Kannst du dir erklären, wer ein Motiv haben könnte, sie zu erstechen?«

»Erstechen?« Offenbar begriff Gunnar jetzt erst, was vorgefallen war. Er saß kerzengrade auf dem Sofa, die Hände auf die Knie gelegt. Seine Blicke irrlichterten herum. »Ist sie schwer verletzt? Was für eine Frage!« Er schlug sich auf die Schenkel, sprang auf und lief im Raum hin und her. »Natürlich ist sie schwer verletzt, sonst müsste sie nicht ins Krankenhaus. Wie geht es ihr? Kann ich sie sehen? Ich muss sofort zu ihr.«

Kuno blieb sachlich. »Du kennst doch den Fahrplan. Heute Abend verlässt keine Fähre mehr den Hafen. Svenja ist in besten Händen. Lass auf jeden Fall dein Handy eingeschaltet. Der Arzt wird dich heute noch anrufen und dir mitteilen, wie es ihr geht und wann du zu ihr kannst.«

Diese Auskunft konnte Gunnar nicht beruhigen. »Wie lange soll ich denn auf den Anruf warten?«

»Bitte, Gunnar, du kannst dich jetzt nur in Geduld üben. Wenn du was für deine Frau tun willst, dann setz dich hin und hilf uns dabei, die letzten Stunden zu rekonstruieren. Wie hat deine Frau die Zeit seit dem Ende der Gedenkfeier bei Frederik und Gisa verbracht?«

Genervt ließ Gunnar sich wieder auf das Sofa plumpsen. Er zog seine langen, durchtrainierten Beine an und hockte sich in den Schneidersitz. »Ich sag doch, wir haben den Sonntag getrennt verbracht.«

»Habt ihr euch gestritten?«, fragte Arne spontan.

Kuno blickte dankbar zu seinem Kollegen hinüber. Genau diese Frage hatte auch ihm auf der Zunge gelegen, aber damit wäre er bei Gunnar in dieser Situation vermutlich sofort restlos unten durch gewesen und hätte nicht mehr viel aus ihm herausbekommen. Arne als Fremder konnte sich diese Mutmaßung erlauben.

Gunnar neigte den Kopf nach unten und verwuschelte mit beiden Händen seine Haare. Verzweifelt blickte er Kuno an. »Ist sie schlimm verletzt?«

»Das wissen wir nicht.«

»Wird sie durchkommen?«

Kuno stöhnte auf. »Gunnar, auch wenn ihr den Tag nicht gemeinsam verbracht habt: Was ist seit der Feier gestern Abend geschehen? Wie, wo und mit wem hat

Svenja die Zeit verbracht?«

Gunnar versuchte sichtlich, sich zu konzentrieren, und Kuno fragte sich, warum die Menschen bei dieser Gelegenheit mit Vorliebe die Zimmerdecke oder den Himmel betrachteten. Stand da oben geschrieben, was sie suchten?

»Nach der Gedenkparty sind wir nach Hause.«

»Um wie viel Uhr war das?«

Gunnar atmete die Luft hörbar durch die gespitzten Lippen aus, während er nachdachte. »Spielt das eine Rolle? Es war spät. Wie spät genau, das weiß ich nicht mehr.«

»Hat euch jemand begleitet?«

»Nein, wir waren alleine.«

»Was habt ihr gemacht, als ihr wieder hier wart?«

»Na, was wohl. Geschlafen. Heute Morgen haben wir ausgeschlafen. Jeder ist aufgestanden, wann er wollte, und hat gefrühstückt.«

»Jeder für sich?«

»Ja. Äh, Svenja hat übrigens auch alleine geschlafen. Es war ihr zu warm im Schlafzimmer. Sie ist ins Gästezimmer ausgewandert. Kommt schon mal vor.« Er rang sich ein schwaches Lächeln ab. »Nach dem Frühstück bin ich nach Norddorf geradelt, wo mein Surfbrett steht, und von dort aus aufs Meer. Was Svenja gemacht hat, müsst ihr wirklich sie fragen. Wenn das überhaupt noch geht. Wird sie wieder sprechen können? Wird sie sich an das erinnern, was war? Und wo ist das eigentlich passiert?«

Irgendwo klingelte ein Handy. Gunnar zuckte zusammen, entknotete seine Beine und lief in die Küche. »Ja? – Ja, am Apparat. Wie geht es meiner Frau?«

Kuno und Arne saßen mucksmäuschenstill im Wohnzimmer und lauschten gebannt.

Gunnar sagte nichts als immer wieder »Ja« und einmal »Ich notiere«. Schließlich kündigte er an, am nächsten Morgen mit der Fähre um neun Uhr dreißig nach Föhr kommen zu wollen.

Er sah ziemlich fertig aus, als er ins Wohnzimmer zurückkehrte. Das Handy hielt er mit beiden Händen fest umklammert. »Sie haben sie notoperiert. Laut dem Doktor ist sie über'n Berg. Ist einiges an Blut in die Lunge geflossen, aber sie wird durchkommen.«

Kuno war erleichtert. »Bisschen Glück im Unglück ist doch meist dabei.«

Gunnar schluckte. Er griff nach einem Sofakissen, drückte es fest an sich und wich dem Blick der Kommissare aus. »Sie haben sie ins künstliche Koma versetzt. Morgen kann ich vermutlich zu ihr. Ob sie dann allerdings schon wach und ansprechbar ist ...«

In Kuno erwachte die väterliche Ader. »Fahr hin und bleib ein paar Tage bei ihr. Deine Leute werden den Laden schon schmeißen.«

Arne, der Experte für Verkehrsverbindungen zwischen den Inseln, schaltete sich ein. »Die erste Fähre geht morgen früh um sechs, die zweite um sieben Uhr zehn. Weißt du, oder? Wenn du eine der beiden nimmst, bist du zwei- oder sogar dreieinhalb Stunden eher bei deiner Frau, als wenn du erst um neun Uhr dreißig fahren würdest.«

Gunnar nickte. »Ich muss erst noch in den Laden, meinen Jungs ein paar Anweisungen geben. Danach fahr ich rüber.«

Kuno rutschte auf den Rand des Sofas. »Wir lassen

dich auch gleich in Ruhe. Jetzt nur noch mal ganz kurz zum Tagesablauf von heute. Verstehe ich richtig: Ihr habt euch seit dem Frühstück heute Morgen nicht mehr gesehen?«

»So ist es. Ich bin ans Wasser und Svenja hat den Tag irgendwie verbummelt. Ich weiß nicht wie. Bei zu viel Sonne verkriecht sie sich ja gern im Haus. Am Abend hat sie mich angerufen und mir gesagt, dass sie jetzt joggen geht.«

»Wann war das?«

Gunnar guckte im Anrufprotokoll seines Smartphones nach. »Um achtzehn Uhr dreißig.« Er hielt das Handy so, dass die Ermittler das Display sahen. Auf die Entfernung konnten sie die Ziffern nicht erkennen, doch sie glaubten ihm auch so.

Arne saß entspannt auf dem Sofa und machte ein Gesicht, als hätte er eine ganz beiläufige Frage. »Wo genau warst du die ganze Zeit? Ich meine, der Strand ist lang. An welcher Stelle bist du gesurft?«

»Die ganze Westseite lang. An verschiedenen Stellen. Immer da, wo es gerade am schönsten war.«

»Hat dich jemand gesehen?«

Gunnar guckte Arne an, als könne nur ein völlig unbedarfter Mensch solch eine Frage stellen. »Gesehen haben mich alle, die aufs Meer geguckt haben. Das dürften viele sein. Nur erkannt hat mich natürlich keiner.« Er wandte sich an Kuno. »Du weißt doch, wie wir Surfer in unserer Montur auf dem Brett aussehen.«

Kuno nickte. »Einer wie der andere. Nasse Haare, schwarzer Neoprenanzug, durchtrainierter Körper.«

»Und ein buntes Segel.« Plötzlich schlug Gunnar sich mit der Hand vor die Stirn. »Das hätte ich in all der Aufregung fast vergessen.« Er schüttelte den Kopf.

Kuno blickte ihn erwartungsvoll an. »Nur raus mit der Sprache.«

»Ich weiß nicht, ob das wichtig ist, aber ich hab am späten Nachmittag Mareike getroffen.«

»Mareike? Was hast du denn mit der zu tun?«

Gunnar guckte harmlos. »Eigentlich nichts. Das war auch nicht geplant. Wir sind uns zufällig am Strand begegnet, als ich meine Tour kurz unterbrechen wollte. Sie ist gerade ein paar Tage bei ihrer Mutter zu Besuch und war ein bisschen pikiert, dass man sie nicht zu der Feier für Nina eingeladen hatte. Als wir uns so gegenüberstanden, dachten wir, wir reden einfach mal miteinander.«

Kuno betrachtete ihn skeptisch. »Und? Seid ihr zu neuen Erkenntnissen gekommen?«

Gunnar schüttelte den Kopf.

»Letzte Frage noch.« Kuno erhob sich vom Sofa. »Svenja läuft regelmäßig, soweit ich weiß.«

»Sie ist eine leidenschaftliche Joggerin. Aber wenn es so heiß ist wie heute, geht sie erst am späteren Abend raus.«

»Die Strecke, die sie läuft, ist immer dieselbe?«

Gunnar wollte spontan antworten, hielt dann aber kurz inne. »Ich denke, sie hat ein paar Lieblingsstrecken. Aber das weiß ich nicht so genau.« Er lachte kurz auf. »Ich bin ja nie dabei. Ich düse immer übers Wasser und Svenja flitzt übers Land.«

»Klar.«

Gunnar brachte die Kommissare zur Haustür und verabschiedete sie.

Kuno legte ihm die Hand auf die Schulter. »Grüß Svenja von mir und sag ihr gute Besserung von uns, wenn sie wieder ansprechbar ist.«

»Mach ich. Danke.« Gunnar brach die Stimme weg. Schnell schloss er die Tür.

Kaum hatten die Kommissare die Autotüren geschlossen, beugte Kuno sich zu seinem Kollegen hinüber. »Weißt du was? Wir fahren jetzt nach Wittdün.«

»Was wollen wir denn da?«

»Mareike interviewen. Ich will wissen, ob sie Gunnars Aussage bestätigt.« Er drehte den Zündschlüssel herum und fuhr los.

***

Die Ermittler parkten in der Mittelstraße in Wittdün. Dort hatte Mareikes Mutter ein Jahr nach dem Tod ihres Mannes eine Erdgeschosswohnung mit Blick auf den Kniepsand und die See bezogen. Kuno führte Arne durch eine Querstraße und über die Obere Wandelbahn zur Gartenseite des Hauses, die dem Meer zugewandt war.

Wie er erhofft hatte, trafen sie Mareike und ihre Mutter auf der Terrasse der Wohnung an. Sie stiegen über den niedrigen Gartenzaun, gingen auf die Frauen zu und baten Mareike nach einer kurzen Begrüßung, ihnen zu berichten, wie sie den heutigen Nachmittag und Abend verbracht hatte.

Mareike reagierte erstaunlich kühl. »Kommt ihr wegen Nina?«

Die Kommissare gaben keine Antwort.

»Ich habe gehört, dass es eine Feier ihr zu Ehren gegeben hat, aber ich war nicht eingeladen.«

Kuno schüttelte den Kopf. »Um gestern geht es

nicht. Es geht um heute. Erzähl uns bitte einfach nur, wo und mit wem du die letzten fünf, sechs Stunden verbracht hast.«

Die Mutter wollte dazwischenfunken, doch Mareike hielt sie zurück. »Schon in Ordnung, Mutti.« Sie lächelte unverbindlich. »So haargenau kann ich das nicht sagen. Ich hab mir die Zeiten nicht notiert. War ja nicht vorherzusehen, dass ich darüber Rechenschaft würde ablegen müssen.«

»Aber so ungefähr wird's dir noch einfallen, oder?«

Mareike ging auf Kunos Provokation nicht ein. Seelenruhig zählte sie auf, wie sie die letzten Stunden verbracht hatte. »Um kurz vor drei habe ich mit meiner Mutter Kaffee getrunken. Gegen vier bin ich nach Nebel an den Strand geradelt. Da bin ich eine ganze Zeit herumgelaufen, Richtung Norddorf. Irgendwo am Strand zwischen Nebel und Norddorf segelte mir zufällig Gunnar vor die Füße.«

Sie nahm ihre Sonnenbrille ab, wischte die Gläser umständlich mit einem Badetuch sauber, das über der Rückenlehne ihres Gartenstuhls hing, und setzte die Brille wieder auf.

Kuno sah sie skeptisch an. »Wie kam es dazu, dass ihr euch begegnet seid?«

»Er hatte vor, die ganze Westseite von Amrum entlang zu surfen, wie er mir später erzählte. Ab und zu ist er an Land gegangen, um sich auszuruhen. Ich bin zufällig an der Stelle am Strand entlang spaziert, an der er Pause machen wollte. Zuerst hab ich ihn gar nicht erkannt. Die Surfer sehen doch auf den ersten Blick alle gleich aus. Er winkte mir zu, aber ich habe mich überhaupt nicht angesprochen gefühlt. Erst als er meinen

Namen rief, bin ich stehen geblieben. Da wusste ich natürlich sofort, wer das war, obwohl wir uns nur sehr selten begegnen.«

»Und dann vermutlich mit trockenen Haaren und in Freizeitkleidung.«

Mareike nickte. »Alle Jubeljahre laufen wir uns in Wittdün mal über den Weg.«

»Was habt ihr gemacht, nachdem ihr euch am Strand begegnet seid?«

»Wir haben eine Zeit lang in einem Strandkorb gesessen und geklönt«, fuhr sie fort.

»Von wem hattet ihr den Korb gemietet?«

»Gemietet? Von niemandem. Wir haben uns einfach reingesetzt. Es war ein Korb in den großen Dünen, die mitten auf dem Kniepsand liegen, in der Nähe der Strandhütten. Da wurde nicht kontrolliert.«

»Hat euch jemand gesehen?«

Mareike überlegte einen Augenblick. »Nicht, dass ich wüsste. Irgendein Bewohner der Strandhütten vielleicht. Ich hab nicht drauf geachtet. Wir waren so ins Gespräch vertieft.«

»Worüber habt ihr geredet?«

»Über alte Zeiten, Nina, die Clique. Was wir gemeinsam erlebt haben.«

Arne hatte das Gespräch bisher stumm, aber sehr konzentriert verfolgt. »Wie kam es überhaupt, dass ihr so einen Gesprächsbedarf hattet? Gab's den auch bei euren früheren Begegnungen?«

Mareike guckte irritiert. »Nein, früher nicht. Aber ... Es hatte einfach mit Nina zu tun. Gunnar hatte das Bedürfnis, mir von der Feier zu erzählen, und ich muss gestehen, ich war ein bisschen verschnupft, dass ich nicht dazu eingeladen worden bin. Ich hab ja auch mal dazugehört, wenn ich auch nicht die Beliebteste war. Mich hat schon interessiert, wie es gestern gelaufen ist.«

»Und weiter?«, fragte Arne. »Was habt ihr gemacht, als euer unverhofftes Treffen zu Ende war?«

»Jeder von uns ist nach Hause gegangen.« Mareike sah ihre Mutter an.

Die bestätigte die Aussage. »Meine Tochter war um kurz nach sieben wieder hier.«

Kuno verneigte sich leicht vor den beiden Frauen. »Danke, das war's schon.«

Bevor er sich mit Arne auf den Rückweg nach Nebel machte, rief Kuno in der Seekiste an und entschuldigte sich mit dem Hinweis auf einen unvorhersehbaren dringenden Einsatz dafür, dass sein Kollege und er die reservierten Plätze nicht hatten in Anspruch nehmen können.

Die Kellnerin zeigte Verständnis. Auch im Restaurant hatte sich blitzschnell herumgesprochen, dass ein Rettungswagen durch den Wald gefahren war, und der Hubschrauber war ebenfalls nicht zu überhören gewesen.

Kuno fragte, ob sie auch jetzt noch kommen dürften und ob es einen Tisch für zwei Personen in einer ruhigen Ecke für sie beide gebe.

Die Kellnerin zögerte. »Kommen dürft ihr immer. Aber wie das mit der ruhigen Ecke aussieht, weißt du doch genau. Wenn ihr was besprechen wollt, was niemand hören soll, nehmt die Suppe mit nach Hause.«

Kuno nahm den Vorschlag dankend an und bestellte noch eine dritte Portion für seinen Bruder.

Als Arne und er das Restaurant erreichten, standen

die Weckgläser mit der Delikatesse für sie bereit. Unter dem Eindruck des Verbrechens, das an diesem Sommerabend geschehen war, trotteten die Kommissare den Waasterstigh hinunter.

»Meinst du, es war einer aus der Clique?«, fragte Arne.

»Kennst du den Namen des übernächsten Präsidenten der Vereinigten Staaten?« Aus einem Grund, den er sich selbst nicht erklären konnte, wurde Kuno auf einmal furchtbar wütend. »Herrgott noch mal! Ja, ich glaube, es war einer aus der Clique.« Er blieb stehen und entschuldigte sich umgehend bei Arne für seinen Wutausbruch.

»Kein Thema. Verzwickte Geschichte. Da kann schon mal Frust aufkommen. Mir geht's nicht viel anders.«

Kuno machte den Hals lang, als er sein Grundstück erblickte. »Guck an, die beiden sitzen wieder traut vereint im Garten.«

»Welche beiden?«

»Na, Okko und seine Bierdose.« Er winkte seinem Bruder zu und hob die in eine Papiertüte verpackten Gläser mit der Suppe in die Höhe.

Okko, der sicherlich hungrig war, weil er nicht auf die Idee kam, sich selbst zu beköstigen, grinste breit und lief zur Haustür.

Kuno überreichte ihm ein Weckglas. »Für den Rest des Abends gehört der Garten Arne und mir. Wir haben 'ne dienstliche Besprechung, die ist für deine Ohren nicht bestimmt. Deine Suppe isst du also bitte in der Küche.«

»Nicht ohne meine Bierdose!« Okko lief in den Garten. Zielsicher sammelte er ein paar leere Dosen ein, griff nach der, die er zuletzt angebrochen hatte, und verzog sich ins Haus.

Arne setzte sich auf einen der Gartenstühle, die am Tisch auf der Terrasse standen. Als Kuno sich ihm gegenüber hinsetzte, stand Arne, der sich bei seinem Kollegen mittlerweile wie zu Hause fühlte, noch einmal auf, holte zwei Bierflaschen aus dem Kühlschrank und öffnete sie.

Kuno sah ihn ungläubig an. »Weil die Suppe so trocken ist?«

»Weil der Fisch schwimmen muss.«

Kuno schob Arne einen Suppenlöffel hin. »Weißt du, was ich vermute?«

Arne schüttelte den Kopf. »Das weiß ich nicht. Aber ich weiß, dass du es mir gleich verraten wirst.«

»Ist aber wirklich nur 'ne Vermutung.«

»Rück raus damit.«

Kuno hielt seinen Löffel steil in die Luft wie ein Ausrufezeichen. »Meine Theorie lautet so: Derjenige, der Svenja angegriffen hat, ist nicht der Mörder von Nina Asmus. Ich denke sogar, das Gegenteil ist der Fall: Er hält Svenja für die Täterin und will Ninas Tod rächen.«

Arne blickte Kuno verblüfft an. »Dann käme nur Tela in Frage.«

»Oder Eske.«

Arne blinzelte skeptisch. »Wie aktuell ist deine Theorie?«

»Tagesaktuell.«

»Will heißen: Kann sich morgen ändern?«

Kuno nickte.

11

Das Haus von Anneke Brinks, in dem Arne während seiner Amrum-Aufenthalte wohnte, lag schräg gegenüber von Kunos Kapitänshaus. Trotzdem kam es nur selten vor, dass die Ermittler sich zur gleichen Zeit auf den Weg zur Arbeit machten. Doch in der letzten Nacht hatte einer wie der andere unruhig geschlafen. Noch während des Frühstücks verabredeten sie telefonisch, sich gleich auf dem Waasterstigh zu treffen.

»Schon was Neues von Svenja gehört?«, fragte Arne, der bereits vor Kunos Gartenpforte stand, als der Hauptkommissar sein Grundstück verließ.

»Ich hab vorhin mit dem Arzt telefoniert. Es geht ihr den Umständen entsprechend, aber sie braucht noch Ruhe und wird psychologisch betreut. Sie hat durchblicken lassen, dass sie heute noch keinen Besuch möchte, nicht mal von Gunnar.«

Arne nickte verständig. »Du siehst wirklich nicht so aus, als hättest du einen ausgiebigen Schönheitsschlaf hinter dir. Der Fall scheint Dir ziemlich nahe zu gehen.«

»Nicht nur der.« Kuno machte eine wegwerfende Handbewegung und seufzte.

»Was denn noch?«

»Mein Bruder ...«

»So schlimm?«

Kuno senkte die Stimme. »Der wollte sich tatsächlich gleich nach dem Frühstück 'ne Hopfenkaltschale reinziehen. Ich hab ihm gesagt, erstens gibt's um diese Uhrzeit kein Bier in meinem Haus und zweitens muss er sich das Gesöff verdienen. Er soll erst mal den Dachboden entrümpeln.«

Zwei Radfahrer auf Rennrädern, völlig untypisch für das völlig entschleunigte Amrum, schossen aus dem Smäswai heraus und bogen in den Waasterstigh ein. Die Kommissare konnten ihnen gerade noch ausweichen. Doch Kuno war zu sehr mit anderen Dingen beschäftigt, als dass er die Raser zur Ordnung hätte rufen mögen.

»Da hat Okko ja zu tun. Hast du denn trotz der angeregten Frühstücksunterhaltung mit ihm schon Zeit gehabt, einen Blick in die Zeitung zu werfen?«

»Die von heute? Nee. Steht was drin, was ich wissen müsste?«

Arne grinste. »Ein neuer Artikel deines Lieblingsreporters.«

»Aber doch nicht über den Anschlag auf Svenja?«

Arne schüttelte den Kopf. »Als sie niedergestochen wurde, war ja schon Redaktionsschluss. Die Geschichte wird er sicher morgen bringen. Heute hat er sich noch einmal über Nina Asmus ausgelassen.«

Kuno griff sich an die Stirn. »Warum steckt der denn seine Nase noch tiefer da rein? Er hat doch gerade erst was dazu veröffentlicht. Der Typ nervt.«

»Sieht aus, als würde er eine ganze Serie draus machen. Heute hat er über die Gedenkparty bei Frederik und Gisa berichtet.«

»War er denn dazu eingeladen?«

»Musste er das? Der kommt doch auch ohne Einladung überall rein.«

Kunos Laune war sofort dahin bei dem Gedanken, dass Gisa und Frederik den schmierigen Reporter als Gast geduldet hatten. Er konnte verstehen, dass sie sich nicht darum gerissen hatten, ihn als Kripomann dabei zu haben. Bei seiner Anwesenheit hätte sich jeder Gast heimlich observiert gefühlt. Aber musste es dann Friedrich sein, ausgerechnet dieser Schnüffler?

Arne plauderte weiter aus, was er gelesen hatte. »Morgen will er ein Gespräch abdrucken, das er mit Tela und Eske geführt hat. Der bauscht das Geheimnis um Ninas Tod ganz schön auf.«

Kuno brauste auf. »Was soll das denn heißen: das Geheimnis um Ninas Tod? Er selbst ist derjenige, der ein Mysterium draus macht, niemand anders. Hat wohl sonst gerade kein Thema, mit dem er Aufmerksamkeit erregen kann.«

Arne hob ergeben die Hände. »Ich hab das nicht zu verantworten, ich bin nicht der Chefredakteur eures Inselblättchens. In der Ankündigung des nächsten Artikels erwähnt er jedenfalls eine Seekiste, in der Tela den Nachlass von Nina aufbewahrt. Hört sich schon ein bisschen geheimnisvoll an, finde ich.«

Kuno blieb stehen. »Warum wissen wir bisher nichts davon, dass es diesen Nachlass gibt?«

Arne runzelte die Stirn. »Geht der uns überhaupt was an?«

»Je nachdem, was er umfasst. Wenn was drin ist, was uns auf eine Spur führen könnte ... Schreibt Fliegenfischer was über den Inhalt der Seekiste?« In dem Moment, in dem er seine Frage ausgesprochen hatte, ärgerte Kuno sich über sich selbst. Er wollte EffEff und seinen Recherchen wirklich keine Wichtigkeit geben. »Weißt du was? Unwichtig, was Friedrich sagt. Wir recherchieren selbst. Wir fragen Tela danach.«

Arne ließ Kuno den Vortritt auf das Grundstück der Polizeiwache. »Wir fragen besser Eske. Die Kiste ist jetzt bei ihr.«

Kuno riss als Erstes das Fenster auf, nachdem er das Büro betreten hatte. Mit grantigem Gesicht ließ er sich auf seinen Schreibtischstuhl fallen. »Ich ruf Eske sofort an. Um diese Uhrzeit dürfte sie noch zu Hause sein.«

Nach mehrmaligem Klingeln meldete Eske sich. Sie klang atemlos. »Ich war schon aus dem Haus, da hab ich das Telefon gehört und bin noch mal zurück ins Wohnzimmer. Ist das wahr, was über Svenja erzählt wird?«

»Hat sich wohl mal wieder in Sekundenschnelle herumgesprochen.«

»Ich hab es heute Morgen beim Bäcker erfahren, als ich für Tela und mich Brötchen geholt habe. Wir haben natürlich gestern Abend den Hubschrauber gehört und den Krankenwagen. Um die Zeit saßen wir gerade zusammen beim Abendbrot. Wir dachten, ein Urlauber hätte sich mal wieder außerhalb der Badezeiten ins Meer getraut und hätte gerettet werden müssen. Nie im Leben wären wir darauf gekommen, dass es um Svenja ging.«

Eskes Worte riefen Kuno seine Schlussfolgerung von gestern Abend in Erinnerung, dass Eske oder Tela möglicherweise als Täterinnen infrage kämen. Mit dem, was Eske ihm gerade mitgeteilt hatte, war seine tagesaktuelle Theorie über den Haufen geschmissen, die Frage nach dem Alibi der beiden Frauen erübrigte sich. Ob sie etwas mit der Sache zu tun hatten oder nicht: Eske und Tela würden sich gegenseitig versichern, den ganzen Abend miteinander verbracht zu haben. Was insofern absolut glaubwürdig war, als die gemeinsamen Abende der beiden die Regel waren, wie jeder im Dorf wusste.

Eske holte den Kommissar aus seinen Überlegungen heraus. »Wie geht es Svenja?«

»Den Umständen entsprechend.«

»Ach was.«

Eskes Tonfall entnahm Kuno die unausgesprochene Frage, ob es nicht etwas genauer ginge. »Es geht ihr nicht rosig, aber sie ist auch nicht lebensgefährlich verletzt. Mehr kann ich leider zurzeit nicht sagen.«

»Ich werde Gunnar nachher mal anrufen. Gibt es denn was Neues zu Nina?«

»Nicht direkt. Ich wollte mich mal nach dem Nachlass erkundigen.«

»Ach ja, das hat in der Zeitung gestanden.« Eske hörte sich nicht glücklich an.

»Friedrich hat es doch von dir persönlich erfahren, oder?«

»Ja, aber er hätte es doch nicht ...«

Kuno unterbrach sie. »Eske! Du weißt doch, dass der so ziemlich alles ausplaudert, was man ihm verrät. Und wie gerne dichtet er von sich aus noch was dazu, was er für die Wahrheit, die reine Wahrheit und nichts als die Wahrheit hält?«

Arne zog im Nebenraum geräuschvoll die Schublade eines Archivschranks auf. Kuno beugte sich vor und gab ihm mit einer Geste zu verstehen, dass er leiser sein möge.

»Die Information kam von Tela«, rechtfertigte Eske sich. »Sie hat Friedrich erzählt, dass sie die Seekiste mit all den Dingen, die Nina gehörten und die sie nicht wegwerfen wollte, mir gegeben hat, damit ich sie über ihren eigenen Tod hinweg aufbewahre.«

Kuno erschrak. »Aber Tela denkt doch noch nicht so bald ans Sterben?«

Eske seufzte. »Du hast doch gesehen, wie sie drauf

ist. Manchmal hab ich das Gefühl, sie hat sich selbst aufgegeben. Sie will einfach nicht mehr.«

»Dass sie nach all den Schicksalsschlägen keine Kraft mehr hat, kann ich verstehen. Aber trotzdem ... Sie ist doch noch lange nicht am Ende ihres Lebens angekommen.« Kuno fragte sich, ob es taktlos war, weiter nachzubohren. Aber die Seekiste interessierte ihn brennend. Möglicherweise konnte das, was sie enthielt, ihnen weiterhelfen, wenn Arne und er die Umstände über Ninas Tod neu aufrollten. »Sag mal, Eske ...«

»Ihr möchtet wissen, was in der Kiste drin ist, stimmt's?«

Kuno nickte kräftig, obwohl Eske ihn nicht sehen konnte. »Jo. Ist es möglich, dass wir mal reingucken?«

»Klar. Heute ist es allerdings schlecht bei mir. Passt es euch morgen nach Dienstschluss? Ich bin bis sechs in meiner Töpferei. Danach hätte ich den ganzen Abend Zeit für euch. Sucht euch eine Uhrzeit aus.«

»Moment mal eben.« Kuno winkte Arne zu, um dessen Aufmerksamkeit auf sich zu ziehen, und legte eine Hand auf die Sprechmuschel. »Morgen gegen achtzehn Uhr dreißig bei Eske?«

Arne nickte.

Kuno sprach wieder in den Hörer. »Morgen Abend um halb sieben. Zu Abend gegessen haben wir dann schon«, schob er scherzhaft hinterher und verabschiedete sich von Eske.

Arne stöberte weiter in dem Archivschrank in dem Raum hinter Kunos Rücken herum.

Kuno vertiefte sich in die Post, die der Briefträger gerade hereingereicht hatte. An diesem Tag nach der wenig erholsamen Nacht wünschte er sich nichts weiter, als seine Ruhe zu haben. Arnes geräuschvolle Suche im Nebenraum ging ihm auf die Nerven. Abrupt drehte er sich zu seinem Kollegen um. »Sag mal, was suchst du da überhaupt?«

Arne hielt eine Akte mit einem verblassten altrosafarbenen Aktendeckel in der Hand, der an den Rändern ausgefranst war. Triumphierend hielt er ihn in die Höhe. »Ich wollte mich nur mal auf den Stand der Dinge bringen, was einen gewissen Amrum-Heimkehrer betrifft. Schon erstaunlich, was hier an alten Sachen herumliegt. Weißt du eigentlich, dass dein Bruder in den Jahren deiner Abwesenheit bei deinen Kollegen aktenkundig geworden ist?« Er ließ die Unterlagen auf Kunos Schreibtisch fallen.

Kuno schob sie von sich fort. »Pack die wieder weg. Du wirst es nicht glauben, aber Okkos Sündenregister hat sich bis in den hintersten Winkel unserer Familie herumgesprochen. Auch bis zu mir sind seine Alkoholdelikte durchgedrungen, obwohl ich zu seinen promillereichsten Zeiten einige hundert Kilometer entfernt auf dem Festland war. Du brauchst das jetzt nicht neu aufzurollen. Wenn du sonst nichts Ergiebiges darin findest, setz dich zu mir und lass uns mal zum Fall Nina Asmus brainstormen.«

Arne zog die Augenbrauen hoch und setzte sich an seinen Schreibtisch gegenüber dem von Kuno. »Brainstormen, das hört sich ja richtig cool an.«

»Also, was schlägst du vor, wen befragen wir zuerst?«

Im Raum neben dem Eingang sprach ein Kollege von Kuno und Arne mit einer Frau, deren Stimme dem Hauptkommissar bekannt vorkam. Der Wachtmeister klopfte an den Türrahmen.

»Gisa ist hier. Sie will was melden. Habt ihr einen Moment Zeit?«

»Für Gisa immer.« Kuno stand auf, um die Besucherin zu begrüßen. »Nimm Platz.« Er wies mit der Hand auf einen Stuhl an dem kleinen Besprechungstisch in der Ecke des Büros. Arne und er setzten sich zu ihr. »Einen Tee?«

Gisa lächelte müde und schüttelte den Kopf. »Vielen Dank, nein. Ich will euch auch nicht lange aufhalten. Das mit Svenja ... Es tut mir so leid.«

»Woher weißt du davon?«

»Eske hat mich vorhin angerufen. Wie konnte das passieren?«

Kuno hob die Hände. »Wir fangen gerade erst an, in dieser Sache zu ermitteln.«

»Wie ... Wie steht's um Svenja? Kommt sie durch?«

»Nach dem, was der Arzt mir heute Morgen gesagt hat, ja. Mehr weiß ich zurzeit nicht – und dürfte es dir auch nicht mitteilen, das weißt du ja. Du müsstest bitte Gunnar fragen.«

Gisa schien über etwas nachzudenken.

Kuno verschränkte die Hände und drehte die Daumen umeinander. »Darf ich fragen, was dich hergeführt hat?«

Hastig zog Gisa einen Briefumschlag aus ihrer Handtasche. »Hier ist die Liste der Leute, die bei der Strandparty vor zwanzig Jahren dabei waren. Es stehen sicherlich nicht alle Namen drauf, aber die, an die wir uns noch ganz genau erinnern konnten.«

Kuno nahm den Umschlag entgegen und bedankte sich bei Gisa für die Mühe. Er öffnete das Kuvert und warf einen Blick auf die Liste.

»Darf ich auch mal?«, fragte Arne, als Kuno den Kopf wieder hob. Er streckte seine Hand danach aus.

Kuno reichte ihm das Papier. »Kennst du doch nicht. Aber guck sie dir ruhig an.«

»Dann hab ich noch etwas.« Gisa verstummte sofort wieder. Offensichtlich wartete sie darauf, dass einer der Kommissare sie aufforderte, ihr Anliegen vorzutragen.

Kuno studierte ihr Gesicht. Ging es um eine so heikle Sache, dass sie sich nicht mit der Sprache heraus traute, oder kam ihr jetzt, wo sie vor den Kommissaren saß, der Gedanke, dass es doch nur eine Nichtigkeit war?

Arne schob die Liste wieder in den Umschlag.

Kuno schlug die Beine übereinander, lehnte sich zurück und nickte Gisa zu. »Wir hören.« Der Block vor ihm und der Kugelschreiber, den er ungeduldig zwischen seinen Fingern rotieren ließ, signalisierten die Bereitschaft, Stichworte zu notieren, wenn Gisa nur endlich loslegen würde.

»Eigentlich ist es nur eine Kleinigkeit, nichts von Bedeutung. Es geht um ein Messer, das verschwunden ist.«

Arnes Augenbrauen zuckten vielsagend in die Höhe. Dann grinste der junge Kommissar Gisa albern an. »Für Messerklau sind wir eigentlich nicht zuständig. Oder ist es eins mit goldenem Griff?«

Kuno gab ihm mit einem bösen Blick zu verstehen, dass jetzt nicht der Moment für Witzchen war. »Bitte, Gisa, erzähl weiter. Was für ein Messer ist es und seit wann vermisst ihr es?«

Gisa wandte sich nun ganz von Arne ab. »Wir hatten doch die Gedenkparty.« Sie berichtete Kuno von den nächtlichen Geräuschen, die sie vernommen hatte, von der zerbrochenen Bierflasche, die sie am nächsten Tag auf der Terrasse vorgefunden hatten, und dass Frederik verärgert festgestellt hatte, dass ein Messer aus dem Messerblock fehlte.

Kuno kniff die Augen zusammen, fuhr sich durch den gestutzten eisgrauen Kinnbart und dachte laut nach. »Du gehst davon aus, dass ihr in der Nacht ungebetenen Besuch hattet, der gezielt nach dem Messerblock gesucht hat, um sich das für seine Zwecke am besten geeignete Stück herauszufischen?«

Gisa nickte. Ihr Gesicht spiegelte Schrecken und Zweifel wider. »Es heißt, Svenja ist niedergestochen worden.« Mehr traute sie sich nicht zu sagen.

Arne mischte sich in das Gespräch ein. »Seid ihr sicher, dass das Messer gestohlen wurde? Könnte Frederik es nicht versehentlich verlegt haben? Ich meine, er wird am Ende der Feier auch einen gewissen Alkoholpegel gehabt haben und welcher Mann gibt schon gerne zu, dass er nicht mehr weiß, wo er im Suff sein Messer abgelegt hat?«

Gisas Blicke funkelten ihn giftig an. »Ach, dann hat er wohl mitten in der Nacht, während er neben mir lag, mal eben seinen Geist nach unten geschickt und ihn die Bierflasche umwerfen lassen. Oder war es ein Gespenst, das aus dem Watt kam, über die Terrasse gehuscht ist und nicht aufgepasst hat?«

Arne lehnte sich gelassen zurück. »Die Bierflasche könnte auch eine streunende Katze umgeworfen haben, die auf der Suche nach einem übrig gebliebenen Stück Fisch oder Fleisch über den Tisch geschlichen ist. Leider hat sie keine Rücksicht darauf genommen, dass Pfand auf der Flasche war, die ihr im Weg stand.«

Wieder warf Kuno ihm einen strafenden Blick zu. Dass der Junge aber auch immer seine Witzchen reißen musste!

Gisa verdrehte die Augen. »Ich wüsste nicht, wann ich das letzte Mal auf Amrum eine wilde Katze gesehen hätte.«

Kuno stützte sich auf den Tisch und musterte Gisa lange. Ihre Augen wirkten müde. Überhaupt, ihr gesamter Gesichtsausdruck erschien ihm genervt.

»Du gehst also definitiv davon aus, dass es eher ein zweibeiniger Kater war, der durch euren Garten gestrolcht ist und sich das Messer eingesteckt hat.«

»Da bin ich ganz sicher. Ja.«

»Blöde Frage, wie immer, aber ich muss sie dir stellen. Hast du einen Verdacht, wer es gewesen sein könnte? War vielleicht jemand auf eurer Party, der sich auffällig für Frederiks Messer interessiert hat?«

Erwartungsgemäß schüttelte Gisa den Kopf. Sie setzte sich gerade hin und der Ausdruck ihrer Augen zeigte eine Mischung aus Skepsis und Empörung. »Du willst doch wohl nicht unterstellen, dass einer unserer Gäste uns bestohlen haben könnte? Es waren alles Freunde von uns!« Sie wartete Kunos Antwort erst gar nicht ab und überging auch Arne, der den Mund öffnete, um etwas zu sagen. »Außerdem: Wer bei uns war, hätte sich das Messer auch gleich einstecken können. Es kommt doch niemand, der bis spät in die Nacht bei uns war, in den frühen Morgenstunden noch mal zurück, um etwas zu klauen!«

Gisas Argumentation klang logisch. Trotzdem hatte Kuno einen Gegenentwurf. »Wenn jemand dieses Messer unbedingt haben wollte, sich aber auf der Feier keine

Möglichkeit ergeben hat, es zu entwenden, welche Gelegenheit hätte sich dann besser angeboten als diese Nacht, in der der Messerblock draußen stand? Ich nehme an, normalerweise steht er im Haus.«

»In der Küche, natürlich.«

»Was sagt denn Frederik zu der Angelegenheit?«

»Ach, Frederik!« Gisa wandte den Kopf zum Fenster und beobachtete einige Möwen, die sich auf das Grundstück der Polizeiwache verirrt hatten. Als ein Mann mit einem kläffenden, angeleinten Hund vorbeilief, schwebten sie aufgeregt wieder davon. »Der Messerblock samt den Messern ist ein Erbstück von seinem Großvater. Er ist handgefertigt und jeder Messergriff ist ein Unikat. Frederik dreht durch, wenn er die Sammlung nicht bald wieder vollständig hat.«

Arne trommelte wie zufällig mit drei Fingern auf die Tischplatte.

Gisa wurde auf ihn aufmerksam und schenkte ihm endlich die Beachtung, die sie ihm bisher verweigert hatte. So, wie viele andere Amrumer, mit denen der Hauptkommissar bei seinen Ermittlungen zu tun hatte, hielt sie Kuno als Einheimischen für ihren allein zuständigen Ansprechpartner und Arne musste sich erst Gehör und Anerkennung verschaffen.

»Frederik hängt also emotional an dem gestohlenen Messer«, sagte Arne.

Gisa kräuselte die Lippen. »Er würde am liebsten Finderlohn dafür ausschreiben. Ehrlich gesagt, heute Morgen habe ich mich gefragt, ob er auch so ein Tamtam machen würde, wenn ich ihm mal abhandenkäme.«

Arne atmete so tief ein, dass sein Brustkorb beinahe die Hemdenknöpfe abspringen ließ, und hielt die Luft an. Kuno wusste, dass er jetzt innerlich bis fünf zählte – die bewährte Methode seines Kollegen, zu verhindern, dass er unwillkürlich in eine Lachsalve ausbrach.

Der Hauptkommissar lehnte sich nachdenklich zurück, verschränkte die Arme und legte den Kopf schief. »Messer gibt es an jeder Ecke. In jedem Haushaltswarengeschäft kann man sie kaufen.«

»Sogar auf Amrum.« Arne konnte wieder entspannt atmen. »Man kann sie sogar in Restaurants mitgehen lassen.«

Gisa schnipste einen Fussel von ihrem Rock. »Allerdings nicht die richtig scharfen. Bei einem normalen Besteckteil kannst du immer sicher sein, dass es eine zu stumpfe Klinge hat.«

»Wobei sich fragt: Zu stumpf wofür?«, sagte Kuno. »Das sind doch die zentralen Fragen: Wozu sollte jemand ausgerechnet ein Messer von euch klauen, Gisa? Und was will derjenige mit einem Messer, das so scharf ist, dass man Grillfleisch problemlos damit zersäbeln kann?«

»Siehst du, das dachte ich mir auch. Dabei fiel mir die Botschaft ein, die wir mit der Flaschenpost erhalten haben. ›Ich habe gemordet. Ich werde es wieder tun‹. Und wenn ich an das denke, was Svenja gestern widerfahren ist ... Langsam bekomme ich Angst, und deshalb bin ich hier.«

Kuno schlug leicht mit der flachen Hand auf den Tisch. »Womit wir beim Thema wären. Wenn du nicht zu uns gekommen wärst, hätten wir nachher bei dir vorbeigeschaut. Du gehörst zu denen aus eurer alten Clique, die wir gerne noch mal zu der Nacht befragen möchten, in der Nina starb.«

»Wieso ›noch mal‹?« Gisa guckte verständnislos. Ihre Stimme wurde härter, als hätte sie schlagartig eine innere Mauer errichtet. »Ich bin noch nie dazu befragt worden, mich hat man auch nie verdächtigt und ich kann grundsätzlich nicht viel dazu beitragen.«

Arne hob beschwichtigend die Hände. »Wir warten zurzeit auf die Zusendung der Unterlagen zu den damaligen Ermittlungen, soweit es überhaupt noch welche gibt. Deshalb sind wir nicht informiert, wer damals vernommen wurde oder wer welche Aussagen gemacht hat.«

»Vernommen?« Gisa schnellte von ihrem Stuhl empor. »Brauche ich jetzt etwa einen Anwalt?«

»Um Gottes willen!« Kuno lachte und gab sich entspannt. »Du bist keine Verdächtige. Warst du doch damals auch nicht. Uns geht es lediglich darum, die Fakten zusammenzutragen. Es ist so lange her, jeder von euch wird sich nur noch bruchstückhaft erinnern. Wir sind voll und ganz auf eure Erinnerungen angewiesen. Für uns ist das dann ein Puzzlespiel. Wir setzen die Teilchen zusammen.«

»Und dann? Wird am Ende verhaftet, wer die meisten Puzzleteilchen auf sich vereint?« Gisa zog die Stirn misstrauisch in Falten.

Kuno wusste, wie heikel die Befragungen werden würden. Kaum einer der damaligen Partygäste würde ein Interesse daran haben, die Ereignisse noch einmal hochkochen zu lassen, bis auf Eske natürlich als Ninas beste Freundin. Aber die anderen? Arne und er würden sehr diplomatisch vorgehen müssen. Die Wiederaufnahme des Falles würden sie wohl so darstellen, als ginge es lediglich darum, das Ergebnis seines Kollegen, der die

Ermittlungen geführt hatte, in seiner Richtigkeit zu bestätigen.

Er versuchte nochmals, Gisa zu beruhigen. »Es ist doch noch gar nicht gesagt, ob es überhaupt zu einer Festnahme kommen wird. Wir wollen nur jeden Zweifel beseitigen und dafür sorgen, dass die Akte für alle Zeiten geschlossen werden kann. Du willst doch sicher auch, dass Tela ihren Seelenfrieden findet? Du weißt, wie schlecht es ihr geht.«

Gisa nickte. Ihre Lippen verzogen sich zu schmalen Linien, die ihr rundliches, weiches Gesicht mit dem ansonsten so freundlichen Ausdruck ungewöhnlich hart erscheinen ließen.

Kuno ging zu der Anrichte, auf der der Wasserkocher und die Teekanne samt Stövchen standen. »Jetzt gibt es aber doch 'nen Tee, einverstanden?« Er setzte Wasser auf, gab Tee in einen Filter und nahm drei Becher von einem Regal, das oberhalb der Anrichte angebracht war.

»Wie war eigentlich die Stimmung innerhalb eurer Clique an dem Abend in der Strandhalle?« Er guckte kurz über die Schulter, während er den Tee aufgoss. »Ihr wart doch ein ziemlich großer Haufen, soweit ich weiß. Viel mehr als der harte Kern, der bis heute von euch übrig geblieben ist.«

»Einige leben ja nicht mehr auf Amrum. Sie sind nach Föhr, Sylt oder aufs Festland gezogen. Die Adressen haben wir natürlich nicht. Die Kontakte sind abgebrochen.«

»Leben denn noch Verwandte von den Fortgezogenen auf Amrum?«, wollte Arne wissen.

»Zum Teil ja.«

Kuno wandte sich an Arne. »Das wäre doch eine

hübsche Aufgabe für dich. Verwandte suchen, Adressen recherchieren ...« Bevor Arne lautstark protestieren konnte, nahm er den Vorschlag wieder zurück. »Nein, im Ernst, dafür finden wir jemand anderen. Dich brauche ich für wichtigere Aufgaben.«

Arne atmete erleichtert auf.

»Also, noch mal: die Stimmung unter euch, wie war die denn so?« Kuno schenkte den Tee ein und stellte die Kanne auf das Stövchen, das er mitten auf den Besprechungstisch postierte.

Gisa überlegte angestrengt.

Als ob sie das nicht mehr wüsste! Friedrich Fliegenfischer berichtete in diesen Tagen ausführlich über die Ereignisse. Die Gedenkfeier war lange vorbereitet worden und hatte sicher viele Erinnerungen wachgerufen. Allen, die an dem Abend dabei gewesen waren, dürften doch zurzeit die Bilder und Stimmungen wieder durch den Kopf gehen.

Endlich gab Gisa Auskunft. »Es war unterschiedlich. Es gab Leute, die sich mit allen anderen gut verstanden, und es gab welche, die eher ein bisschen im Abseits standen.«

»Hm, ein bisschen im Abseits.« Das Telefon klingelte mal wieder im falschen Augenblick. Kuno ging zum Schreibtisch und nahm den Hörer ab. Er lauschte kurz und versprach, in spätestens einer Stunde zurückzurufen. Dann setzte er sich wieder an den Tisch und beugte sich interessiert zu Gisa vor. »Gab es konkrete Unstimmigkeiten oder woran lag es, dass einige Leute außen vor standen?«

Gisa zog die Nase hoch. »Ihr wisst doch, wie das ist unter jungen Leuten. Es gibt Weiber, die machen jeden

Kerl an, der ihnen über den Weg läuft, egal ob er in Begleitung erschienen ist oder nicht. Die sind bei den anderen Frauen natürlich nicht beliebt und auch die Männer halten sich damit zurück, eventuelle Sympathien offen zu zeigen.«

»Du warst damals bereits mit Frederik zusammen, soweit ich weiß.«

»Wir waren ja praktisch schon immer zusammen.«

Kuno schob Gisa Sahne und Zucker hin. »Ich will nicht indiskret sein, aber wir müssen uns ein Bild machen. Daher meine Frage: Wie war das mit Nina? Hat sie sich an dem Abend an Frederik rangemacht?«

Gisa kam in Wallung. »Die Nina hat ihn natürlich mit ihren strahlend blauen Augen angefunkelt und sich mit ihrem reizenden Dekolleté an ihn rangerobbt. Das hat ja jeder gesehen. Tiefer ausgeschnitten als an dem Tag hab ich sie noch nie erlebt. Die hatte es richtig drauf angelegt. Sie kriegte einfach den Hals nicht voll.«

Gisa hörte abrupt auf zu reden und nestelte ein Taschentuch hervor, das sie gar nicht benötigte. »'Tschuldigung, man soll über Tote nicht schlecht reden. Aber Nina war sich bewusst, wie sie wirkte, und sie wollte das immer wieder bestätigt sehen.«

»Ist es deswegen zu einem Streit zwischen dir und Nina gekommen?«

Gisa guckte erschrocken. »Nein. Frederik hat natürlich auch zu ihr hinübergeschielt. Alle Männer haben das getan. Aber das war's auch von seiner Seite und deshalb bringe ich sie ja nicht um. Sie war keine Gefahr für unsere Beziehung. Frederik wusste, was er von ihr zu halten hatte.«

Kuno wunderte sich nicht schlecht über Gisas

Gefühlsausbruch. »Und trotzdem hast du die Gedenk-party für sie ausgerichtet.«

Gisa zuckte mit den Achseln. »Na ja, einer musste es ja tun. Wir konnten doch nicht einfach über diesen Tag hinweggehen. Schon wegen Tela und Eske nicht.«

Kuno nickte verständig. »Hat Nina in der Nacht auch andere Männer als Frederik – sagen wir mal: für sich gewinnen wollen?«

Gisa beschränkte sich auf ein stummes Nicken als Antwort.

Kuno machte sich Notizen. Gisa schielte auf seinen Block, doch er wusste, dass niemand außer ihm seine Hieroglyphen entziffern konnte. Im Laufe der Jahre hatte er sich eine Sammlung an Abkürzungen zurechtgelegt, die nur er verstand. Außerdem hatte er eine Handschrift, an der schon seine Lehrer verzweifelt waren.

Er legte den Kugelschreiber weg. »Okay soweit. Wer von euch ist denn eigentlich auf diese Wahnsinnsidee gekommen, mitten in der Nacht ins Meer zu gehen, dann auch noch bei ablaufendem Wasser?«

Gisa verzog verschämt den Mund und senkte den Blick. »Das war Frederik.« Sie wischte mit der Hand kräftig über ihren Rock, um eine Falte zu glätten, die der Stoff über ihren Oberschenkeln gezogen hatte. »Ein bisschen war es wohl auch Gunnars Idee, aber zusammengetrommelt hat Frederik die Leute.«

Kuno schüttelte den Kopf. »Weiß doch jeder, dass so was tödlich enden kann.«

»Wir waren alle ziemlich abgefüllt. Nicht so, dass wir nicht mehr geradeaus laufen konnten, aber doch so, dass wir nicht mehr richtig einschätzen konnten, was wir taten. Die Einzige, die vernünftig war, war Eske. Sie hat ja nie viel getrunken. Aber alle anderen?«

Arne umklammerte seinen Teebecher und zog die Schultern zusammen. »Ich friere allein bei dem Gedanken, im Stockdustern in die Nordsee zu gehen, bei dem Wellengang und den Gezeiten! Muss doch richtig unheimlich gewesen sein. Gruselig.« Er schüttelte sich.

Gisa blickte ihn mit der Überlegenheit derjenigen an, die vom Kindesalter an mit der rauen See vertraut war und wohl Respekt, aber keine Angst vor diesem Element kannte. »Du bist nicht auf einer Nordseeinsel geboren, oder?«

Arne schüttelte den Kopf. »Ich bin gebürtiger Flensburger.«

Gisa lachte. »Ach, die Ostsee. Ein harmloser Badeteich.«

Kuno klopfte mit dem Kugelschreiber auf den Tisch. »Ihr beiden habt euch jetzt genug Nettigkeiten gesagt. Komm bitte zum Thema zurück, Gisa. Sind alle die, die in der Nacht ins Wasser gegangen sind, freiwillig rein oder habt ihr einige mitgeschleift, die Nina zum Beispiel?«

Gisa schüttelte energisch den Kopf. »Gezwungen wurde niemand. Sieht man ja an Eske. Sie wollte nicht, ein paar andere Frauen auch nicht. Ich gehörte an dem Abend übrigens ebenfalls zu den Wasserscheuen. Alle haben das akzeptiert und uns in Ruhe gehen lassen.«

»Wo habt ihr euch aufgehalten, als die anderen im Wasser waren?«, fragte Arne.

»In der Strandhalle. Vielleicht sind auch einige zu dem Zeitpunkt schon nach Hause gegangen. Das weiß ich heute nicht mehr.«

Kuno hatte sich die nächsten Fragen zurechtgelegt.

Jetzt würde es interessant werden. »Dann hast du die Nina also nicht aus dem Wasser steigen sehen, wenn du selbst gar nicht am Strand warst?«

Gisa vermied den Blickkontakt mit ihm. Sie zog die Augenbrauen zusammen, griff mechanisch zum Teebecher und pustete über das heiße Getränk. »Nö.«

Diese Antwort war Kuno nun wirklich zu einsilbig. Ein bisschen mehr Aussagegehalt hätte er doch erwartet.

Arne kam Kuno mit der nächsten Frage zuvor. »Hast du Nina denn noch mal in der Strandhalle gesehen, nachdem sie aus dem Wasser gestiegen war?«

Gisa schüttelte den Kopf. »In der Strandhalle war sie nicht mehr, soweit ich mich erinnere.«

»Auf die Idee, dass ihr was passiert sein könnte, bist du aber nicht gekommen? Und die anderen auch nicht?«

Ungeduldig stellte Gisa den Teebecher ab. »Nein. Es wusste doch niemand, wer noch im Wasser und wer schon nach Hause gegangen war. Es war auf einmal so ein Kuddelmuddel.«

»Nach ihr gesucht hat demnach auch keiner?«

Gisa verzog den Mund und schüttelte bedrückt den Kopf.

Kuno stützte das Kinn in eine Hand. »Eine letzte Frage. Als alle wieder in der Strandhalle waren, hat sich da jemand auffällig benommen? Anders als sonst?«

Gisa schüttelte den Kopf. »Nicht, dass ich wüsste.« Sie stand auf. »Dann kann ich jetzt gehen? Ich muss wieder in meinen Laden. Meine Aushilfe hat ein kleines Kind zu Hause, sie kann nicht so lange bleiben.«

»Klar.« Kuno erhob sich ebenfalls. Er blieb vor ihr stehen und legte einen Finger an die Lippen. »Wo wart ihr eigentlich gestern Abend, Frederik und du?«

»Du meinst, als das mit Svenja passiert ist? Also sind wir doch verdächtig!«

Kuno seufzte und schüttelte den Kopf. »Routinefrage.«

»Ich war zu Hause. Alleine, wenn du es genau wissen willst. Ich habe die Küche aufgeräumt. Frederik hatte noch einen Termin mit Gästen, die sich für den Urlaub im nächsten Jahr schon mal ein Haus ansehen wollten.«

»Am Sonntagabend?«

»Warum nicht?«

Kuno begleitete Gisa zum Ausgang und guckte ihr versonnen hinterher. Sie war wirklich eine attraktive Frau, aber sie wirkte heute ziemlich verspannt.

Bevor Gisa am Ende des Grundstücks auf den Gehweg abbog und hinter den Bäumen verschwand, die dort standen, drehte sie sich noch einmal um. »Mit Frederik sprecht ihr auch noch?«

Kuno nickte.

12

Kuno und Arne verständigten sich darauf, zuerst Ninas Mutter einen Besuch abzustatten, bevor sie Frederik befragten. Auf dem Weg zu seinem Büro würden sie zwangsläufig an Telas Haus und am Friedhof vorbeikommen. Da Tela sich bekanntlich kaum einmal woanders aufhielt als in ihren vier Wänden, im Garten oder am Grab von Mann und Tochter, war die Chance groß, sie anzutreffen.

Auf dem von Bäumen überschatteten Grundstück der Polizeistation am Sanghughwai ließ es sich an diesem heißen Tag im Juli gut aushalten. Doch schon auf den ersten Metern, nachdem sie den Weg in den historischen Ortskern eingeschlagen hatten, fing Kuno an zu schwitzen. Temperaturen von mehr als fünfundzwanzig Grad, wie sie heute bereits am Vormittag auf Amrum vorherrschten, waren seine Sache nicht. Da hätte er sich ja gleich auf eine Karibikinsel versetzen lassen können.

Doch nicht nur die Temperaturen wurden ihm zu viel. Er befürchtete, dass ihm der Fall Nina Asmus mit allen Begleiterscheinungen einschließlich des Angriffs auf Svenja über den Kopf wachsen würde. Wenn er wenigstens seinen Kollegen, der damals ermittelt hatte, dazu befragen könnte! Aber der hatte sich schon vor Jahren durch Flucht ins Jenseits jeglichem Zugriff entzogen.

Kuno dirigierte Arne zum Smäswai, der in den Ortskern führte und den er dem parallel dazu verlaufenden Strunwai vorzog, obwohl der näher an der Polizeiwache lag. Im Smäswai standen die hübscheren und für Amrum so typischen Häuser im Friesenstil mit den liebevoll bepflanzten Vorgärten. Manch eins der Grundstücke war von einem Friesenwall umgeben, einer halbhohen Mauer aus runden Findlingen, die lose aufeinandergeschichtet, zum Abschluss mit Erde belegt und bepflanzt wurden.

Zudem fuhren kaum Autos durch diese einladend wirkende Straße. Der Strunwai dagegen als Teilstück der Hauptstraße, die über die gesamte Insel führte, galt als Raserstrecke. Wobei man nicht verkennen durfte, dass auf Amrum bereits als Raser galt, wer auf etwas mehr als dreißig Kilometer pro Stunde beschleunigte.

Arne beobachtete amüsiert, wie Kuno ein großes Taschentuch aus seiner Hosentasche hervorholte. Es war eins von der Sorte, wie er sie von seinem Großvater kannte. Weiß mit einem blauen oder silbergrauen Streifen entlang den Kanten.

Kuno tupfte sich das Gesicht ab. »Was kiekst du so? Noch nie 'ne feuchte Stirn gesehen?«

Arne zeigte mit dem Finger auf das zu quadratischer Form zusammengefaltete Tuch, das in Kunos Pranke fast gänzlich verschwand. »Dein Taschentuch ist echt museumsreif. Das stammt doch bestimmt von deinem Uropa.«

»Großonkel, wenn du es genau wissen willst.«

Arne legte seinem Kollegen brüderlich seine schmale Hand auf den breiten Rücken. »Ihr habt doch hier in Nebel das Öömrang Hüs, in dem man die Ausstattung alter friesischer Wohnungseinrichtungen besichtigen kann. Willst du das Stück nicht dem Museum überlassen? Neben einem Nachthäubchen auf dem Kopfkissen eines Alkovenbetts würde sich das wirklich gut machen.«

»Sehr witzig. Ehrlich gesagt, meine Gedanken kreisen zurzeit eher um den Obduktionsbericht von Nina Asmus als um Alkovenbetten.« Kuno stopfte sein Taschentuch wieder in die Hosentasche und grüßte den Pastor, der ihnen entgegenkam.

»Außendienst?«, fragte der Gottesmann.

»Jo.«

»Im Fall Nina unterwegs?«

»Jo.«

Kuno ging einen Schritt schneller, auch wenn es zu heiß für solch eine Anstrengung war. Sein Tempo sollte dem Pfarrer signalisieren, dass er keine Zeit für einen Plausch hatte. Wobei er sich selbst eingestehen musste, dass es eher ein Mangel an Lust war als an Muße.

»Du bist aber gesprächig heute«, sagte Arne, als der Pastor außer Hörweite war.

»Wieso ich? Das ist friesische Tradition.«

»Stimmt. Die Tradition habe ich schon hinreichend kennenlernen dürfen, seit ich bei der Kripo Wattenmeer im Einsatz bin.«

»Scheint dir aber zu gefallen. Sonst wärst du nicht hier. Hätt'st dich ja auch nach Bayern versetzen lassen können.«

Arne machte dicke Backen. Doch sein Gesicht hellte sich auf, als sie in den Waasterstigh einbogen. »Oh, ich hol mir noch schnell ein Stück Käsekuchen in der Bäckerei. Für dich auch?«

Kuno nickte. »Schaden kann das nicht.« Er setzte sich auf ein Mäuerchen an dem Grundstück, das der Bäckerei gegenüber lag, und beobachtete, wie Arne einem anderen Kunden den Vortritt ließ. Sein Kriminalistenverstand kam zu zwei Erkenntnissen: Erstens war Arne nicht vorrangig wegen des cremig-zitronigen, mit Mandelblättern belegten Käsekuchens in die Bäckerei gegangen, sondern wegen der netten Fachverkäuferin. Zweitens hatte er dem anderen Kunden nicht aus Höflichkeit den Vortritt gelassen, sondern weil er dadurch in den Genuss kam, von der Verkäuferin seines Herzens bedient zu werden statt von deren Kollegin.

Strahlend wie ein Kapitän nach seiner ersten Fahrt über den Atlantik verließ Arne die Bäckerei. »Für Tela hab ich auch eins besorgt.«

Beseelt ließ der junge Kommissar sich von Kuno in eins der Gässchen mit den schmucken alten, teils windschiefen Häuschen führen, von denen nicht wenige aus dem neunzehnten oder gar achtzehnten Jahrhundert stammten. Sie überquerten den Uasterstigh, der als Fußgängerzone nur von Radfahrern befahren werden durfte und den zu beiden Seiten ebenfalls liebevoll restaurierte Friesenhäuser säumten.

Die Häuser von Tela und Eske lagen am Ende einer der Gassen, die bis zu den Wattwiesen reichten. Kuno steuerte auf das linke der beiden aneinander gebauten Häuser zu und schlug mit dem Ring des Türklopfers gegen das Holz.

Arne deutete auf das Messingschild mit dem schwarzen Knopf, das an der Mauer neben der Tür befestigt war. »'Ne Klingel gäb's hier auch.«

»Was du nicht sagst!« Als er das verschnupfte Gesicht seines Kollegen sah, wusste er, dass er seiner schlechten Laune endlich eine Grenze setzen musste. Er stupste Arne mit dem Ellenbogen an und probierte es mit einem Lächeln. »Der Käsekuchen geht übrigens auf meine Rechnung. Das machen wir nachher klar. Hab

169

nur gerade kein Portemonnaie dabei.«

Arne, der selten nachtragend war, zwinkerte ihm zu. »Wie jetzt, ohne Geld unterwegs? Aber Papiere hast du hoffentlich dabei, oder wie stellst du dir das vor, wenn dich jetzt ein Polizist anhält und du dich ausweisen sollst?«

Die Tür öffnete sich. Kuno erschrak, als er Telas Gesicht sah. Er fühlte sich veranlasst, gleich eine Entschuldigung für das unangemeldete Auftreten vorzubringen. »Ich fürchte, wir kommen ziemlich ungelegen.«

»Ach was, kommt nur rein.« Tela öffnete die Tür weit und bat die Kripobeamten in die gute Stube, in der es immer ein bisschen kühl und düster war. Das Wohnzimmer mit den kleinen Sprossenfenstern und dem tiefgezogenen Reetdach lag zur Ostseite hin, nur in den frühen Morgenstunden gelangten ein paar Sonnenstrahlen in diesen Raum. Es roch etwas muffig, obwohl die Fenster bei Tela immer entweder gekippt oder weit geöffnet waren. Vermutlich war es die Feuchtigkeit in dem alten, so nah am Wattenmeer liegenden Gemäuer, die den Geruch verströmte. Oder war es die Traurigkeit, die seit langer Zeit über diesem Gebäude lag?

Die Ermittler setzten sich an den Esstisch am Fenster.

»Tee?« Tela wartete die Antwort nicht ab. Sie füllte zwei der Tassen, die immer auf einem Tablett auf der Anrichte bereitstanden, und stellte sie den Ermittlern hin. Schließlich nahm sie ebenfalls Platz und wartete darauf, dass einer der Polizisten das Gespräch eröffnete.

»Wir haben Kuchen mitgebracht, für dich auch ein Stück.« Arne schob das verpackte Papptablett mit dem Käsekuchen auf den Tisch.

»Danke, das ist lieb, aber für mich bitte nicht. Ich hol euch zwei Teller.«

Arne winkte ab. »Nicht nötig. Wir warten damit, bis wir wieder auf der Wache sind.«

Kuno war ernsthaft um Tela besorgt. »Entschuldige, wenn ich das so direkt sage, du siehst müde aus, mitgenommen. Soll ich nicht den Arzt rufen?«

Tela schüttelte den Kopf. »Der Doktor kann mir auch nicht helfen.« Sie lehnte sich zurück und guckte aus dem Fenster.

Auch Kuno wandte den Blick nach draußen. Das Niedrigwasser war bald erreicht, ein großer Teil des Watts zwischen Amrum und Föhr lag trocken. Ganz hinten, in der Fährrinne, die an Föhr vorbeiführte, glitt ein Segelboot durchs Meer. In der prallen Sonne leuchteten der Schiffsrumpf und das Segel in einem perlmutternen Weiß, wie es sonst nur den Käufern einer Zahnpasta in der Fernsehwerbung versprochen wurde.

Arnes Blicke waren denen von Kuno und Tela gefolgt. »Eine Kulisse wie gemacht für einen Heimatfilm über Nordfriesland.«

Tela seufzte. »Wenn Amrum nicht so ein wunderschönes Fleckchen Erde wäre, wer weiß, ob ich dann überhaupt noch am Leben wäre?«

Kuno versuchte, väterliche Ironie in seine Stimme zu legen. »Ehrlich, wenn du so weitermachst, wirst du den Anblick nicht mehr lange genießen. Soll ich nicht doch den Arzt ...«

»Lass nur, Kuno. In ein paar Tagen, wenn ich mal wieder durchgeschlafen hab, sehe ich bestimmt wieder besser aus. In den letzten Nächten ist mir so vieles durch den Kopf gegangen. Und nicht nur mir. Auch

Eske hat schlecht geschlafen. Nach der Gedenkfeier für Nina ist sie sogar mitten in der Nacht noch einmal aufgestanden und hat einen Spaziergang am Watt entlang gemacht. Ich hab gehört, wie sie aus der Tür ging. Ich konnte ja selbst nicht schlafen.«

Kuno wurde hellhörig. »Um wie viel Uhr war das ungefähr?«

»Gegen drei.«

Morgens um drei! Das war die Zeit, zu der Gisa und Frederik den ungebetenen Gast auf ihrer Terrasse hatten, von dem sie meinten, dass er sich vom Messerblock bedient hatte. Kaum merklich nickte Kuno seinem Kollegen zu, der auf einmal ebenfalls wie elektrisiert auf seinem Stuhl saß.

»Passiert das öfter, dass sie nachts spazieren geht?«, fragte Kuno.

»Nein, normalerweise nie.« Tela schien sich durch seine Frage veranlasst zu sehen, Eske für ihre nächtliche Wanderung zu rechtfertigen. »Es waren die Eindrücke von der Feier, die sie aufgewühlt hatten. All die Erinnerungen sind wieder hochgekocht. Und dann ...« Sie senkte die Lider und besah sich ihre Fingernägel.

Arne wurde ungeduldig. Er schielte kurz zu Kuno hinüber. Dann schob er einen Arm über den Tisch und griff beinahe nach Telas Hand. »Und dann?«

»Svenja ...« Tela hob abwehrend die Hände. »Ich weiß, was gestern Abend passiert ist, aber du kennst mich, Kuno, ich nehme kein Blatt vor den Mund. Svenja hat auf der Feier Sprüche fallen lassen, die wirklich nicht nötig gewesen wären. Sie hat auf ziemlich üble Weise über Nina hergezogen. Das war nicht fair.«

Kuno nickte ihr zu. »Nina kann sich nicht mehr wehren. Man sollte ihr wirklich ihre Ruhe lassen.«

Wütend hob Tela den Kopf. »Über Nina wurde schon immer hergezogen. Sie war so eine hübsche, attraktive junge Frau. Da kam ein Mauerblümchen wie Svenja nie gegen an. Wie die sich schon als junges Mädchen anstrengen musste, um überhaupt aufzufallen! Sie ist doch nur neidisch auf Nina, selbst heute noch, wo von meiner Tochter nichts als Staub übrig geblieben ist. Am liebsten hätte ich sie ...« Tela stockte abrupt, um dann genauso spontan fortzufahren, »... geschüttelt. Was hat Nina ihr getan, dass sie immer noch über sie herziehen muss?!«

Kuno ließ sie kommentarlos reden. Er kannte den Neid und die subtilen Feindschaften, die die Frauen schon als junge Mädchen sorgsam gepflegt hatten. Wenn Amrum nicht so dünn besiedelt wäre, wenn es eine größere Insel mit mehr Einwohnern wäre, hätte die Clique sich bestimmt nie in dieser Form zusammengefunden. So blieb den Gleichaltrigen nichts anderes übrig, als sich auch mit denen zu treffen, die sie am liebsten nur von hinten sahen.

Der Hauptkommissar suchte nach Worten des Trostes oder nach einer Erklärung für Svenjas Verhalten. »Vielleicht will sie nur die Schuld von sich schieben. Du weißt doch, dass alle, die bei der Party in der Strandhalle dabei waren, heute noch ein schlechtes Gewissen haben.«

Arne stimmte dem zu. »Ich habe das schon oft beobachtet. In solchen Fällen ist man als Beteiligter schnell dabei, das Opfer negativ darzustellen. Nach dem Motto: Selber schuld, warum war sie auch so hübsch?« Verächtlich stieß er die Luft durch die Nase aus. »Es steckt doch nichts als eine menschliche Schwäche dahinter. Auch wenn es schwerfällt, um solche Äußerungen sollte man sich nicht scheren. Du machst dir nur selbst das Leben schwer.«

»Noch schwerer geht ja wohl kaum.« Tela schleuderte die Worte so spontan heraus, dass die Beamten erschraken. »Und wenn ich dann höre, wie Svenja selbst heute noch andere Männer anbaggert ...«

»Tut sie das?« Kuno hielt grundsätzlich nichts von Klatsch und Tratsch. Aber hinter Telas Andeutung konnte sich eine Information verbergen, die Aufschluss über die Beziehungen innerhalb des übrig gebliebenen Freundeskreises gab.

»Frag mal die Eske. Die hat auf der Feier beobachtet, wie Svenja sich vor aller Augen ungeniert an Frederik herangemacht hat. Mit dem soll sie übrigens schon mal was gehabt haben, vor langer Zeit. Nina hat mir das jedenfalls damals so erzählt.«

Kuno nahm diese Aussage wortlos zur Kenntnis. Sie schien ihm zu sehr auf einem Gerücht zu basieren, um weiter nachhaken zu wollen. »Wer hat Nina eigentlich zu der Party in der Strandhalle begleitet?«, fragte er, um vom Thema abzulenken. »Sie ist doch sicher nicht alleine hingegangen?«

»Michi Weymer hat sie abgeholt, der Sohn ihres Chefs. Du weißt doch, der Schlaksige, der mit seinen Eltern oben bei der alten Mühle gewohnt hat.«

»Der später nach Düsseldorf gegangen ist, um da eine Modekette aufzumachen?«

Tela nickte. »Eigentlich wollte Eske mit ihr losziehen, aber dann zeigte sich, dass Nina mit Michi verabredet war. Er hat sie auf seinem Fahrrad mitgenommen. Eske ist hinterhergeradelt.«

»Weißt du, wie Michi sich zum Verschwinden von Nina geäußert hat?«

»Er hat das wohl gar nicht so mitbekommen. Im Laufe des Abends hat er sie völlig aus den Augen verloren und ist irgendwann allein nach Hause geradelt. Später hat er mir gesagt, er dachte, Nina hätte die Party schon lange vor ihm verlassen.«

»Ist Michis Aussage überprüft worden?«

»Ein Freund von ihm hat gegenüber deinem Kollegen, der in dem Fall ermittelt hat, beteuert, dass er auf der Party viel Zeit mit Michi verbracht hat und mit ihm zusammen nach Hause geradelt ist.«

Kuno und Arne warfen sich fragende Blicke zu.

Tela schien die Skepsis in ihren Gesichtern zu sehen. »Nina war ja nicht fest mit Michi zusammen. Die beiden waren nur locker miteinander befreundet. Es war klar, dass auf der Party jeder seiner Wege gehen würde.«

Kuno fuhr sich mit der Hand durch die Haare und schnaufte. Eine uneinige Clique. Undurchschaubare Freundschaften. Verdeckte Feindschaften, die bis heute nicht begraben worden waren. Ein verworrener Fall – wenn es denn überhaupt einer für die Kripo war.

»Hast du eigentlich den Obduktionsbericht wiedergefunden?«, fragte Arne.

Tela schüttelte den Kopf. »Ich habe in allen Akten nachgesehen, die ich aufbewahrt habe. Da war nichts drin. Kann sein, dass ich die Kopie, die ich vom Anwalt bekommen hatte, wieder an ihn zurückgesandt habe. Was sollte ich auch damit? Oder ich habe sie versehentlich weggeworfen, als ich all die Unterlagen von meinem verstorbenen Mann und von Nina aussortiert habe, die

Versicherungspolicen und den ganzen Papierkram, der sich über die Jahre angesammelt hatte.«

»Eske hat uns von der Seekiste erzählt, in der du Ninas Nachlass aufbewahrt hast«, sagte Kuno. »Kann da was drin sein?«

»Nein, nicht solche Papiere. In der Truhe liegen nur Aufzeichnungen von Nina und Gegenstände, an denen ihr Herz gehangen hat. Dinge, die ich nicht wegwerfen will und die bei Eske gut aufgehoben sind, auch über meinen Tod hinaus.«

Kuno blickte sie entrüstet an. »Tela! Noch einmal ...«

»Stopp, Kuno. Ich merke, wie es mir geht.« Tela legte ihre Hand aufs Herz. »Und es ist mein Leben. Ich bestimme selbst darüber, ob ich mich operieren lassen oder aber gehen will. Apropos gehen ...«

»Schon verstanden, Tela. Entschuldige bitte, dass wir dich so lange bemüht haben.«

Kuno und Arne erhoben sich.

Tela stützte sich auf den Griff der Haustür. »Wenn ihr mir was Gutes tun wollt, klärt den Fall auf, bevor ich sterbe.« Sie öffnete die Tür und entließ die Kommissare in die Sonne.

Auf der Treppenstufe drehte Kuno sich noch einmal zu ihr um. »Du warst im Haus gestern Abend, als der Hubschrauber landete?« Er konnte Tela nur noch zur Hälfte sehen. Die andere Körperhälfte verbarg sich hinter der Tür.

»Wir waren gerade beim Abendessen, Eske und ich, und haben uns nichts Schlimmes dabei gedacht. Ein leichtsinniger Urlauber vielleicht, der zu viel Wasser geschluckt hat und entkräftet nach Föhr in die Klinik geflogen wird.«

Kuno hob die Hand zum Gruß und wandte sich um.

Die Kommissare bogen wieder in den Uasterstigh ein. Arne wischte sich den imaginären Schweiß von der Stirn. »Puuuh, die Frau ist ein harter Brocken.«

»Sie hat mit dem Leben abgeschlossen. Du hast gehört, was sie noch auf unserem Planeten hält: Die Schönheit dieser Insel und die Hoffnung darauf, dass wir das Rätsel um Ninas Tod lösen.«

Arne zeigte mit dem Finger in den Himmel. »Wobei sie vielleicht noch darauf hoffen kann, dass sie Amrum auch von da oben aus sehen kann.«

Kuno knuffte ihn in die Seite. »Das lass sie aber nicht hören.«

13

Arne blickte sich neugierig um. »Und wo sitzt der Frederik nun mit seiner Firma?«

»Da vorne.« Kuno zeigte auf ein weiß getünchtes Reetdachhaus in einigen Metern Entfernung. Er steuerte darauf zu. Arne folgte ihm durch einen winzigen, dicht bepflanzten Vorgarten. Um die Eingangstür herum wuchsen dunkelrote Rosen, die an einem Spalier in die Höhe rankten.

Kuno wollte gerade die Tür öffnen, da ging sie wie von allein auf. Frederik verabschiedete ein Paar, das sich offenbar bei ihm nach einem Urlaubsdomizil erkundigt hatte.

»Bis zu den Herbstferien ist ja noch ein bisschen hin. Gut möglich, dass kurzfristig jemand abspringt. Sie stehen jedenfalls ganz oben auf meiner Warteliste.« Er lächelte verbindlich und winkte den Leuten zu, als sie sich beim Verlassen des Grundstücks noch einmal umdrehten.

»Wir vertrauen ganz auf Sie«, rief die Frau ihm zu.

Obwohl Frederik nicht übersehen konnte, dass die Kommissare zu ihm ins Haus wollten, blieb er im Türrahmen stehen und hatte nur Augen für die Frau. »Das können Sie auch. Bei mir sind Sie in den besten Händen.«

»Wir hoffentlich auch«, raunzte Kuno ihm zu, als er die drei Stufen hochstieg und sich an Frederik vorbei ins Haus schlich. »Oder willst du uns erst gar nicht reinlassen?«

Frederik bog die Schultern zurück und versuchte, noch größer zu erscheinen, als er ohnehin schon war.

»Wie kommst du denn darauf?« Seine Stimme klang unsicher.

Kuno schmunzelte. »Weil du dich so breitmachst und keinen Zentimeter von der Stelle weichst, um Platz für die netten Kriminalkommissare Knudsen und Zander zu machen.«

Frederik ließ die Ermittler eintreten, blieb dann aber in der kleinen gefliesten Diele stehen. »Wie kann ich euch weiterhelfen?«

Arne sah dem Immobilienvermieter frech ins Gesicht. »Zunächst einmal, indem du uns einen Platz anbietest. Wir möchten nämlich ein Weilchen bleiben.« Er drehte sich einmal um die eigene Achse und schnupperte wie ein Hund, der die Atmosphäre eines Hauses aufnahm, das er zum ersten Mal betrat.

Der sonst so entgegenkommende Frederik wirkte auf einmal verkrampft wie jemand, dem unter erschwerten Bedingungen abverlangt wurde, gute Miene zum bösen Spiel zu machen. »Wenn die Herren die Güte hätten, mir zu folgen?« Mit einer übertrieben galanten Geste bat er die Kommissare in sein Büro, dessen Fenster sowohl zur West- als auch zur Ostseite hinausgingen. In die niedrigen Decken waren Holzbalken eingezogen, die dem Raum eine rustikale, gemütliche Note gaben.

Arne legte das Kuchentablett auf dem Besprechungstisch ab, zog einen Stuhl zurecht und setzte sich hin. »Wir haben dir auch was zu naschen mitgebracht. Wenn du noch Teller, Kuchengabeln und was zu trinken hättest? Am besten was Kaltes, oder? Bei den Temperaturen!«

Kuno räusperte sich und blickte den Hausherrn an. »Tee hatten wir nämlich schon.«

Wieder verbeugte Frederik sich wie ein Butler vor Kuno und Arne. »Sehr wohl, die Herren. Die Getränke kommen gleich.« Er verschwand in der Küche. Kurz darauf klirrten Geschirr und Besteck und er erschien mit einem Tablett in den Händen wieder im Büro.

Arne verteilte den Käsekuchen, während Frederik jedem ein Glas Wasser einschenkte. Dabei hob er den Zeigefinger. »Eisgekühlt.«

Kuno klärte Frederik über den Grund ihres Kommens auf und fragte ihn, ob er eine Verbindung zwischen Ninas Tod und dem Anschlag auf Svenja sehe.

Frederik setzte sich hin und wischte mit den Fingern einzelne Tropfen Kondenswasser von seinem Glas, das sofort beschlagen war. »Ich muss gestehen, über einen Zusammenhang zwischen den beiden Vorkommnissen habe ich noch gar nicht nachgedacht.«

So leicht kam er Kuno nicht davon. »Wenn du dich bequemen würdest, es jetzt zu tun, käme dir dann ein gemeinsamer Nenner in den Sinn?«

»Kann ich nicht sagen, nein.«

Arne schob einen Happen von dem Kuchen in die Backentasche und ließ die Kuchengabel, die er mit Daumen und Zeigefinger hielt, durch die Luft schwingen. »Nun erzähl doch mal, wie war das in der Nacht nach eurer Gedenkparty? Ihr hattet ungebetenen Besuch, wie man hört.«

Frederiks Blick verfinsterte sich. »Richtig, offensichtlich einen Messerdieb. Ich wüsste zumindest nicht, wo das Messer sonst abgeblieben sein könnte, wenn es nicht gestohlen worden sein sollte.« Er lehnte sich zurück und steckte die Fingerspitzen in die Taschen seiner Jeans.

Kuno musterte ihn ausgiebig. »Dafür, dass es sich um ein wertvolles Erbstück handelt, wie Gisa uns berichtet hat, sitzt du jetzt aber ganz schön locker da. Als du das Verschwinden des Messers festgestellt hast, hast du wohl ziemlich aufgebracht reagiert.«

Frederik zog die Finger aus den Taschen und schoss nach vorn. »Der Messerblock ist ein Unikat. Daran ist nicht zu rütteln. Aber ich habe zu tun. Ich kann mich nicht drei Tage lang ununterbrochen aufregen. Irgendwann kommt der Punkt, da geht der Adrenalinspiegel wieder runter.«

Kuno nickte. »Wie man sieht.«

»Du hast dich also damit abgefunden, dass es weg ist?«, fragte Arne.

Frederik kniff die Augen zusammen. »Was heißt ›abgefunden‹? Was soll ich denn tun? Anzeige erstatten? Jetzt mal ernsthaft: Was würde die Polizei machen, wenn ich ein gestohlenes Messer melden würde?«

Kuno schob den Kuchenteller etwas zur Seite und stützte die Arme auf den Tisch. »In Anbetracht dessen, was der Absender der Flaschenpost angekündigt hat, wären wir schon ein wenig hellhörig geworden. Ein Messer, mit dem man üblicherweise Grillfleisch zersäbelt, kann ja auch als Tatwaffe benutzt werden.«

Frederik guckte, als hätte er nicht recht verstanden. »Tatwaffe?«

»Noch nie gehört, den Ausdruck?«, fragte Arne.

»Wollt ihr etwa sagen, dass jemand Svenja mit meinem Messer umbringen wollte?« Frederik gab sich entgeistert.

Kuno hakte gleich nach. »Was weißt du von dem Überfall auf Svenja?«

»Das, was Friedrich Fliegenfischer erzählt. Jemand hat versucht, sie zu erstechen. Dass sie mit dem Hubschrauber nach Föhr transportiert worden ist, haben wir ja alle mitbekommen.«

Arne hob das Kinn. »Ach, du wusstest, dass Svenja im Heli lag?«

»Natürlich nicht gleich gestern Abend. Aber heute Morgen, als wir gehört haben, dass sie überfallen wurde, war klar, dass sie die Person war, die der Helikopter nach Föhr gebracht hat.«

»Wo warst du gestern am späten Nachmittag und Abend?«

Frederik antwortete, ohne auch nur eine Sekunde nachdenken zu müssen. »Hier. Ich hatte einen Termin mit einer Familie, Eltern mit zwei Kindern. Die haben ein Haus für die Sommerferien nächstes Jahr gesucht.«

Kuno gab sich mit der Auskunft nicht zufrieden. »Das ist doch nicht deine übliche Bürozeit? Wieso haben die ausgerechnet am Sonntagabend einen Termin mit dir gemacht?«

»Weil sie heute wieder nach Hause fahren mussten. Sie waren gerade erst ein paar Tage hier, als die Oma krank wurde. Am Wochenende haben sie mit ihrem großen Kombi keinen Platz mehr auf der Fähre gekriegt. Sie mussten bis heute warten und sind gleich am frühen Morgen mit einer der ersten Fähren los.«

»Wie alt waren die Kinder?«

Frederik lehnte sich zurück und überlegte. »Hab ich nicht so genau gesehen. Die haben draußen gespielt, als die Eltern bei mir saßen.« Er lachte. »Ehrlich gesagt, ich weiß nicht mal, ob es zwei Jungs waren oder zwei Mädchen oder ein gemischtes Geschwisterpaar.«

»Du hast sicher die Anschrift der Familie notiert?«

»Noch nicht.« Frederiks Gesichtszüge versteinerten und Kuno hatte das Gefühl, sein Gegenüber musste sich sehr anstrengen, weiterhin freundlich zu bleiben. »Die haben sich nur erkundigt, aber nicht fest gebucht. Das machen sie im Winter, wenn die Urlaubspläne fürs nächste Jahr abgeschlossen sind.«

»Aber den Namen hast du?«

»Müller hießen sie. Aus Nordrhein-Westfalen.«

»Ach, die Müllers aus NRW.« Kuno sah Frederik verschmitzt an. »Sicher, dass es nicht die Hubers aus Bayern waren?«

Frederik fuhr so hitzig mit dem Oberkörper nach vorn, dass er gegen die Tischkante prallte. »Glaubst du, ich lüge euch was vor? Meinst du, ich hätte Svenja überfallen und schneide mir die Story jetzt aus den Rippen? Warum sollte ich das getan haben?«

Kuno schluckte einen großen Bissen Käsekuchen hinunter und drückte mit der Gabel die Krümel auf dem Teller zusammen. »Okay. Kommen wir noch mal auf das Messer zurück. Wie lang und wie breit war die Klinge?«

Über die Antwort musste Frederik deutlich länger nachdenken als über die Fragen zu der ihm unbekannten Urlauberfamilie. »Ich würde sagen, die Klinge war um die zwölf Zentimeter lang und ziemlich genau zwei Zentimeter breit.«

Arne pfiff durch die Zähne. »Das genügt, um jemanden tödlich zu verletzen.« Er verputzte seinen letzten Rest Kuchen, rückte den Stuhl etwas nach hinten und legte die Beine übereinander. »Der Gedanke, dass Svenja ausgerechnet mit deinem Messer beinahe umgebracht worden sein könnte, beunruhigt dich nicht weiter?«

»Doch, natürlich.« Frederik fuhr sich mit der Hand über den Mund und drückte einen Moment lang mit Daumen und Zeigefinger die Augenlider zu. Nach einigen Sekunden ließ er die Hand wieder sinken und blinzelte. »Es ist einfach so, dass in uns allen zurzeit so viel vorgeht. Durch den Jahrestag, die Feier und die Flaschenpost ist vieles hochgespült worden. Jetzt auch noch der Überfall auf Svenja ...«

Kuno beobachtete Frederiks Hände. Seit er das Gespräch wieder auf das Messer gelenkt hatte, spielten sie ständig mit irgendetwas herum. Mal mit der Gürtelschnalle, mal mit der Kuchengabel. Jetzt tasteten sie nach dem leeren Wasserglas und zerdrückten es beinahe. Es würde wenig bringen, Frederik weiter nach dem Messer zu befragen. »Kommen wir zum eigentlichen Thema unseres Besuchs. Die Nacht, in der Nina Asmus starb.«

»Oh Gott, nein. Nicht schon wieder.« Frederik stützte die Ellenbogen auf den Tisch, senkte den Kopf und fuhr sich mit beiden Händen durchs Haar. »Das haben wir doch vor zwanzig Jahren schon durchgekaut bis zum Gehtnichtmehr.«

Kunos Stimme wurde amtlich. »Und trotzdem ist der Fall nicht gelöst. Oder würdest du die Flaschenpost nach dem Angriff auf Svenja immer noch als Scherz bezeichnen wollen, den wir vernachlässigen können?«

Frederik sog die Luft hörbar ein und warf sich genervt auf seinem Stuhl zurück. An diesem Tag schien er nicht die richtige Position finden zu können.

»Wie war denn bei der Strandparty so allgemein die

Stimmung unter den Teilnehmern?«, wollte Arne wissen.

»Kann ich nicht sagen. Meine eigene Gefühlslage war, ja, wie war sie? Vermutlich gut. Ist schon lange her.«

Kuno nickte. »Ich weiß, niemand kann sich mehr so genau erinnern.«

»Weißt du denn so genau, was du beispielsweise am ...«, Frederik prüfte das Datum auf seiner Armbanduhr, »... vierundzwanzigsten Juli neunzehnhundertsiebenundneunzig getrieben hast?«

»Nicht so direkt. Aber ich weiß, dass an dem Tag niemand aus meinem Freundeskreis ums Leben gekommen ist. Wenn das der Fall gewesen wäre, hätte ich sicher heute noch vor Augen, wie der Tag bei mir verlaufen ist. Genauso, wie ich mich heute noch daran erinnern kann, was ich am elften September zweitausendeins gemacht habe, dem Tag, an dem ich erfuhr, dass zwei Flugzeuge ins World Trade Center in New York geflogen sind.«

»Was hat das denn jetzt mit Nina zu tun?«

Arne mischte sich ein. »Eigentlich nichts. Was Kuno zum Ausdruck bringen wollte, ist: Wir alle erinnern uns meist sehr genau an das, was wir an einem bestimmten Tag getan haben, an dem etwas Schreckliches geschehen ist.«

Frederik zuckte verunsichert mit den Schultern.

»Oder war die Nachricht von Ninas Tod für dich nicht so ein furchtbares Ereignis?«

»Mein Gott, ich hab Nina gefunden! Das werde ich mein Leben lang nicht vergessen. Wie sie da lag ...« Frederik krallte sich an der Tischplatte fest.

Kunos Handy klingelte. Er fischte es mit zwei Fingern aus seiner Hemdentasche, blickte kurz aufs Display und schaltete das Gerät stumm. »Kannst du dich daran erinnern, ob es einen Streit zwischen Nina und einem anderen Partybesucher gegeben hat, kurz bevor sie ums Leben kam?«

Frederik hob die Stimme. »Ich kann mich an gar nichts erinnern. Ich war dun. Ziemlich dun. Du warst nicht dabei. Du hast keine Ahnung, was wir bei solchen Partys in uns hineingekippt haben. Frag doch deinen Bruder.«

Kuno hob ergeben die Hände. »Okay, akzeptiert. Lassen wir das mal so stehen. Wer von euch hat denn in der Nacht den Vorschlag gemacht, baden zu gehen?«

»Gunnar.« Frederik nickte den Kommissaren auffordernd zu. »Nächste Frage bitte.«

»War das ein flächendeckend freiwilliges Bad?«, fragte Arne. »Oder habt ihr eine Mutprobe draus gemacht und die Freunde unter Zugzwang gesetzt. Wurden möglicherweise sogar einige unfreiwillig ins kühle Nass befördert?«

»Wie soll ich denn das verstehen?«

»Kann es sein, dass Nina gegen ihren Willen ins Wasser geworfen wurde und im Dunkeln und alkoholisiert, wie sie war, nicht wieder herausgefunden hat?«

Frederik schüttelte betont langsam den Kopf, als könnte er nicht glauben, was Arne ihn fragte. »Wer ins Meer gegangen ist, hat das von sich aus getan. Und jeder ist so schnell und so weit hineingegangen, wie er wollte.«

Kuno stellte die nächste Frage bewusst provokant. »Du hattest damals ein Auge auf Nina?«

Frederiks Mundwinkel zitterten einen Moment. »Wie kommst du denn darauf? Ich war mit ein paar Leuten verabredet. Nina gehörte nicht dazu. Ich hatte nichts mit ihr zu tun.«

»Aber sie hat versucht, das zu ändern.«

»Wie bitte?« Frederik blinzelte Kuno an.

»Sie hat deine Nähe gesucht.«

»Wer sagt das?«

»Ich.«

Frederik beugte sich zu Kuno vor und sah ihm fest in die Augen. »Noch mal: Du warst nicht dabei. Wer auch immer behauptet, ich sei an dem Abend mit Nina zugange gewesen ...«

Arne lachte auf. »›Zugange gewesen‹ ist schon mal eine gute Formulierung.«

Frederik reagierte nicht auf die Provokation. »Wer immer das behauptet, lügt.«

»Und wie war das mit Svenja?«, frage Kuno. »Die hatte auch mal Interesse an dir, heißt es.«

Frederik schlug mit der Faust auf den Tisch. »Sag mal, seid ihr noch bei Sinnen? Mit welchen Frauen soll ich denn noch was gehabt haben? Das ist doch alles Unfug. Ich war damals mit Gisa zusammen und ich bin eine treue Seele. Ich hatte kein Interesse an anderen Mädchen.« Verärgert kniff er die Lippen zusammen und guckte aus dem Fenster. Er schien über etwas nachzudenken. Nach einigen Augenblicken stand er auf. »Ein Whisky?«

Kuno verneinte. »Kein Alkohol im Dienst. Hast du denn die Nina aus dem Wasser steigen sehen?«

»Wann?«

Arne fasste sich an den Kopf. »Nach dem Bad, natürlich. Vorher dürfte das ein bisschen schwierig gewesen sein.«

Frederik bückte sich nach einer Whiskyflasche, die in

einem Sideboard stand, stellte sie auf den Tisch und holte sich ein frisches Glas. Aus der Küche rief er den Kommissaren zu: »Ich weiß nicht mal, ob sie überhaupt drin war. Es war dunkel und wir waren viele Leute.«

Bei diesen Worten hätte Kuno gerne Frederiks Gesicht gesehen. »Was meinst du denn, wer könnte sie im Wasser oder nach dem Bad gesehen haben? Gib uns doch mal 'nen Tipp.«

»Warum ich?«

Kuno verdrehte die Augen. »Weil wir keine Lust haben, uns von Partyteilnehmer zu Partyteilnehmer durchzufragen und uns von jedem bestätigen zu lassen, dass er Nina nicht gesehen hat. So groß war eure Clique auch wieder nicht. Nina kann nicht unerkannt in der Menge verschwunden sein.«

Frederik nippte zaghaft an seinem Whisky. »Vielleicht ist sie gar nicht ins Wasser gegangen?« Er zog die Augenbrauen hoch, als wollte er damit zwei große Fragezeichen in die Luft zeichnen.

Arne stützte sich auf eine Armlehne seines Stuhls und neigte sich zu Frederik hinüber. »Interessante Überlegung. Jetzt erklär doch mal zwei Ignoranten wie uns beiden«, er zeigte auf Kuno und sich selbst, »wie ein Mensch ertrinken kann, ohne ins Wasser gestiegen zu sein.«

Ein Mann, der ein kleines Kind auf dem Arm trug, ging den Weg durch den Vorgarten auf die Eingangstür zu. Sichtlich dankbar für die Unterbrechung, die ihm dadurch ermöglicht wurde, stand Frederik auf und öffnete dem Besucher die Tür. Kuno hörte den Mann reden. Frederik erwiderte etwas von einer Terminvereinbarung, die nötig sei. Sie einigten sich auf eine Uhrzeit am nächsten Tag und Frederik schloss die Tür wieder.

Kuno schenkte sich Wasser nach, trank einen großen Schluck und ließ Frederik nicht aus den Augen, als er sich wieder setzte. »Habt ihr denn Ninas Abwesenheit bemerkt, habt ihr nach ihr gesucht? Ich meine, auch auf Amrum lässt man ein hübsches Mädchen nicht einfach so im Dunkeln nach Hause gehen.«

Frederik breitete die Arme aus, um seiner Ahnungslosigkeit Ausdruck zu verleihen. »Ich habe nicht nach ihr gesucht, weil ich sie nicht vermisst habe. Ich habe sie nicht vermisst, weil ich nicht mit ihr hingegangen bin. Und ich bin nicht mit ihr hingegangen, weil ich nichts mit ihr zu tun hatte. Sonst noch Fragen?«

»Ja«, sagte Arne betont aufgeräumt. »Eine noch. Hat sich jemand aus eurer Clique nach der Rückkehr vom nächtlichen Bad irgendwie auffällig benommen?«

Frederik lachte laut. »Klar, alle! Es gab niemanden, der sich nicht irgendwie auffällig benommen hätte. Wir waren besoffen und es war schließlich eine heiße Nacht, in jeder Hinsicht.«

Kuno erhob sich. »Klar. Die Nacht war so heiß, dass eine der Frauen sich verbrannt hat. Komm, Arne, wir gehen.«

14

Arne kickte einen Kieselstein, der sich auf den Uasterstigh verirrt hatte, in einen Vorgarten. »Hast du dasselbe Gefühl wie ich?«

»Du meinst, dass wir in einem großen Tümpel herumstochern, auf dessen Grund wir nicht blicken können und der über die Jahre zugewuchert ist?«

»Genau das. Langsam vergeht mir die Lust, mich durch das Dickicht aus Schilf, Seerosen und Wasserpest zu kämpfen und in dem morastigen Boden des Teichs zu versinken.«

Plötzlich hellte Arnes Gesicht sich auf. Er ging auf die Eisdiele am Uasterstigh zu, an der sie gerade vorbeikamen, und kaufte zwei große Hörnchen mit je einer Kugel Erdbeere und Vanille. Eins davon drückte er Kuno in die Hand. »Wer kann von uns verlangen, dass wir einen Fall aufklären, in dem es keine Beweise mehr gibt und an den sich niemand mehr so recht erinnern kann?«

»Oder erinnern will.« Kuno streckte seine Zunge heraus und leckte einmal um den Rand der Waffel herum, um das Eis aufzufangen, das bei der Hitze sofort schmolz. »Aber den Gunnar gucken wir uns jetzt trotzdem noch mal an. Wir können den Fall nicht ad acta legen, ohne wenigstens die Leute aus dem engsten Zirkel um Nina Asmus nach den Ereignissen auf der Strandparty befragt zu haben.«

»Du bist aber echt hartnäckig.«

»Wäre ich sonst in so jungen Jahren schon Hauptkommissar geworden?« Kuno schlug Arne auf die Schulter. »Komm, bisschen Ehrgeiz entwickeln musst auch du. Wir können den Fall nicht einfach schleifen lassen. Das dürfen wir Tela nicht antun.«

Der Hinweis auf Ninas Mutter machte auch Arne nachdenklich. »Wäre tatsächlich schön, wenn wir ihr Gewissheit geben könnten, bevor sie ...« Er blickte Kuno an.

Der verstand, was Arne meinte, und nickte, ohne ihn anzusehen. Er wich zwei kleinen Kindern aus, die sich auf ihren Laufrädern von einer Straßenseite der Fußgängerzone zur anderen schoben. Zwei Elternpaare folgten ihnen und versuchten, sie mit Worten in die richtige Richtung zu dirigieren. »Ich würde es mir nicht verzeihen, wenn Tela plötzlich sterben würde und wir den Fall bis dahin nicht geklärt hätten.«

»Nu mach es mal nicht so dramatisch.«

»Ist aber doch so. Die Frau trauert nicht nur seit zwanzig Jahren, sie zweifelt auch die ganze Zeit an der Richtigkeit der Arbeit meines Vorgängers. Und diese Zweifel bringen sie langsam dazu, alle Hoffnung auf ein Mindestmaß an Gerechtigkeit aufzugeben. Das siehst du ihr doch an, auch wenn du nicht weißt, wie sie früher ausgesehen hat.«

»Also fahren wir jetzt nach Wittdün und überfallen den guten Gunnar zum zweiten Mal. Willst du ihn nicht anrufen und darauf vorbereiten, dass wir ihn gleich auf der Arbeit stören?«

»Nö, der wird es schon einrichten können. Er sitzt nicht alleine in seinem Fahrradverleih, und um diese Uhrzeit haben die Urlauber ihre Räder längst abgeholt. Da bringen wir den Betrieb nicht durcheinander.«

Ein weltvergessener Zeitungsleser stolperte aus dem Zeitschriftenladen neben dem Supermarkt auf dem Uasterstigh, ein aufgeschlagenes Boulevardblatt in der Hand. Arne konnte im letzten Moment verhindern, dass der Mann ihm beim Umblättern einer Seite das Eis aus der Hand schlug.

Auf der Polizeiwache angekommen, erkundigten die Kommissare sich, ob neue Meldungen eingegangen waren. Ihre Kollegen versicherten ihnen, dass während ihrer Abwesenheit alles ruhig geblieben war. Kuno und Arne verabschiedeten sich wieder, stiegen in ein Zivilfahrzeug und fuhren nach Wittdün. Kuno parkte auf dem Parkplatz am Hafen. Von dort bis zu Gunnars Fahrradverleih war es nur ein kurzes Stück zu laufen.

Gunnars Leute waren auf dem Platz vor dem Laden intensiv mit der Wartung der Räder beschäftigt. Sie bemerkten die Kripobeamten kaum, als die sich zwischen ihnen hindurch schlängelten und auf die Geschäftsräume zugingen.

Arne, ein Fan flotter Fahrräder, blieb auf der obersten Treppenstufe im Türrahmen stehen, wandte sich noch einmal um und taxierte das umfangreiche Angebot an Bikes, das draußen aufgestellt war.

Kuno wunderte sich, dass keine Türglocke erklang, als er den großen Raum betrat, in dem ebenfalls zig Räder standen.

Hier drinnen war es angenehm kühl. Ein riesiger Ventilator, der an der Decke befestigt war, surrte leise. Kuno spürte einen kühlen Luftzug im Rücken und erinnerte sich schmerzlich an den Hexenschuss, den er sich vor einem Jahr in einem Geschäft auf Föhr in einer ähnlichen Situation zugezogen hatte. Er sollte sich nicht zu lange in diesem Raum aufhalten.

Gunnar kniete vor einem Rad, das an einer Aufhängung befestigt war, und inspizierte die Fahrradkette. Womöglich hatte er aufgrund des penetranten Schnurrens, das der Ventilator verursachte, die Schritte des Kommissars nicht gehört.

Kuno stellte sich schräg hinter ihn und stemmte die Hände in die Hüften. »Na, läuft's rund?«

Gunnar zuckte zusammen und ließ ein Werkzeug fallen, das klirrend auf dem gefliesten Boden landete und davonglitt. Aus der Hocke heraus wandte er sein Gesicht Kuno zu. »Ach, du bist das.« Langsam erhob er sich und wischte mit dem Unterarm über sein verschwitztes Gesicht. »Ich hab dich gar nicht erwartet. Zu Svenja konnte ich übrigens heute noch nicht.«

»Hab ich schon gehört. Sie braucht noch ein bisschen Zeit.«

Arne löste seinen Blick von den vielen Rädern und stellte sich zu Kuno und Gunnar.

»Hast du einen Moment Zeit für uns?«, fragte Kuno. »Dauert nicht lange.«

Gunnar deutete mit dem Kopf auf Arne. »Braucht ihr ein Rad für deinen Kollegen?«

»Nee«, sagte Kuno. »Wir sind noch mal dienstlich hier.«

»Schon wieder? Es geht um Svenja?«

Kuno schüttelte den Kopf.

»Aber doch nicht um mich?«

»Doch.«

»Hab ich was verbrochen?«

Kuno kniff die Augen zusammen und fokussierte Gunnar. »Die Frage müsstest du besser beantworten können als wir.« Kuno blickte sich um. Zwei von Gunnars Leuten betraten den Raum und suchten in einem

Regal hinter der Theke nach irgendetwas. Ein weiterer Mitarbeiter stand im Türrahmen und beobachtete seine Kollegen. »Können wir in dein Büro gehen?«, fragte Kuno, »oder passt das gerade nicht?«

Gunnar wischte sich die Hände an einem ölverschmierten Lappen ab, der auf dem Boden lag, und Kuno überlegte, ob der Fahrradmonteur jetzt das Öl von den Händen an den Lappen gerieben hatte oder umgekehrt.

Die stickige Luft in dem kleinen Büro war unerträglich. Gunnar riss das Fenster weit auf und entschuldigte sich für das Raumklima. »Ich hab eine Handkasse da vorne im Schrank stehen. Auch wenn auf Amrum das Stehlen verboten ist, man will's ja nicht provozieren, und wenn hier einer einsteigt, sieht das kein Mensch. Deshalb mach ich immer die Schotten dicht, wenn ich nicht im Raum bin.«

»Genau richtig.« Kuno fächelte sich mit der Hand Luft zu.

Gunnar holte zwei Klappstühle aus einer Ecke hinter der Tür hervor und stellte sie den Kommissaren hin. Kunos Stuhl gab bedenklich nach, als er sich darauf niederließ. Auch Arne schien, seinem Gesichtsausdruck nach zu urteilen, schon mal bequemer gesessen zu haben.

»Wir machen es kurz.« Kunos Ankündigung war weniger eine an Gunnar gerichtete Aufmunterung als ein Signal an Arne, um ihn zum Durchhalten zu bewegen. Dennoch sah er Gunnar an. »Nina Asmus.«

Gunnar verzog das Gesicht.

»Du hast ein Problem mit dem Thema?«

Gunnar klaubte ein paar Blätter aus verschiedenfarbigem, dünnem Papier zusammen, es mochten Lieferscheine sein. Er sortierte sie zu einem Stapel, den er vor sich liegen ließ. »Die ganze Welt dreht sich auf einmal nur noch um Nina. Das muss doch mal ein Ende haben. Zwanzig Jahre ist nichts gewesen ...«

Kuno ließ die Faust auf den Schreibtisch donnern. »Aber vor zwanzig Jahren ist was gewesen. Und bis heute ist nicht geklärt, was genau geschehen ist.«

Gunnar kniff die Lippen zusammen und tat angestrengt so, als suchte er in dem Stapel nach einem bestimmten Stück Papier.

Arne drückte den Rücken durch. Auf dem niedrigen Stuhl versank er fast vor dem Schreibtisch. »In dem Wust von Blättern findest du die Antwort auf unsere Frage nicht.«

Gunnar deponierte die Papiere in einem Ablagekorb, stützte die Ellenbogen auf den Tisch und verschränkte die Hände. Erwartungsvoll sah er die Kommissare an. »Was wollt ihr denn von mir wissen?«

Kuno lehnte sich zurück, schnellte aber gleich wieder nach vorn, als die Rückenlehne verdächtig knackte. »Zum Beispiel, ob es während eurer Strandparty Streit mit Nina gegeben hat, bevor ihr ins Wasser gestiegen seid. Und ob ihr den Streit beim Baden ausgetragen habt.«

Gunnar gab sich ahnungslos. Seine Stimme klang jedoch plötzlich weicher und entgegenkommender, nicht mehr so mürrisch wie vor zwei Minuten noch. »Was denn für 'n Streit?«

Arne lächelte ihn verbindlich an. »Das wollen wir gern von dir wissen. Wir waren nicht dabei.«

Gunnar sprang von seinem Bürostuhl hoch. »Ich hab

euch noch gar nichts zu trinken angeboten. Kaffee, Tee oder Wasser? Ein Bier darf's ja wohl nicht sein, ihr seid im Dienst. Ich hätte wohl was im Kühlschrank.«

Kuno zeigte auf den Stuhl. »Danke, setz dich hin und antworte einfach. Dann sind wir auch bald wieder draußen.«

Arne guckte Gunnar schräg von der Seite an. »Weißt du, wenn du uns nicht allzu lange aufhältst, haben wir bald Feierabend und dürfen auch einen Drink.«

Gunnar nickte. »Okay. Streit hatten wir keinen.« So, wie er die Kommissare ansah, war die Frage damit für ihn hinreichend beantwortet.

Kuno spulte die nächste Frage ab. »Wer von euch hatte denn die romantische Idee, bei Vollmond und ablaufendem Wasser Badenixe zu spielen?«

»Das war Frederik.« Gunnar guckte aus dem Fenster und beobachtete einen seiner Männer, der sich mit einer Familie mit zwei halbwüchsigen Kindern unterhielt. Er redete weiter, ohne die Kommissare anzusehen. »Der hat ja schon immer so verrückte Ideen gehabt.«

Kuno versuchte, Gunnars Blick wieder aufzufangen. »Der Frederik also. Bist du dir sicher?«

Gunnar wandte sich ihm mit empörter Miene zu. »Fragt ihn doch selbst. Er wird sich sicher daran erinnern.«

»Und es haben alle freiwillig mitgezogen, oder habt ihr den einen oder anderen hineingeschubst?«

»Das war ganz klar eine freiwillige Aktion. Nur die Mädels, ich glaube, da hat es welche gegeben, die sich nicht getraut haben. Die mussten erst überredet werden.« Gunnar grinste.

»Also doch nicht hundertprozentig freiwillig«, sagte

Arne. »Gehörte Nina zu denen, die ein bisschen zurückhaltend waren?«

Gunnar prustete los. »Nina und zurückhaltend? Das glaubt ihr doch wohl selbst nicht. Die war als eine der Ersten drin und sie ist weiter rausgeschwommen als wir alle. Die ist bis zu dieser Sandbank.« Er wollte noch etwas sagen, hielt aber plötzlich inne.

Arnes Blick wechselte zwischen Kuno und Gunnar hin und her. »Welche Sandbank?«

»Wenn man vom Strandübergang aus ins Meer geht, immer geradeaus, dann stößt man darauf. Viele Jahre lang hat man die immer als Erstes gesehen, wenn das Wasser zurückging. Kannst dich sicher dran erinnern, Kuno, oder?«

»Das war aber relativ weit draußen.«

»Sag ich doch. Nee, zurückhaltend war die Nina sicher nicht.«

»Wenn du so genau beobachtet hast, wie weit Nina sich rausgetraut hat, hast du dann auch beobachtet, wie sie wieder an Land geschwommen ist?«

Gunnar nickte. »Das war beeindruckend. Die Nina war eine super Schwimmerin, schon als kleines Kind. Im Meer war sie zu Hause, eine richtige Nixe. Wie die durch die Wellen gekrault ist ... Olympiareif, sag ich nur!«

Arne stützte das Kinn in die Hand. Er wirkte skeptisch. »Dann hat sie nach dem Bad im Meer in der Strandhalle weitergemacht, getanzt und so?«

Gunnar lehnte sich zurück, schlug mit einem Kugelschreiber auf die Schreibtischkante und dachte intensiv nach. »Nee. Jetzt, wo ihr mich drauf ansprecht ... Ich kann mich nicht erinnern, sie danach noch mal gesehen zu haben.« Er warf den Kugelschreiber in einen Behälter für Schreibwerkzeuge. »Jetzt fällt es mir wieder ein. Ich habe sie von hinten am Strand gesehen, als ich noch im Wasser war. Sie ging in Richtung Dünen, aber in der Strandhalle ist sie später nicht mehr aufgetaucht.«

Kuno legte die Stirn in Falten und versuchte, sich die Situation vorzustellen. »In Richtung Dünen ging sie.«

Ein Mitarbeiter von Gunnar näherte sich dem Fenster. Gunnar stand auf und hörte sich dessen Anliegen an. Er antwortete ihm kurz und gab ihm zu verstehen, dass das Gespräch mit den Kommissaren nicht mehr lange dauern würde. »In fünf Minuten bin ich bei euch.« Er setzte sich wieder hin.

»Ist sie alleine in die Dünen gegangen?«, fragte Arne.

Gunnar warf ihm einen Blick zu, der Bände sprach. »Wie naiv bist du denn?«

Arne zuckte mit den Schultern.

Kuno erklärte seinem Kollegen die Amrumer Gebräuche. »Wer bei uns in die Dünen geht, tut das nicht, um unbeobachtet in der Sonne zu baden. Schon gar nicht mitten in der Nacht.« Er wandte sich an Gunnar. »Wer war bei ihr?«

Gunnar lachte durch die Nase und schüttelte den Kopf. »Keine Chance, das bei der Dunkelheit zu erkennen. Ich weiß nur, sie hatte nicht viel an. Wenn sie denn überhaupt was an hatte, sie war ja gerade dem Wasser entstiegen. Und der Typ, der neben ihr ging, erkennen konnte ich ihn nicht. Aber die Silhouette ...«

Kuno spürte, wie sein Herz schneller schlug. »Hast du jemanden erkannt?«

»Ich will jetzt nichts Falsches sagen, aber ein bisschen sah sie aus wie die von Frederik. So durchtrainiert wie er ist ja kaum einer in der Clique.« Gunnar winkte ab. »Ist aber sicher nur ein Hirngespinst, denn der Frederik war ja eigentlich die ganze Zeit bei uns Männern. Wir haben im Wasser rumgetollt, sind um die Wette geschwommen und er immer mittendrin. Er kann sich ja nicht geklont haben.«

»Also doch nicht Frederik?«, fragte Arne.

Gunnar schüttelte den Kopf. »Wohl eher nicht. Es waren ja einige Kerle da, die wir nicht so gut kannten. Zu solchen Feten kamen immer auch Jungs aus Föhr.«

Arne nickte. »Klar, ist ja nur ein Katzensprung von da zu euch rüber.«

Gunnar zog eine Schublade auf, kramte darin herum und holte schließlich einen Locher hervor. Er legte die Blätter aus dem Ablagekorb hinein, richtete sie akribisch an den Seitenkanten aus und lochte sie.

»Hast du denn die Nina später in der Strandhalle nicht vermisst, wo sie doch vorher beim Baden so präsent gewesen ist?«

»Vermisst? Nein. Warum?«

»Nur so. Ist dir sonst irgendwas auffällig vorgekommen an dem Abend?«

»Nichts.«

Kuno war froh, sich endlich von der knarzenden Sitzgelegenheit erheben zu können, die diese Bezeichnung kaum noch verdiente. »Vielen Dank für die anschauliche Rückblende. Dann überlassen wir dich mal wieder deinen flotten Zweirädern.«

Gunnar begleitete die Beamten nach draußen und verabschiedete sie. »Es war eigentlich eine tolle Nacht«, rief er ihnen hinterher.

Kuno drehte sich noch einmal zu ihm um. »Das

würde Nina sicher anders sehen.«

Die Ermittler trotteten zum Wagen zurück. Erschöpft ließen sie sich in die Sitze fallen.

Kuno startete den Motor. »Jetzt noch ein Glas eisgekühlten Weißwein bei mir im Garten?«

»Gute Idee!«

Vorsichtig lenkte Kuno den Wagen zur Ausfahrt des Parkplatzes. Gerade hatte eine Fähre aus Dagebüll angelegt. Die Autos, die herunterrollten, bildeten eine lange Schlange. Die Fahrer guckten stur geradeaus; den Autokennzeichen nach hatten sie eine weite Fahrt hinter sich und den Gesichtern nach waren sie urlaubsreif. Niemand von ihnen würde jetzt abbremsen, um die beiden Kommissare einscheren zu lassen.

Arne staunte, wie viele Fahrzeuge eine Fähre fassen konnte. Endlich waren sie an der Reihe. Kuno bog links ab und nahm nach wenigen Metern mit elegantem Schwung die Rechtskurve, die die Inselstraße in den Ort hinein vollzog. Er fuhr aus Wittdün heraus, an der endlos langen Dünenkette vorbei in Richtung Süddorf und erreichte schließlich Nebel.

Sie stellten den Wagen an der Polizeiwache ab und gingen zu Fuß durch den Ort. Arne atmete tief ein und stieß ein genüssliches »Hmmm« aus, als sie an den Restaurants vorbeigingen, aus denen verführerische Düfte auf die Straße waberten. In den Vorgärten der Lokale saßen die Gäste an kleinen Tischen und ließen sich die maritimen Köstlichkeiten schmecken.

Kuno lief das Wasser im Mund zusammen. »Weißt du was? Ich hol jedem von uns eine XXL-Portion Lachsfilet.« Schneller als Arne hätte antworten können, verschwand er in einem der Restaurants und gab seine

Bestellung auf. »Zum Mitnehmen!«, rief er dem Kellner zu.

Der Koch winkte ihm durch die Durchreiche zu. »Zwei Portionen oder drei?«

»Wieso drei?«

»Du, dein Kollege und dein Bruder, der wohnt doch neuerdings bei dir, wie man hört.«

Kuno schlug sich vor die Stirn. »Mensch, den Okko hätt ich glatt vergessen. Okay, dann drei.« Er wunderte sich, wozu Amrum überhaupt einen eigenen Reporter brauchte, wenn doch ohnehin jeder wusste, was sich auf der Insel abspielte. Oder hatte Friedrich etwa vor seinem Grundstück herumspioniert und Okkos Anwesenheit überall herumposaunt?

Er bezahlte, während die frisch gedünsteten Filets in Alufolie eingewickelt wurden. Mit dem knisternden Paket in der Hand ging er hinaus. Arne stand vor einem Schaufenster mit bemalten Figuren aus Ton und koboldartigen Gebilden, die aus Steinen und Muscheln gefertigt waren.

Kuno stieß ihn mit der Schulter an. »Los, komm. Sonst verdurstet der Fisch uns noch.«

15

Zu Hause angekommen, verteilte Kuno die Lachsfilets in der Alufolie auf drei Teller und brachte sie auf die Terrasse. Arne trug Gläser, Besteck, einen Korb mit einem Baguette, das er in Scheiben geschnitten hatte, und eine Flasche Wein hinterher.

Im Garten saß Okko, eine Dose Bier auf dem Tisch und die Zeitung in der Hand.

Kuno baute sich so vor ihm auf, dass sein Schatten auf den kleinen Bruder fiel. »Na, wie sieht es auf dem Dachboden aus?«

Okko verzog das Gesicht. »Keine gute Frage. Ganz schön viel Arbeit, die du mir da überlassen hast. Wo soll ich denn hin mit all dem Gerümpel?«

»Sortier aus, was du nicht brauchst. Das bringen wir dann mit dem Wagen weg. Hast du denn inzwischen wenigstens so viel beiseitegeschafft, dass du auch außerhalb des Klappbetts Platz genug hast, dich um die eigene Achse zu drehen?«

»Ja ja, das geht schon. Hab all den Plunder erst mal in die hintere Hälfte des Dachbodens geschoben.«

»Deine fünf Klamotten, die du in der Reisetasche hattest, kannst du in dem Kleiderschrank unterbringen, der neben dem Bett steht. Der ist doch leer, oder?«

»Jo, is' er. Soweit alles klar. Nur ein Badezimmer hab ich nicht.«

»In meinem Haus gibt es nun mal nur eins. Das wirst du dir brüderlich mit mir teilen müssen, solange du bei mir wohnst.«

Okko nickte mit verkniffenem Gesicht. »Und die Küche auch.«

»Das wäre vielleicht ein Anreiz, dir so bald wie möglich eine eigene Bleibe zu suchen.« Kuno schenkte den Wein ein, hob sein Glas und stieß zuerst mit Arne, dann mit Okko an. »Wie viele Bierchen hast du dir denn heute schon genehmigt?«

Okko grinste. »Ein Weinchen passt noch oben drauf.«

»Das war nicht meine Frage.«

Okko teilte mit dem Fischmesser einen Happen von seinem Lachsfilet ab, bugsierte ihn zum Mund und versteckte sich wieder hinter der Zeitung.

Kuno schnippte mit dem Finger dagegen. Okko tat, als wäre nichts geschehen. Kuno griff nach dem Blatt und riss es ihm aus der Hand. »Ich hab noch ein dienstliches Gespräch mit dir zu führen.«.

»Dienstlich?« Okko schien irritiert.

»Erzähl uns mal von damals. Du hast doch zu der Clique um Nina Asmus gehört.«

»So richtig dazugehört hab ich nicht. Ich war ein bisschen mit denen verbandelt.«

»Und wer war dein Verbindungsstück?«

Okko errötete leicht. Das konnte nur bedeuten, dass es sich um eine Frau handelte. Sein Bruder ließ sich Zeit, den Bissen Lachs zu zerkauen, den er gerade in den Mund geschoben hatte. In aller Seelenruhe kippte er einen großen Schluck Wein hinterher. »Ich kannte die Mareike.«

»Guck an, die Mareike.«

»Kennst du die überhaupt?«

Kuno spitzte die Lippen und zog die Augenbrauen zusammen. Mit einem Seitenblick gab er Arne zu verstehen, dass er über die Begegnung mit Mareike und ihrer

Mutter gestern Abend Stillschweigen bewahren sollte. »Nicht so richtig. Ich hatte nie mit ihr zu tun. Es heißt, dass sie heute auf Föhr lebt.«

Okko zuckte mit den Schultern. »Weiß nicht, wo die abgeblieben ist.«

»Sehr beliebt war sie wohl nicht bei den anderen?«

Wieder reagierte Okko wenig auskunftsfreudig. »Beliebt war ich auch nicht. Trotzdem haben wir irgendwie dazugehört. Jede Clique braucht ihre Underdogs.«

Kuno staunte über diese Erkenntnis. So viel Weisheit hatte er seinem Bruder nicht zugetraut.

Auch Arne schaute auf. »Ihr beiden wart die Außenseiter in der Gruppe?«

Okko hob gleichgültig die Hände. »Irgendwer musste die Rolle übernehmen.«

»Das hat dich und die Mareike sicher zusammengeschweißt.«

Unter Kunos eindringlichen Blicken senkte Okko die Lider und seine Mundwinkel zuckten. Mit Daumen und Zeigefinger schnippte er eine Ameise weg, die sich auf den Tisch verirrt hatte und Anlauf auf die Alufolie nahm, in die der Lachs verpackt gewesen war. »Kann man so nicht sagen.«

Auch Arne war jetzt ganz auf Okko konzentriert. »Wie würdest du das denn ausdrücken?«

Okko knüllte die Alufolie zusammen und warf sie auf den Rasen. »Ihr immer mit euren Fragen! Habt ihr nicht schon lange Feierabend?«

Kuno stand auf, klaubte die Kugel Alufolie vom Rasen und legte sie vor Okko auf den Tisch. »Der Abfalleimer steht in der Küche.«

Okko starrte vor sich hin. Hinter seiner Stirn arbeitete es. »Verliebt war ich in die Mareike.«

Kuno glaubte, sich verhört zu haben. »Du hattest was mit Mareike?«

»Nein, ich hatte nix mit ihr. Ich hätt gern was gehabt.« Okko stand auf, nahm die Alufolie und stapfte in die Küche. Mit einer eisgekühlten Dose Bier in der Hand kehrte er zurück.

Arne stapelte die leeren Teller aufeinander, legte das Besteck darauf und deutete auf das Bier. »Langsam dürften deine Adern davon überflutet sein.«

Okko zog die Lasche der Dose so heftig auf, dass es zischte und das Bier überschäumte. Hastig beugte er sich vor und schlürfte den Schaum ab. »Mareike hat mich nicht gewollt.«

Kuno sah ihm angewidert zu. »Hatte sie einen anderen? Komm! Jetzt mal raus mit der Sprache.«

Okko schüttelte den Kopf. »Die Mareike wollte doch keiner. Mich hätte sie haben können, aber mich wollte sie nicht. Sie mochte mich, hat sie zumindest gesagt. Aber so richtig wollen tat sie mich nicht.«

Arne guckte ihn mitleidig an. »Wen wollte sie denn dann?«

Okko schob die Unterlippe vor wie ein kleiner, beleidigter Junge. »Den Frederik. Und den Gunnar, glaube ich. Aber am meisten den Frederik.«

»Und der Frederik wollte sie auch?«

Okko warf den Kopf in den Nacken und lachte laut auf. »Nö. Ich glaube, der hatte ein halbes Auge auf die Nina geworfen.«

»Aber er hatte doch die Gisa.«

»Ja, aber die beiden hatten mal 'ne schwierige Phase, und da hat die Nina ihre Chance gesehen. Das war vielleicht 'ne Arie. Die Gisa hatte tierisch Angst, ihren Frederik an die Nina zu verlieren. Und dann war da noch die Svenja. Auf die hatte der Frederik in der Zeit, als es mit der Gisa kriselte, auch ein halbes Auge geworfen. Oder sie auf ihn, so genau weiß ich das nicht.«

Kuno stöhnte innerlich auf. Als er jung war, hatte er sich nie dafür interessiert, wer in der Clique mit wem zusammen war. Er hatte seine Freunde gehabt und Okko andere. Er war einfach zu alt für die Leute um Nina gewesen und hatte, davon abgesehen, ganz andere Interessen gehabt. Hätte er damals mehr Kontakt zu den Bekannten seines Bruders gepflegt, würde er das Beziehungsgeflecht des Kerns der Clique heute besser durchschauen.

Er resignierte. »Ehrlich gesagt, das wird mir jetzt ein bisschen zu viel.« Er zählte die tatsächlichen und die erhofften Beziehungen an seinen Fingern ab. »Du wolltest Mareike. Mareike wollte Frederik. Ein bisschen wollte sie auch den Gunnar. Frederik wollte Gisa, Nina und eine Zeit lang hat er auch ein wenig nach Svenja geschielt. Und Gunnar, wen wollte der?«

»Na, ist doch klar! Die Svenja und die Nina.«

Arne machte eine Scheibenwischerbewegung. Okko bekam das zum Glück nicht mit. Wer wusste, wie er in seinem alkoholisierten Zustand und in Erinnerung an sein Dasein als Underdog der Clique darauf reagiert hätte?

Kuno bohrte weiter. »Wie war das mit den Frauen? Wusste jede von ihnen, welche ihrer Geschlechtsgenossinnen ihr jeweiliger Traummann noch so begehrte?«

»Das hat sich kaum verbergen lassen.«

Kuno stützte die Ellenbogen auf, beugte den Kopf

nach vorn und massierte sich mit beiden Händen die Schläfen. »Das bedeutet, ihr habt alle nett miteinander gefeiert und gleichzeitig die Säbel rasseln lassen.«

»Ganz so drastisch würde ich das nicht ausdrücken. Aber geklappert hat's manchmal schon ganz ordentlich.«

Arne hob sein Weinglas und prostete Kuno zu. »Na, herzlichen Glückwunsch! Da haben wir uns den verzwicktesten Fall des Jahrhunderts an Land gezogen. Wer blickt denn da noch durch?«

Okko stand auf. »Ich sag nichts mehr dazu. Für mich ist das alles Vergangenheit. Ich zieh mich für heute zurück. Wir sehen uns morgen beim Frühstück.« Er griff nach seiner Bierdose und schickte sich an, ins Haus zu gehen.

Kuno drehte sich nach ihm um. »Stopp mal eben. Setz dich bitte noch einen Augenblick zu uns.«

Okko wankte zurück und platschte auf den Stuhl. »Was gibt's denn noch, großer Bruder?«

»Hast du mitbekommen, ob Mareike und Nina sich miteinander gefetzt haben?«

Okko dachte keinen Moment nach. »Natürlich haben sie das. Oft sogar.«

»Haben sie sich auch an dem Abend gestritten, als die Party in der Strandhalle stattfand?«

»Weiß ich nicht. Wenn doch, dann nicht so, dass wir es mitbekommen hätten.«

Eine Schar Möwen segelte über Kunos Grundstück und ließ sich auf dem Rasen in der Nähe der Terrasse nieder. Okko guckte zu den Vögeln hinüber. »Ihr kommt zu spät.« Er bröckelte etwas von dem Brot ab, das auf dem Tisch stand, und wollte es ihnen zuwerfen.

Kuno drückte seine Hand auf Okkos Arm, um das zu verhindern. »Lass das bloß sein, sonst werden wir die heute nicht mehr los.« Er kniff die Augen zusammen und dachte einen Moment nach. »Sag mal, ihr habt doch mitten in der Nacht im Meer gebadet.«

Okko nickte wichtig und wedelte mit einer Hand in der Luft herum. »Oh ja, das ha'm wir.«

»Kannst du dich daran erinnern, wie das war? Sind Mareike und Nina sich im Wasser zu nah gekommen?«

»Du meinst, ob die beiden sich gekloppt haben?«

»Ja.« Kuno legte eine Hand auf die Schulter seines Bruders und rüttelte leicht daran. »Bitte denk mal ganz scharf nach. Deine Aussage ist ungeheuer wichtig.«

Okko warf sein Gesicht in Falten, als ob ihn das Nachdenken regelrecht schmerzte.

Kuno erinnerte sich an das Gespräch mit Gunnar. »Sie hat doch auf dieser Sandbank gestanden, weiter hinten im Meer. Kannst du dich daran erinnern?«

»Auf der Sandbank? Ähm ...« Okko druckste herum und zupfte an seinem Hosenbund. »Wenn ich ehrlich sein soll, ich bin gar nicht im Wasser gewesen. Es war ziemlich dunkel und unheimlich da draußen. Das Meer hat so komisch gerauscht und gegurgelt.« Betreten guckte er Kuno und Arne an. »Ich hab mich einfach nicht getraut.«

Arne stöhnte hörbar auf und stützte die Stirn in die Hand.

Kuno dagegen erstaunte die Offenbarung seines Bruders nicht wirklich. Schon als Kind hatte der jüngste Knudsen gern den Eindruck erweckt, bei allem, was eine Handvoll Mut erforderte, mitgemacht zu haben. Wenn man ihn aber nach Details fragte, kam heraus, dass er nur seine Fantasie hatte spielen lassen und in Wirklichkeit überhaupt nicht dabei gewesen war.

Auf einmal huschte ein Lächeln über Okkos Gesicht. »Als die anderen im Wasser waren, hab ich an der Bar in der Strandhalle für richtig Umsatz gesorgt.«

Kunos Blicke ruhten immer noch auf dem Gesicht seines Bruders. »Du wolltest dich doch zurückziehen.«

Okko nickte.

»Ich glaub, jetzt ist der richtige Zeitpunkt gekommen.«

Okko hob die Hand, winkte den Kommissaren müde zu und verschwand im Haus.

Kuno hörte noch die Kühlschranktür, die immer ein bisschen quietschte. Bei Gelegenheit würde er mal Öl besorgen und die Scharniere schmieren. Sonst würde er riskieren, jedes Mal geweckt zu werden, wenn sein Bruder sich nachts Nachschub holte.

Okko summte ein Lied, während er die Treppe hinaufstieg. Dann war es still.

Unvermittelt ließ Kuno die ineinander verschränkten Hände mit Wucht auf den Tisch sausen, sodass Arne zusammenzuckte. »Es ist zum Verzweifeln! Kein verlässlicher Augenzeuge, Erinnerungslücken, widersprüchliche Aussagen und kein wirklicher Hinweis darauf, dass Nina umgebracht wurde. Ich habe das Gefühl, wir verdaddeln unsere Zeit für nichts.«

Arne schob die Brotkrümel auf dem Tisch mit einer Hand zusammen, pickte sie mit dem Finger auf und streute sie auf einen Teller. »Es gibt aber auch keine Sicherheit, dass es ein Unglück war. Wenn wir wenigstens den Obduktionsbericht hätten und die alten Ermittlungsunterlagen.«

Kuno ging in die Küche und holte einen Krug eisge-kühltes Wasser mit Zitronenstückchen. »Mir sind die Aussagen von allen, die wir befragt haben, auch von Tela, zu abgezirkelt, zu konstruiert. Ich denke schon, dass da was nicht mit rechten Dingen zugegangen ist. Ich durchschaue nur nicht, was.«

»Aber was war das Motiv und wie können wir den Täter nach so langer Zeit ausfindig machen?«

Kuno schüttelte nachdenklich den Kopf. »Wirklich überführen können wir ihn vermutlich nie. Woher soll-ten wir die Beweise nehmen, die wir dafür bräuchten? Uns bleibt nichts, als die Motive und Gelegenheiten aller Beteiligten zu prüfen und dann die Personen, die ver-dächtig erscheinen, so lange zu befragen, bis eine von ihnen gesteht.« Er hob den Finger. »Und zwar möglichst die richtige Person.«

Arne zog die Stirn kraus. »Glaubst du, dass jemand ein bislang unentdecktes Tötungsdelikt nach zwanzig Jahren freiwillig gesteht?«

»Wenn der seelische Druck groß genug ist?«

Arne trank einen Schluck Wasser. Kuno hätte nicht sagen können, ob es die Zitrone war, die Wirkung zeig-te, oder ob der berufliche Ehrgeiz seines Kollegen plötzlich erwacht war. Jedenfalls guckte Arne ihn auf einmal unternehmungslustig an. »Wer aus der Clique ist dein Favorit?«

»Wofür? Für Ninas Tod oder für den Überfall auf Svenja?«

»Erst Svenja. Ich glaube, das ist einfacher zu lösen.«

»Ich lass dir den Vortritt. Du hast eine konkrete Idee, das seh ich dir doch an.« Kuno zog einen Hocker heran, legte die Füße darauf und forderte Arne mit einer Geste auf, zu reden.

»Frederik.« Arnes Augen blitzten. »Er hat bei der Gedenkparty den Grillmeister gegeben, wie du berichtet hast. Da lässt sich so ein Messer doch ganz leicht und unauffällig aus dem Messerblock ziehen und in einem unbeobachteten Moment verstecken.«

Kuno nickte. »Der Mann kennt sein Grundstück ganz genau. Er weiß, wo er Osterhase spielen kann.«

»Er könnte das Messer später heimlich wieder ausgebuddelt haben und damit losgezogen sein. Sein Alibi mit der Familie Müller aus Nordrhein-Westfalen war bloß eine Erfindung. Es ist de facto keins. Er hat sich die Geschichte hübsch zurechtgelegt.«

Kuno lockerte seinen Gürtel und öffnete den Knopf am Hosenbund. In den letzten Tagen hatte es ihm zu gut geschmeckt. Am nächsten Wochenende würde er eine ausgiebige Radtour machen, fünfmal die Insel rauf und runter, dann würde die Hose wieder passen. Erleichtert spürte er, wie der Druck auf den Magen nachließ. »Das mit dem Alibi ist mir auch aufgefallen. Frederik hatte auf jede Frage sofort eine Antwort. Wie die Urlauberfamilie hieß, woher sie kam, warum sie heute früher als geplant wieder abfahren musste, all das wusste er ganz genau. Eine hübsche Geschichte und plausibel obendrein. Aber als ich ihn nach den Maßen des Messers gefragt habe, das er schon tausend Mal in der Hand hatte, musste er erst mal überlegen.«

Arne fuchtelte mit einem Zeigefinger vor Kunos Nase herum. »Ich glaub, ich kann den Bogen zwischen Ninas Tod und dem Überfall auf Svenja spannen.«

»Erzähl!«

»Laut Tela hat Eske berichtet, Svenja hätte Frederik

211

am Grillabend vor aller Augen angebaggert. Und sie sollen früher schon mal was miteinander gehabt haben.«

»Er bestreitet allerdings vehement, dass es so war.«

»Logisch. Das würdest du an seiner Stelle genauso machen. Aber stell dir vor, Frederik hätte Nina auf dem Gewissen und Svenja hat ihn bei der Tat beobachtet. Jetzt verlangt sie möglicherweise von ihm, dass er sich von Gisa trennt, damit er frei ist für sie. Tut er es nicht, droht sie damit, gegen ihn auszusagen. Wenn er nicht im Knast landen will, bleibt ihm kaum was anderes übrig, als sie aus dem Weg zu räumen.«

Kuno verzog das Gesicht. »Wenn es so wäre, was, meinst du, könnte der Auslöser dafür sein, dass Svenja es gerade jetzt eskalieren lässt?«

»Die Beziehung zwischen Svenja und Gunnar muss schon seit einiger Zeit Risse haben. Sie schlafen manchmal getrennt, wie Gunnar durchblicken lassen hat, und verbringen offenbar auch ihre Freizeit nicht mehr gemeinsam. Vielleicht hat Svenja nun endgültig die Nase voll. Sie will einen Schlussstrich unter ihre Ehe ziehen, aber nicht ohne Mann sein. Also droht sie Frederik damit, ihn zu verraten, wenn er Gisa nicht verlässt und sich mit ihr zusammentut.«

Kuno nickte. »Eine plausible Theorie.« Er ließ sich Arnes Schlussfolgerungen durch den Kopf gehen. Schließlich lachte er höhnisch. »Eine Erpressung wäre wirklich eine fabelhafte Grundlage für eine neue Beziehung! Aber wer hat denn nun die Flasche vom Tisch geworfen? Frederik kann es nicht gewesen sein.«

»Eine Katze. Ich bleibe dabei, auch wenn Gisa meint, es gibt keine streunenden Katzen auf Amrum. Wenn es keine Katze war, dann irgendein anderes Viehzeug.«

Arne prustete hinter vorgehaltener Hand los. »Oder es war der nachtblinde Okko auf der verzweifelten Suche nach Nachschub.«

Kuno lächelte verkniffen. Er dachte eine Zeit lang nach. Dann schnippte er mit den Fingern. »Du hast völlig recht, das Alibi, das Frederik uns vorgelegt hat, ist für den Papierkorb. Und eins sag ich dir: Wenn er uns morgen hier ankommt und sagt, er hätte zufällig im Garten das verlorene Messer wiedergefunden, gebe ich das sofort ins Labor und lasse es analysieren bis in die tiefsten Ritzen des hölzernen Griffs.«

Arne lachte und hob mahnend den Finger. »Wir dürfen aber nicht nur eine Person als Täter in Betracht ziehen.«

»Ach was?« Kuno verzog das Gesicht zu einer übertrieben erstaunten Fratze.

»Auch Gisa dürfte mitbekommen haben, dass Svenja sich auf der Feier an Frederik herangepirscht hat. Sie könnte das Messer genauso gut versteckt haben wie er, und auch sie hat kein Alibi für die Tatzeit.«

Kuno wiegte den Kopf hin und her. »Das Motiv wäre mir aber nicht stark genug für eine Tötungsabsicht. Wenn jede Frau bei einem Flirt ihres Partners mit einem anderen Mädel zum Messer greifen würde ... Und im Gegensatz zu Frederik hat Gisa sich nicht mal die Mühe gemacht, ein Alibi zu erfinden. Ich glaube, sie hat nichts zu verbergen.«

»Wie sieht es denn mit Gunnar aus?«

Kuno ging zur Terrassentür und knipste das Außenlicht an. Zwei Leuchten, die an der Hauswand angebracht waren, und zwei Strahler an einem kleinen Gartenteich tauchten das Grundstück in ein warmes, heimeliges Licht. Zufrieden blickte er sich in seinem kleinen Paradies um. »Der Gunnar wäre mein persönlicher Favorit. Du hast ja gemerkt, wie er vorhin im Gespräch über die Nacht vor zwanzig Jahren versucht hat, so ganz larifari Frederik in den Fokus zu rücken. Das war geschickt gemacht. Erst lässt er durchblicken, es könnte sein Kumpel gewesen sein. Aber in dem Moment, in dem wir ihn ausdrücklich darauf ansprechen, revidiert er die Bilder, die er bei uns vermeintlich unabsichtlich hervorgerufen hat. Er gibt Frederik praktisch ein Alibi und doch weiß er, dass er uns einen Floh ins Ohr gesetzt hat.«

»Stimmt, erst sah der Typ, der mit Nina in den Dünen verschwunden sein soll, angeblich aus wie Frederik und dann auf einmal war es wohl eher einer der Jungs von Föhr.«

Kuno beugte sich über den Tisch, blickte Arne tief in die Augen und pochte mit dem Zeigefinger auf die Tischplatte. »Und ich wette, an die Namen der Jungs von Föhr erinnert sich heute kein Schwein mehr.«

Arne verjagte eine Mücke, die um seinen Kopf schwirrte. »Da Svenja und Gunnar in der Nacht nach der Gedenkparty getrennt geschlafen haben, kann er durchaus losgezogen sein und das Messer geklaut haben.«

Kuno wurde nachdenklich. »Das kommt allerdings auch für Eske in Frage.«

»Aber Eske hat Nina nicht umgebracht.«

»Ganz sicher nicht. Doch sie könnte Svenja überfallen haben. Svenja hat oft über Nina hergezogen, wie wir jetzt wissen. Die Sprüche, die sie am Samstag auf der Feier losgelassen hat, könnten bei Eske das Fass zum

Überlaufen gebracht haben. Nicht auszuschließen, dass Eske für Nina Rache üben wollte – jetzt, wo es Tela so schlecht geht, umso dringlicher.«

Arne senkte die Stimme. »Ganz im Vertrauen: Wenn ich nicht wüsste, wie es gesundheitlich um Ninas Mutter steht, würde ich auch nicht ausschließen, dass sie Svenja das Messer in den Rücken gejagt haben könnte.«

»Nee, lass Tela aus dem Spiel.« Kuno blickte zu der dunklen Wolkendecke hinauf, die aufriss. Gerade erst war Neumond gewesen. Der Mond war nur als ganz schmale Sichel zu erkennen. »Für Ninas Tod käme meiner Meinung nach auch Mareike infrage. Nach dem, was Okko erzählt hat, dürften sie und Nina beste Feindinnen gewesen sein. Da könnte sich was hochgeschaukelt haben.«

Arne nickte. »Stimmt. Nur sehe ich bei Mareike keinen Zusammenhang mit Svenja.«

Kuno spülte seinen aufkommenden Verdruss mit einem großen Schluck Wein hinunter. »Was für ein Wirrwarr! Was sind die Motive und wie hängt das alles miteinander zusammen? Wenn wir nur wüssten, ob auch Svenja damals mit im Wasser war.«

»Da sagst du was! Wenn sie Nina und Mareike beobachtet hat – vielleicht hat sie Mareike all die Jahre über erpresst?«

»Und jetzt wurde es Mareike zu viel. Nach zwanzig Jahren wollte sie nicht mehr.« Eine Mücke tanzte um Kunos Nase und auch er wedelte nun mit den Händen herum, um die lästigen Insekten zu verscheuchen. »War wohl ein Fehler, das Licht einzuschalten.«

Arne leerte sein Glas. »Wird auch langsam Zeit, schlafen zu gehen. Lass uns morgen weitermachen.«

»In einem Punkt bin ich mir jedenfalls sicher«, schloss Kuno. »Sowohl im Fall Nina Asmus als auch den Anschlag auf Svenja betreffend finden wir den Täter im harten Kern der Clique.«

Arne guckte erleichtert drein. »Das würde bedeuten, dass uns die Befragung von rund dreißig weiteren ehemaligen Strandpartygästen erspart bliebe, die ihre Gedächtnislücken pflegen und mehr oder weniger geschickte Ablenkungsmanöver durchziehen.«

Kuno hielt die Nase in den Himmel und atmete tief ein. Mit dem Einbruch der Dunkelheit war die Luft feucht und kühl geworden. Sie roch nach den Salzwiesen, die nicht weit entfernt von seinem Haus lagen. Er rückte den Hocker wieder unter den Tisch. »Lass uns Eske morgen fragen, ob wir in Ninas Nachlass nachsehen dürfen. Vielleicht finden wir in den Briefen oder Aufzeichnungen einen brauchbaren Hinweis.«

»Und wenn sie uns nicht lässt?«

»Dann besorge ich uns einen richterlichen Beschluss. Wir müssen einen Blick in die Truhe werfen.« Kuno begleitete Arne hinaus und wartete, bis sein Kollege vor dem Haus von Anneke Brinks stand. Er winkte ihm noch einmal zu und schloss die Tür.

16

Müde kehrte Eske in ihr Haus zurück. Sie hatte einen anstrengenden Tag in ihrer Töpferei verbracht, einen Einführungskurs für Anfänger. Vier äußerst redselige Damen aus einem Dorf bei Stuttgart hatten sich angemeldet, gut situierte Gattinnen von Managern eines Autohauses, die sich seit vielen Jahren regelmäßig einmal die Woche trafen, um Bridge zu spielen, während ihre Ehemänner sich in einem Klub mit aktuellen Themen der Wirtschaft im Allgemeinen und der Automobilindustrie im Besonderen auseinandersetzten.

Im Frühjahr hatten die Damen beschlossen, sich endlich einmal so richtig die Hände schmutzig zu machen. Was lag da näher, als einen Kurs für Hobbygärtnerinnen oder aber einen Töpferkurs zu besuchen? Doch schon bei der Einführung heute Morgen zeigte sich, dass die Teilnehmerinnen weder daran gedacht hatten, dass bei solch einer Tätigkeit auch die Kleidung den einen oder anderen Spritzer abbekommen würde, noch bereit waren, ihren Nagellack in große Gefahr zu bringen.

Am Ende des Tages, der mehr aus der Vermittlung von Theorie als aus Töpfern bestanden hatte, hatten sie darauf bestanden, die Kursleiterin zum Abendessen einzuladen. Eske hatte nicht ablehnen können und hatte sich zudem ein Viertel Wein aufdrängen lassen, obwohl sie wusste, dass sie nicht mehr als einen Fingerhut voll Alkohol vertrug. Vermutlich würde sie nachher in einen Tiefschlaf fallen und den Wecker am nächsten Morgen überhören. Die Damen trösteten sie, das sei nicht schlimm, sie würden sich auch alleine unterhalten, bis sie in der Töpferei eintreffen würde.

Eske kochte sich einen Kamillentee, um ihren Magen zu beruhigen, und blätterte die Zeitung durch. Doch zum Lesen war sie viel zu müde. Ihre Augen waren winzig schmale Schlitze, als sie vor dem Badezimmerspiegel stand, und fielen sofort zu, als sie sich ins Bett legte.

Das zaghaft schabende und klackernde Geräusch nahm sie zuerst nicht wirklich wahr. Es fügte sich nahtlos in ihren Albtraum vom Töpfern mit einer geschwätzigen schwäbischen Damengruppe ein.

Der Traum verflog in der Sekunde, in der ihr klar wurde, dass das Geräusch von der Terrasse kam. Noch bevor Eske richtig wach geworden war, saß sie senkrecht im Bett. Ein Sausen erfüllte ihre Ohren und der Schreck fuhr ihr wie ein Blitz durch den Körper. Im Nu waren ihre Sinne hellwach. Ein Einbrecher war im Haus!

Er hatte sich durch die Terrassentür Zugang verschafft. Sie aufzubrechen war ein Kinderspiel, das war Eske schon lange bekannt. Doch hatte sie sich niemals Gedanken darum gemacht. Warum auch? Auf Amrum lebte man sicher. Die Alteingesessenen schlossen, wenn sie das Haus verließen, nicht einmal ihre wurmstichigen Eingangstüren ab, auch wenn man nur die Klinke herunterdrücken musste, um hineinzukommen.

Eske hielt sich die Hand vor den Mund, um nicht laut loszuschreien, und tastete nach dem Smartphone. Ihre Hand griff ins Leere. Siedend heiß fiel ihr ein: Das Mobiltelefon hatte sie im Wohnzimmer liegen gelassen.

Durch die offen stehende Schlafzimmertür hörte sie die schleichenden Schritte des Eindringlings unten im Flur. Fast glaubte sie, seinen Körpergeruch wahrzunehmen. In Gedanken ging sie die Raumaufteilung ihres winzigen, anderthalbgeschossigen Hauses durch. Den schleppenden, schleichenden Schritten nach begab der Mann sich jetzt in die Küche.

Was suchte er? Und was wäre, wenn er gleich die Treppe hinaufsteigen und ins Dachgeschoss kommen würde? Vorsichtig stand Eske auf und lehnte sich aus dem geöffneten Schlafzimmerfenster, durch das sie auf die Wattwiesen blicken konnte, die jetzt dalagen wie der Küstenstreifen vom Ende der Welt. Nur die Lichter auf Föhr und auf den Warften von Langeneß und das Blinken des Leuchtturms der Hallig ließen erahnen, dass es da hinten noch Leben gab.

Eske beugte sich weit nach links. So konnte sie Telas Fenster sehen. Es stand schräg. Sie würde laut rufen müssen, um ihre Nachbarin auf sich aufmerksam zu machen, und sie könnte nicht einmal sicher sein, ob Tela sie hören und ihre desolate Situation erfassen würde. Sollte sie gegen die gemeinsame Wand der beiden Häuser klopfen? Auch das würde Tela vermutlich nicht deuten können. Aber der Einbrecher würde dann wissen, dass sie im Haus war und wo er sie fand.

Jetzt öffnete er die Tür zur Gästetoilette. Danach würde er hinaufkommen, da war Eske sicher. Der Mann schien etwas ganz Bestimmtes zu suchen und sie befürchtete, wenn er es unten nicht fand, würde er seine zweifelhafte Arbeit hier oben fortsetzen.

Sie musste fliehen! Ein Sprung aus dem Fenster auf die Terrasse? Sie blickte hinab und überlegte, wie sie sich hinunterhangeln könnte, ohne sich beim Aufprall die Knochen zu brechen. Das Vorhaben scheiterte schon daran, dass das Fenster zu klein war, um hindurch zu klettern. Der Plan war bereits im Ansatz gescheitert.

Der Einbrecher ging wieder ins Wohnzimmer zurück. Von der Terrasse drangen Geräusche durchs Fenster zu ihr hinauf. Sie hörte etwas klappern. Hatte er Werkzeug dort unten deponiert?

Ein Werkzeug – das war die Idee! Sie müsste etwas in der Hand haben, womit sie sich wehren könnte, und dann die Flucht durchs Haus antreten, solange er noch draußen war. Blitzschnell griff sie nach der schmalen, rund dreißig Zentimeter hohen Bronzestatue, die sie mal von einem Italienurlaub mitgebracht hatte.

Sie horchte nach unten. Der Mann befand sich immer noch auf der Terrasse. Wie der Wind huschte sie die Treppenstufen hinab. In ihren Ohren rauschte es vor Aufregung wie am Strand bei Orkan. Sie konnte ihre eigenen nackten Füße nicht hören, die über die Holz-treppe taperten, und auch das Holz nicht, das unter ihrem Gewicht knarzte.

Sie gelangte auf den Flur. Ein paar Schritte noch, dann hätte sie die Haustür erreicht. Auf einmal hörte sie wie durch eine Nebelwand ein angedeutetes Räuspern hinter sich, ein unterdrücktes Husten. Instinktiv hob sie die Statue, drehte sich um und schlug zu. Der Schatten vor ihr schlug ebenfalls mit etwas auf sie ein, ließ aber schnell wieder von ihr ab, als hätte er Angst, sie wirklich zu verletzen. Blitzschnell wandte er sich um und rannte durch das Wohnzimmer in den Garten hinaus.

Eske verharrte an der Haustür, die Klinke in der Hand. Wohin würde der Einbrecher fliehen? Würde er den Weg an den Wattwiesen nehmen oder würde er ihr an der Tür begegnen, wenn sie dort hinausliefe? Sie horchte in die Stille hinein. Nichts war zu vernehmen. Entschlossen riss sie die Tür auf, vergewisserte sich, dass niemand da war, lief zu Telas Haus hinüber und klingelte Sturm.

Ein Fenster wurde geöffnet. Tela guckte hinaus. »Eske?«

»Mach auf, schnell, bitte. Ein Einbrecher war bei mir.«

Verschlafen strich Tela sich die Haare aus dem Gesicht. Sie schien an einen Traum zu glauben. »Tela, bitte lass mich rein!«

Tela verschwand. Kurz darauf schien ein schwaches Licht durch die schmale Glasscheibe der Haustür. Endlich öffnete Tela ihr.

Eske schob ihre Nachbarin zur Seite, trat blitzschnell ein und schloss die Tür. »Ich muss die Polizei rufen.« Mit wenigen Schritten stand sie im Wohnzimmer und wählte die Eins-Eins-Null. Die Frau in der Notrufzentrale auf dem Festland erkundigte sich, was vorgefallen war, wo sie sich jetzt aufhielt, und sagte ihr zu, dass sie die Kollegen auf Amrum sofort verständigen würde.

Zitternd ließ Eske sich in einen Sessel fallen. Tela nahm ihr gegenüber Platz. Stumm und voller Angst warteten sie auf das Eintreffen der Polizei. Wenige Minuten später nahmen sie das Licht zweier Taschenlampen wahr, die durch den Garten getragen wurden. Schemenhaft waren Männer zu erkennen, ein großer mit breiten Schultern und ein kleinerer schmächtiger. Die Lichter verschwanden in Eskes Wohnzimmer.

»Die Polizei«, flüsterte Tela. Sie war im Gesicht ganz grau geworden.

»Ich mach uns einen Baldriantee.« Als Eske in Telas Küche hantierte, klopfte es an der Haustür. Sie zuckte zusammen, lief in den Flur und fragte: »Wer ist da?«

»Kripo Wattenmeer. Wir sind's, Kuno und Arne.«

Eske erkannte Kunos tiefe, dröhnende Stimme, die immer so beruhigend klang. War er denn gar nicht aufgeregt? Sie ließ die beiden Polizisten herein und ging voraus ins Wohnzimmer. »Ein Glück, dass ihr da seid!«

»Hast du ihn erkannt?«, fragte Kuno als Erstes.

»Dafür war es viel zu dunkel. Ich hab ihn auch nur ganz kurz gesehen, als er rauslief.« Trotz all der Aufregung musste sie jetzt schmunzeln. »Wenn ich seinen Schatten beschreiben müsste, würde ich sagen: Er hatte so ungefähr deine Statur.«

Kuno grunzte in sich hinein. »Ich war es nicht. Es sei denn, ich bin neuerdings Schlafwandler.«

»Wie war er angezogen? Hast du seine Kleidung erkennen können?«, fragte Arne.

Eske schüttelte den Kopf. »Keine Chance.«

Tela ereiferte sich. »Wie sollte sie denn auch? Sie kann froh sein, dass sie mit dem Leben davongekommen ist.«

Kuno setzte sich zu Tela und Eske. »Was kann er bei dir gesucht haben?«

Eske knetete ihre Hände und stierte ins Leere. »Wenn ich das wüsste. Ich besitze doch nichts. Keinen Schmuck, keine Kunst, keine Wertgegenstände. Nur ein paar alte Möbel und abgetragene Kleidung.«

Tela fühlte sich veranlasst, Protest einzulegen. »Du weißt nicht, was in Ninas Seekiste liegt. Da ist schon ein bisschen was drin, auch wenn es kein Vermögen ist.«

Arne lehnte sich gegen ein Sideboard und verschränkte die Arme. »Was denn zum Beispiel?«

»Familienschmuck. Nina hat nicht viel Schmuck getragen, aber das eine oder andere wertvolle Stück besaß sie schon.«

Arne tippte sich an die Stirn. »Euer toller Inselreporter hat jetzt auch noch in der Öffentlichkeit kundgetan, dass die Seekiste bei dir zu finden ist. Ob der Einbrecher es darauf abgesehen hatte?«

»Das wird's sein«, sagte Kuno. »Wo steht die Truhe überhaupt?«

»In einem winzigen Raum neben meinem Schlafzimmer.«

Kuno blickte die zwei Frauen abwechselnd an. »Ich fürchte, diese Nacht ist für euch gelaufen. Trotzdem solltet ihr versuchen, noch ein bisschen zu schlafen. Mein Vorschlag wäre: Du, Eske, bleibst über Nacht bei Tela. Tela, ist das machbar?«

Tela nickte. »Natürlich, sie kann im Gästezimmer schlafen.«

»Gut.« Er wandte sich wieder Eske zu. »Die aufgebrochene Tür verbarrikadieren wir vorerst notdürftig. Morgen früh kommen die Kollegen von der Spurensicherung zu dir. Arne und ich begleiten dich gleich rüber, damit du dein Bettzeug rausholen kannst. Und dann bringen wir die Kiste mit dem Nachlass vorübergehend in mein Haus.«

»Gute Idee«, sagte Arne. »Da ist sie absolut sicher.«

»Morgen nehmen wir sie mit auf die Polizeiwache und dann würden wir uns, dein Einverständnis vorausgesetzt, Eske, gerne mal den Inhalt ansehen. Darum hatten wir dich ohnehin morgen bitten wollen.«

»Warum?«, fragte Tela.

»Wir hoffen, Hinweise auf die Umstände zu finden, die zu Ninas Tod geführt haben.« Kuno wartete auf eine Reaktion von Eske oder Tela. Als die nicht kam, sprach er weiter. »Tut mir leid, so förmlich werden zu müssen: Wenn ihr uns nicht die Erlaubnis erteilt, uns den Inhalt der Seekiste anzusehen, müssten wir uns um einen richterlichen Beschluss bemühen. Aber ich denke, es liegt ganz in eurem Sinn, wenn wir ...«

Tela unterbrach ihn. »Natürlich erlauben wir euch, den Nachlass anzusehen.«

»Danke, Tela. Dann woll'n wir mal.«

***

Zu zweit trugen Kuno und Arne die Seekiste mitten in der Nacht durchs Dorf. Jeder hielt sie an einem der Henkel aus Messing, die an den Seiten angebracht waren.

In Höhe des Friedhofs setzten sie die Kiste ab, um die Seiten zu wechseln. Arne japste. »Hätten wir nicht doch lieber den Wagen holen sollen?«

»So viel Umweltverschmutzung für die paar Hundert Meter. Und dann das Motorengeräusch, das wäre noch deutlich lauter gewesen als dein Ächzen. Wir sind ja gleich da.«

Vorsichtig, um keine unnötig lauten Geräusche zu verursachen, drehte Kuno den Schlüssel im Schloss herum und öffnete die Tür. Im Haus war es ruhig und es brannte kein Licht. Okko schien durch den Anruf, den Kuno von der Einsatzzentrale erhalten hatte, nicht geweckt worden zu sein oder aber er war längst schon wieder eingeschlafen.

»Einfach nur reinschieben?«, fragte Arne hoffnungsvoll und zeigte auf den Flur.

»Nee, die bringen wir auf den Dachboden. Okko wird sowieso alle halbe Stunde wach, um sich das nächste Bier zu holen oder das vorherige dem Weg alles

Irdischen zuzuführen. Dann kann er auch auf die Kiste aufpassen.«

Arne fügte sich in sein Schicksal.

Kuno ging voran. Oben angekommen, klopfte er leise an die Tür. Okko antwortete nicht. Kuno trat ein und sah sich um. »Immer noch nichts entrümpelt. Der Faulpelz hat tatsächlich alles nur in eine Ecke geschoben.«

Arne atmete erleichtert auf, als er die Kiste endlich abstellen konnte. »Unter all dem Krempel fällt das gute Stück nicht weiter auf.«

»Okko?« Kuno lief durch den Raum und suchte seinen Bruder.

Arne guckte ebenfalls nach ihm. »Ausgeflogen?«

Kuno trat an Okkos Bett. Die Decke war zurückgeschlagen. Er legte eine Hand auf die Matratze. »Kalt.«

»Wo mag er denn sein? In der ›Blauen Maus‹ vielleicht, noch einen Whisky schlürfen?«

»Das sähe ihm ähnlich.« Kuno drehte sich verärgert der Treppe zu. »Sein Bier. Komm, wir gehen jetzt schlafen. Die Kiste kommt auch ohne Okko als Bewacher aus. An meinem Schlafzimmer kommt keiner lebend vorbei, der nicht die Lizenz dafür hat.«

Arne grunzte. »Wo du schläfst, traut sich erst gar kein Einbrecher rein. Du schnarchst so laut, dass sogar das Bett in meinem Zimmer drüben bei Anneke bebt. Wer das hört, denkt, in diesem Haus schläft ein Grizzlybär.«

Kuno stemmte die Hände in die Hüften. »Darüber musst du dich gerade lustig machen. Dein Jaulen am Morgen, wenn der Wecker klingelt, macht sogar die Pferde da hinten auf den Wattwiesen scheu.«

»Deshalb ergänzen wir uns ja so gut.«

17

Am nächsten Morgen lag Okko in seinem Gästebett auf dem Dachboden und schlummerte selig. Kuno und Arne gaben sich keine sonderliche Mühe, leise zu sein, als sie die Seekiste herunterholten. Doch Okko drehte sich nur auf die andere Seite, ohne ein Auge zu öffnen, gab ein paar unwillige Grunzlaute von sich und schlief weiter.

Arne bestand darauf, die Truhe mit Kunos Auto zur Polizeiwache zu transportieren.

Kuno ließ sich widerspruchslos darauf ein. Er hatte die Kiste gestern Abend das längste Stück mit der linken Hand getragen. Heute spürte er ein schmerzhaftes Ziehen in den Muskeln der linken Körperhälfte, das er Arne gegenüber jedoch nicht eingestehen wollte. Mit zusammengebissenen Zähnen öffnete er den Kofferraum und hob die Kiste hinein.

Einer der uniformierten Kollegen empfing ihn mit der Nachricht, dass die Unterlagen zum Fall Nina Asmus aus dem Archiv des Landeskriminalamtes in Kiel soeben eingetroffen seien. Ein Kurier hatte sie mit der ersten Fähre nach Amrum gebracht.

Sie stellten Ninas Nachlass neben Kunos Schreibtisch ab, auf dem die Sendung aus Kiel lag. Arne deutete mit der einen Hand auf die Kiste, mit der anderen auf den Karton. »Was zuerst?«

»Lass uns erst die Unterlagen angucken.« Kuno öffnete das Paket und zog einen Aktendeckel daraus hervor.

»Kein Tee?«, fragte Arne.

»Kannst du den zubereiten? Das schaffst du doch

inzwischen, ohne das Teewasser anbrennen zu lassen.« Kuno schlug die Unterlagen auf und überflog den Bericht, um sich zunächst einen Überblick zu verschaffen.

Kriminalhauptkommissar Hannes Binnemann, sein Vorgänger, der im Jahr 1997 die Ermittlungen geführt hatte, ließ sich detailliert darüber aus, um welche Uhrzeit an dem fraglichen Tag er von dem Fund der gänzlich unbekleideten Leiche am Strand erfahren hatte. Obwohl die Tote einige Stunden im Wasser gelegen hatte, war sie leicht zu identifizieren gewesen. Bedauerlicherweise hatte man Tela Asmus die Konfrontation mit ihrer verstorbenen Tochter nicht ersparen können. Tela war von Eske, der besten Freundin ihrer Tochter, in dieser schwierigen Situation begleitet worden.

Gefunden hatte die Leiche ein gewisser Frederik Christians, ein junger Mann, der zum erweiterten Freundeskreis der Toten gehörte. Beim morgendlichen Joggen hatte er den leblosen Körper am Strand von Süddorf entdeckt, ziemlich genau an einem Punkt, der auf einer Linie mit dem dortigen Strandübergang lag. Umgehend nach dem Fund der Leiche war er zu einem der Strandkorbvermieter gelaufen, der über sein Funkgerät die Polizei verständigt hatte.

Binnemann beschrieb, wie er selbst die Leiche am Strand vorgefunden hatte. Ums Leben gekommen war die Frau im Meer, vermutlich in Höhe des Strandübergangs von Nebel. Aufgrund der Windverhältnisse – seit Tagen ging ein Südostwind – und der zu dem Zeitpunkt ungewöhnlich schwachen Meeresströmung war die Leiche nicht weiter nach Süden oder Südwesten abgetrieben worden, wie es bei Ertrunkenen sonst oft der Fall war. Voraufgegangen war dem Tod der jungen Frau ein

Partyabend mit einem leichtsinnigen, unbedachten Bad im Meer um Mitternacht bei ablaufendem Wasser.

Kuno blickte auf. Aha, Hannes Binnemann war also von vornherein davon ausgegangen, dass Nina Asmus während des Bades ums Leben gekommen war. Sein Kollege hatte seine Schlüsse gezogen, bevor er den Bericht des Gerichtsmediziners in der Hand gehalten hatte. Hätte er selbst damals ermittelt, dann hätte er doch erst einmal den Obduktionsbericht abgewartet. Es hätte ja auch sein können, dass sich kein Wasser in den Organen der Toten befunden hatte. Das hätte bedeutet, dass Nina gar nicht ertrunken, sondern an anderer Stelle umgekommen und ihre Leiche anschließend ins Meer befördert worden wäre.

Arne stellte Kuno einen Teebecher hin. Der Hauptkommissar bedankte sich und blätterte weiter.

»So spannend?«, fragte Arne.

»Wie 'n Krimi. Kannst auch gleich mal reingucken.« Kuno las weiter. Es folgten die Aussagen der Freunde von Nina. Binnemann hatte ihnen ungefähr die gleichen Fragen gestellt, wie Arne und er es jetzt getan hatten, und es verwunderte ihn nicht, dass sein Vorgänger die gleichen nichtssagenden, ausweichenden Antworten erhalten hatte. Tröstlich für ihn selbst war, dass die Leute, die damals an der Party teilgenommen hatten, im Juli 1997 bereits die gleichen Gedächtnislücken aufwiesen wie heute. Arne und er waren also nicht zu spät zu den Ermittlungen gestoßen, sondern sie rannten vor die gleiche Mauer wie Binnemann vor zwanzig Jahren.

Kuno blätterte weiter. Auf der Folgeseite begann der Obduktionsbericht, verfasst von Doktor Maximilian Beth. An den Namen des Mannes konnte er sich noch

schwach erinnern. Er hatte ihn jedoch nie kennengelernt. Beth war gebürtig von Föhr und in der Zeit, in der
er als Gerichtsmediziner tätig war, gehörte Kuno noch
nicht der Kripo Wattenmeer an.

Beth stellte fest, dass Nina Asmus ertrunken war.
Lunge, Magen und weitere innere Organe waren voller
Seewasser. Das Blut der Toten wies einen beträchtlichen
Alkoholspiegel auf. Eins Komma fünf Promille, ganz
schön heftig für eine junge Frau, zumal es damals noch
nicht die Alkoholexzesse gab, die man heute kannte.

An Brust und Bauch stellte Doktor Beth mehrere
blaue Flecken fest. Er führte sie auf die harmlosen Ran-
geleien zurück, die die jungen Leute sich laut Aussagen
einiger Partygäste in ihrem Übermut im Wasser geliefert
hatten. Hm, auch 'ne Erklärung. Binnemann hatte sie
offensichtlich ohne jegliches Nachhaken übernommen.
Das hätte er, Kuno, anders gemacht. Für ihn waren
blaue Flecken nicht die Begleiterscheinung einer fröhli-
chen Balgerei, sondern ein untrügliches Zeichen der
Folge ungewollter Gewaltanwendung.

Dann hier: Eine frische Verletzung am linken Handgelenk. Kleine Druckstellen und feine Hautabschürfun-
gen, für die Beth keine Erklärung liefern konnte. Möglicherweise war die Ursache auf ein Band oder eine Kette
zurückzuführen, das oder die um das Handgelenk gebunden gewesen und bei der Balgerei verloren gegangen
war.

Fazit des Gerichtsmediziners Doktor Beth: An der
Leiche der Nina Asmus wurden keine Anzeichen gefunden, die auf eine Gewalteinwirkung hindeuteten. Todes-
ursache war Ertrinken, vermutlich aufgrund eines Kont-
rollverlustes nach übermäßigem Alkoholkonsum.

Kuno verstand, dass dieser Bericht Tela und ihren Anwalt nicht hatte überzeugen können.

»So nachdenklich?«, fragte Arne.

Kuno schob ihm die Akte zu. »Guck selbst. Da werden sich auch dir die Nackenhaare sträuben. Ich würde sagen, da hat jemand sämtliche Augen zugedrückt, um bloß keinen Verdacht aufkommen zu lassen, dass es jemanden gibt, der den Tod der Nina Asmus herbeigeführt hat.«

Arne begann, den Bericht zu lesen.

Kuno nutzte die Zeit, um Tela anzurufen. »Moin Tela, Kuno hier. Die Ermittlungsakten sind heute aus Kiel gekommen. Ich habe sie mir gerade durchgelesen. Sag mal, dieser Doktor Beth, der soll irgendwie mit jemandem aus der Clique verbandelt gewesen sein, hat es damals geheißen. Friedrich Fliegenfischer hat das Gerücht ja kürzlich noch mal aufgewärmt. Hast du gesicherte Informationen darüber?«

Telas Atem ging schwer. Kuno machte sich gleich wieder Sorgen. Vielleicht war es nicht gut gewesen, Ninas Mutter auf den Ermittlungsbericht anzusprechen.

»Doktor Beth war der Halbbruder von Frederiks Mutter. Er stammte aus der ersten Ehe des Großvaters mütterlicherseits. Beths Mutter war bei einem Bootsunfall ums Leben gekommen, als er selbst fünfzehn Jahre alt war.«

»Wo finde ich den Mann heute?«

»Maximilian Beth lebt nicht mehr. Er ist nach der Pensionierung nach Spanien ausgewandert und da unten relativ bald verstorben.«

»Kein Wunder«, platzte es aus Kuno heraus. »Welches echte Nordlicht könnte in südlichen Gefilden lange überleben?«

Tela ging auf seine ironische Bemerkung nicht ein. »Für Eske und mich war das Ergebnis seines Obduktionsberichts ganz eindeutig der Versuch, denjenigen, der Ninas Tod zu verantworten hat, zu schützen. Und wenn du es genau wissen willst: Ich glaube, es war sein eigener Neffe.«

»Hast du handfeste Belege für deine Vermutung?«

Der Seufzer, der Tela entwich, tat Kuno in der Seele weh. Aber er musste nachbohren, wenn sich endlich eine erste konkrete Spur abzeichnete. Es lag schließlich auch im Interesse von Ninas Mutter.

Telas Stimme klang schwach und leidend. »Es ist nur ein Bauchgefühl. Nina mochte den Frederik so sehr, aber er ... Ich weiß es nicht. Guckt im Nachlass nach, vielleicht findet ihr etwas in ihren Tagebüchern.«

»Machen wir gleich.« Kuno gab Arne ein Zeichen, die Seekiste zu öffnen.

Arne zog die Truhe weiter in den Raum, sodass sie mehr Platz hatten, den Deckel aufzuklappen und nach hinten zu kippen.

»Eine Frage noch«, sprach Kuno in den Telefonhörer. »Im Obduktionsbericht steht etwas von einer frischen Verletzung am Handgelenk, die möglicherweise von einer Kette stammen könnte oder von einem Band, einem Armband, vermute ich. Kannst du dir das erklären?«

Tela schluchzte kurz auf, fasste sich dann aber wieder. »Nina hat an dem Abend ein Armband getragen, ein goldenes mit kleinen Edelsteinen. Es war ein Erbstück ihrer Großmutter. Sie hat es sehr geliebt. Ich habe es nicht zurückbekommen. Als man mir ihre Kleider gebracht hat, die am Strand gefunden worden waren, war es nicht mit dabei.« Ihre Stimme versagte.

»Danke, Tela. Und entschuldige bitte. Du weißt ...«

»Ich weiß.« Tela legte auf.

Arne kniete mittlerweile vor der geöffneten Seekiste. Kuno hockte sich neben ihn. »Da haben wir den Rest des Tages gut zu tun.«

Kuno fühlte sich ausgesprochen unwohl, als er, mit beiden Armen bis zu den Ellenbogen in der Kiste versunken, vorsichtig in Ninas Nachlass herumwühlte. Arnes skeptischem Blick nach zu urteilen, ging es ihm genauso.

Nina hatte Tagebücher geführt und Briefe gesammelt, die sie nun Stück für Stück hervorholten und auf die Schreibtische stapelten, bis in der Truhe nur noch Erinnerungsstücke übrig waren, die für die kriminalpolizeilichen Untersuchungen kaum von Wert sein durften: kleine handgeschnitzte Holzfiguren, Püppchen, Glasmurmeln mit seltener Maserung, Steine und Muscheln.

Unter all diesen Dingen fand Arne ein Kästchen aus Holz. Er hielt es fragend in die Höhe, damit Kuno es sich anguckte.

Kuno nahm es ihm aus der Hand und öffnete es behutsam.

Arne stemmte die Hände in die Hüften. »Das Armband.«

»Nicht *das* Armband, *ein* Armband«, entgegnete Kuno und hob schulmeisterlich den Zeigefinger.

Er rief Tela erneut an. »Entschuldige bitte, dass ich noch einmal störe. Wir haben ein Armband gefunden, eins aus goldenen Gliedern. Ungefähr alle zwei Zentimeter ist ein kleiner Rubin eingearbeitet, ebenfalls in

Gold eingefasst.«

»Der Verschluss besteht aus zwei winzigen Händen, die ineinandergreifen«, sagte Tela. »Und es gibt einen Sicherheitsverschluss in Form eines kleinen Riegels.«

»Genau. Das kann aber ja nicht das Armband sein, das Ninas zuletzt getragen hat.«

»Nein. Ich vermisse den Zwilling dazu.«

»Den Zwilling?«

Arne blickte auf, als Kuno diese Frage stellte, und guckte genauso erstaunt wie er.

Kuno schaltete den Lautsprecher des Telefons ein, damit Arne mithören konnte, was Tela sagte: »Ursprünglich waren das zwei Armbänder gleicher Machart, das eine mit Rubinen, das andere mit Smaragden. Mein Vater hat sie zur Silberhochzeit von einem Goldschmied anfertigen lassen. Es sind Unikate. Beide haben diesen Verschluss aus Händen, die ineinander verhakt werden, und den Sicherheitsverschluss an der Seite. Meine Mutter hat Nina die Armbänder vermacht.«

»Du vermisst also das mit den Smaragden.« Während Kuno telefonierte, stand er vor seinem Schreibtisch und sortierte den Stapel mit Ninas Unterlagen. Die Tagebücher legte er auf die eine Seite des Schreibtischs, Briefe und andere Aufzeichnungen auf die andere. Arne folgte seinem Beispiel.

»Richtig. Es ist nie wieder aufgetaucht. Ich stell mir immer vor, es liegt auf dem Meeresgrund, an der Stelle, an der Nina gestorben ist.«

Kuno bedankte sich bei Tela, beendete das Gespräch und verfiel ins Grübeln. Telas Vermutung zum Verbleib des vermissten Schmuckstücks mochte er sich nicht anschließen.

Arne blickte ihn an. »Was denkst du gerade?«

Kuno lachte. »Sind wir schon so ein altes Ehepaar, dass du mir diese Frage stellen musst?«

Arne lachte. »Komm, lass uns den Wust an Papier durchgucken. Der Berg wird nicht kleiner, wenn wir ihn vor uns her schieben.«

»Und heute Abend lade ich dich zum Essen bei mir zu Hause ein. Ich koche was Leckeres und dann erzählt jeder dem anderen, was er herausgefunden hat.«

***

Okko wirbelte in der Küche herum, als Kuno und Arne aufkreuzten.

Kuno stellte sich hinter seinen Bruder, der an der Spüle stand und Obst wusch. Er guckte ihm über die Schulter. »Dich gibt es also doch noch.«

Okkos Wangen verfärbten sich leicht. »Wieso nicht?«

»Letzte Nacht haben wir dich vermisst und heute Morgen, als wir was vom Dachboden geholt haben, hast du da gelegen und gesägt wie ein ganzer Trupp Forstarbeiter. Warst wohl stockbesoffen. Wo hast du dich denn vollllaufen lassen?«

»Och, weiß nicht mehr. Irgendwo da draußen.« Okko zeigte mit der Hand in eine Himmelsrichtung, wohl ohne sich im Klaren darüber zu sein, welche er eigentlich meinte.

Kuno gab es auf. Genaueres würde er aus seinem Bruder nicht herausbekommen. Okko räumte bald freiwillig das Feld, sodass Kuno mit seinen Vorbereitungen für das Abendessen beginnen konnte.

Arne stellte sich mit dem Gesichtsausdruck desjenigen in den Türrahmen, der darauf hoffte, dass sein Gegenüber dankend ablehnte. »Kann ich dir helfen?«

»Setz dich nur hin, ich mach das schon alleine. Dann weiß ich wenigstens, dass man es auch essen kann.« Kuno zwinkerte Arne zu, der sichtlich erleichtert aufatmete. Kuno wusste doch, dass sein Kollege lieber aß als kochte. »Nu erzähl mal, hast du was Neues aus den Unterlagen erfahren?«

Arne setzte sich an den kleinen Küchentisch, legte ein Bein über das andere und wippte aufgeregt mit dem Fuß. »Frederik hatte tatsächlich eine Beziehung mit Nina, und zwar zu einem Zeitpunkt, als er eigentlich mit Gisa zusammen war. Es gab wohl eine ziemlich große Konkurrenz zwischen den Frauen.«

»Frederik war schon immer ein attraktives Bürschchen. Kann mir gut vorstellen, dass viele Mädels ihn umschwirrt haben.« Kuno hielt das Sieb mit den Krabben unter fließendes Wasser.

»Sein Kumpel Gunnar war aber auch hinter Nina her. Er hat genau einmal mit ihr geschlafen. Sie beschreibt das pikanterweise ziemlich ausführlich in ihrem Tagebuch. Nach diesem einen Mal wollte sie ihn plötzlich nicht mehr. Sie hat es wohl nur als Spiel betrachtet. Ein One-Night-Stand, abgehakt und weggeworfen.«

»Oh, oh.« Kuno wedelte mit einer Hand durch die Luft. »Ein zurückgewiesener, enttäuschter und eifersüchtiger junger Mann. Auch ein klassisches Motiv.«

Arne stand auf und guckte in die Pfanne, in der Kuno eine gewürfelte Zwiebel in Öl dünstete.

Kuno schüttelte das Sieb mit den Krabben, damit die letzten Wassertropfen abliefen, und ließ die Meeresfrüchte zu den Zwiebeln in die Pfanne gleiten. Auf einer anderen Herdplatte kam das Wasser im Topf zum Kochen und er gab die Nudeln hinein. »Wir haben

Ninas Aufzeichnungen wirklich gut verteilt. Du hast den Stapel mit den Informationen über die Männer gezogen und ich den mit den Ausführungen über die Frauen.«

»Typisch. Und was hast du erfahren?«

»Gisa dürfte mit hoher Sicherheit mitbekommen haben, dass Frederik was mit Nina hatte. Sie muss sich ziemlich zickig ihr gegenüber verhalten haben. Das macht man nicht ohne Grund.«

Arne horchte auf. »Also könnte sie es doch gewesen sein? Hat sie die Gedenkfeier veranstaltet, weil sie ein schlechtes Gewissen hat?«

Kuno schüttelte den Kopf. »Wir können ihr nichts beweisen.«

Arne drehte sich frustriert ab und seufzte. »Welche unserer Schlussfolgerungen können wir im Fall Nina Asmus schon beweisen?«

»Nun resignier mal nicht gleich. Ich hab noch ganz was Interessantes gefunden.«

»Was denn?« Arne beobachtete interessiert, wie Kuno das Gemisch aus Zwiebeln und Krabben mit Salz, Pfeffer und einigen weiteren Zutaten würzte.

»Nina erwähnt in manchen ihrer Aufzeichnungen eine ›Kröte‹. Es handelt sich um eine Frau aus der Clique, die offenbar eine ähnliche Statur hat wie sie und ähnliche Haare, aber ...« Kuno machte eine Geste des Bedauerns. »Wie das Leben so spielt, das Mädchen war hässlich. Zumindest Ninas Meinung nach.«

»Klar, eine Frau wird eine Konkurrentin nicht als hübsch bezeichnen.«

»Die ›Kröte‹ hat Ninas Bekleidungsstil imitiert, ihre Frisur nachgemacht und – sie hat versucht, die Männer, die Nina haben wollte, für sich zu gewinnen.«

Arne verdrehte die Augen. »In der Clique muss ja wirklich eitel Sonnenschein geherrscht haben.«

»Das kannst du wohl laut sagen. Nina betont immer wieder, die ›Kröte‹ hätte ihr mit allen Tricks die Männer abspenstig machen wollen, aber sie hätte es nicht geschafft.«

»Hast du eine Ahnung, wer sich hinter der ›Kröte‹ verbirgt?«

Kuno hob den Kochlöffel in die Höhe wie ein Dirigent seinen Stab. »An einer Stelle nennt sie ihre Kontrahentin beim Namen.« Er machte eine Kunstpause.

Arne ahmte mit den Fingerknöcheln einen Trommelwirbel auf dem Holz des Türrahmens nach. »Und der lautet ...?«

»Mareike.«

18

Sie standen im Wasser und riefen ihn.

»Frederik, komm!«

Er bibberte, als er die Kleidung ablegte. In der Strandhalle war ihm so heiß gewesen und der Alkohol hatte ihn übermütig gemacht. Aber jetzt, hier unten am Flutsaum ... Noch bevor er ins Meer stieg, bereute er, die Partygäste zum nächtlichen Bad aufgerufen zu haben. Doch es gab kein Zurück mehr. Er wollte sich nicht zum Gespött der anderen machen. Die meisten aus der Clique standen schon bis zu den Schultern im Wasser.

Nina und Mareike stürzten sich in die See und schwammen davon. Immer wieder diese beiden. Wenn die eine versuchte, besonders mutig zu sein, zog die andere sofort nach.

»Schwimmt nicht so weit raus!«, rief er ihnen zu, doch sie hörten ihn wohl nicht.

Im schwachen Schein des Mondes konnte er ihre Köpfe kaum noch erkennen. Aber ihre Stimmen vernahm er. Die Frauen kreischten, sie schrien sich an. Einen Moment lang war es ruhig, dann keuchten sie und spuckten Wasser aus.

Er hörte Gunnar rufen, verstand aber seine Worte nicht.

Das Geschrei von Nina und Mareike wurde lauter, verärgerter, verzweifelter. Was war da draußen los?

Er schwamm schneller, aber er kam kaum voran. Er keuchte, schluckte Wasser und hustete es aus. Der Geschmack von Meersalz breitete sich in Mund und Nase aus.

Die Schreie der beiden Frauen wurden schriller. Wo waren die anderen, wo war Gunnar? Sie mussten dazwischengehen, sonst würde noch ein Unglück geschehen.

Wolken schoben sich vor den Mond.

Er versuchte, sich im Wasser aufzurichten, trat auf der Stelle und blickte sich um. Verdammt, er hatte die Orientierung verlo-

ren. *Wo war der Strand, wo das offene Meer? Wo waren die anderen aus der Clique? Waren sie an Land zurückgeschwommen?*

Ein Anflug von Panik stieg in ihm hoch. Er bewegte sich ein Stück weiter.

Da! Nina schrie! Sie brüllte Mareike an. Die keifte zurück.

Er wurde wütend. Immer wieder Mareike! Sie klebte und klammerte. Es wurde Zeit, ihr zu zeigen, wo die Grenze war.

Wieder richtete er sich auf. Da spürte er Boden unter den Füßen. Die große Sandbank!

Erneut die Schreie von Nina und Mareike.

Die Wolken zogen weiter. Das fahle Licht des Mondes fiel auf die See.

Er war näher bei den Frauen, als er vermutet hatte. Schemenhaft konnte er sie erkennen. Sie standen bis zur Taille im Wasser, hatten sich ineinander verkeilt. Die eine versuchte, die andere unterzutauchen.

Gunnar winkte ihm zu. Er war ein Stück weiter nördlich von ihm geschwommen und peilte die Sandbank ebenfalls an. Auch er hatte nun Boden unter den Füßen. Von zwei Seiten wateten Gunnar und er durch das hüfthohe Wasser auf die Frauen zu.

Wieder ein Schrei. Auf einmal Stille. Die Frauen waren im Wasser verschwunden.

Ihm stockte der Atem. Gunnar forderte ihn mit einem Wink auf, sich zu beeilen. Beide kraulten sie auf die Stelle zu, an der sie Nina und Mareike gerade noch gesehen hatten.

Mareike tauchte wieder auf, kurz darauf Nina. Nina prustete und keuchte.

Mareike legte beide Hände auf Ninas Kopf und zog sie hinab. Wenn sie nicht sofort einschritten, würde sie Nina umbringen.

Er legte zu, Gunnar ebenfalls. Dann waren sie da, wo das Wasser aufgewühlt war und große Luftblasen emporstiegen.

Die Frauen tauchten wieder auf.

Gunnar hielt Mareike zurück. Er selbst eilte Nina zu Hilfe.
Sie war atemlos und prustete Wasser aus. Er musste sie retten, er
musste ihr helfen, an Land zu kommen.

Er griff sie mit einem Arm und zog sie mit sich fort, mit dem
anderen ruderte er durchs Wasser und mit den Beinen strampelte
er sich voran, als wäre sein eigenes Leben in Gefahr.

»Frederik? Frederik! Wach auf, du träumst!«

Frederik riss die Augen auf. Sein Atem ging schwer,
sein Körper war schweißgebadet. Erschöpft setzte er
sich auf und stützte sich auf die Ellenbogen.

Die Schatten der Nacht, in der Nina starb – er wurde
sie nicht los. Sie würden ihn sein Leben lang verfolgen.
Es sei denn ...

Gisa saß aufrecht neben ihm im Bett. »Schon wieder
dieser Traum?«

Er nickte und griff nach dem Glas Wasser, das auf
seinem Nachttisch stand. Gierig trank er und spülte den
Geschmack von Salzwasser hinunter, der in seiner
Kehle lag.

Mitleidig sah Gisa ihn an. »Was ist das, wovon du
immer wieder träumst? Du musst doch mal eine Erinnerung daran haben.«

Frederik leckte sich über die Lippen und stellte das
Glas wieder zurück. »Nichts. Sobald ich aufwache, ist
alles weg.« Er fiel auf die Matratze zurück und hielt sich
die Hände vors Gesicht.

Gisa beugte sich über ihn. »Willst du nicht doch mal
mit einem Psychologen ...«

»Hör mir damit auf!« Frederik nahm die Hände vom
Gesicht. Er hielt die Augen geschlossen. »Wie spät ist es

jetzt?«

»Bald vier Uhr.«

»Lass uns noch ein bisschen schlafen.«

Gisa knipste die Nachttischlampe aus.

19

Die ›Uthlande‹ lag im Hafen von Wittdün im Morgenschlaf. Mit Arne auf dem Beifahrersitz fuhr Kuno um sechs Uhr fünfundvierzig auf den Platz am Anleger, von dem aus die Autos auf die Fähren gelotst wurden.

Er ließ die Fensterscheibe herab. Mit einem verschlafenen »Moin« zeigte er dem Hafenmitarbeiter sein Ticket, das er über die Website der Reederei bezogen hatte.

Der Mann winkte ihn durch. »Spur vier.«

Kuno steuerte die Reihe an, in der sich die Wagen sammelten, deren Ziel Föhr war. Vor ihnen standen erst drei Autos.

Arne gähnte. »Eine frühere Fähre hättest du nicht buchen können?«

»Doch, die um sechs.« Kuno tätschelte seinem Kollegen väterlich die Hand. »Während der Überfahrt kannst du noch 'ne Runde schlafen. Kannst ja im Wagen sitzen bleiben.«

»Und was machst du solange?«

»Ich genehmige mir ein Rührei mit frischen Krabben.«

Arne legte eine Hand auf den Magen. »Ich denke, das kann der hier auch gebrauchen. Der mischt sich sonst zu geräuschvoll ein, wenn wir nachher die Gespräche führen.«

Kuno verzog das Gesicht. »Bei Mareike mag das ja noch angehen, bei Svenja im Krankenhaus wäre das weniger angebracht.«

»Was meinst du: Ist es ein gutes oder ein schlechtes Zeichen, dass Mareike so kurzfristig bereit war, mit uns zu reden?«

Kuno rief sich Mareikes Stimme bei dem Telefonat in Erinnerung, das er mit ihr geführt hatte, nachdem er sich die Krabbennudeln à la Kuno mit Arne geteilt hatte. Sie hatte sich nicht überrascht gezeigt, dass er sie noch einmal sprechen wollte. Er zuckte mit den Achseln. »Wie man's nimmt. Es kann bedeuten, dass sie ein völlig reines Gewissen hat. Andererseits kann es sein, dass sie es einfach nur schnell hinter sich bringen möchte. Wenn sie etwas zu verbergen hätte, würde ihre Nervosität steigen, je länger sie auf das Gespräch mit uns warten müsste.«

»Aber sie hätte dann mehr Zeit, zu fliehen.«

Kuno lachte. »Hältst du sie für so verdächtig, dass du sie schon hinter Gittern siehst?«

Die Fährbrücke wurde freigegeben und die ersten Wagen rollten auf das Schiff. Kuno folgte ihnen.

Der Mitarbeiter der Reederei, der jedem Fahrer seinen Platz auf dem Autodeck anwies, war ein alter Bekannter von Kuno. Der Mann lächelte ihm zu und winkte ihn auf die zweite Spur von rechts. Er kannte die Vorliebe des Kommissars für den vordersten Platz in einer der beiden mittleren Spuren. Der Wagen, der dort stand, verließ die Fähre am Zielhafen als Erster.

Kuno öffnete die Fahrertür. »Jetzt nix wie rauf ins Restaurant und ran an die Krabben.« Er stieg die steilen Treppen hinauf auf das Deck, in dem der Salon lag.

Oben angekommen, überholte Arne ihn und suchte nach einem Tisch in bester Lage.

»Steuerbord«, rief Kuno ihm zu.

Arne drehte sich um. »Wie?«

»Rechte Seite, vom Heck zum Bug aus gesehen.« Kuno dirigierte seinen Kollegen zu dem aus seiner Sicht schönsten Tisch. Er bevorzugte die Seite, die während der Fahrt den Halligen zugewandt war.

Arne bestand darauf, dass während der Fahrt kein Dienstgespräch geführt werden dürfe. »Unser Dienst beginnt normalerweise nie vor acht Uhr morgens und um die Zeit kommen wir heute gerade in Wyk an. Also ist auf der Fähre noch Freizeit.«

Kuno runzelte die Stirn. »Das ist aber jetzt typisch Beamtendenke.«

Es hielt ihn nicht lange im Restaurant. Als Arne und er den letzten Bissen ihres Frühstücks verdrückt hatten, schlug er vor, sich auf das Sonnendeck zu begeben.

Während die Fähre an Langeneß vorbeifuhr, versanken beide Ermittler in Träumereien. Ihr Blick klebte an der Hallig, deren Warften aussahen wie kleine Hügel, die ins Meer geworfen und bebaut worden waren. Morgendlicher Dunst lag über der See und verdeckte das flache Land, das die Warften miteinander verband.

»Sag mal, träum ich?«, sagte Arne versonnen. »Diese Wesen da hinten, sind das nicht echte Nixen?« Er deutete zu den Sandbänken hinüber, die bei dem Niedrigwasser, das jetzt herrschte, trockengefallen waren und auf denen sich Seehunde in der Sonne aalten.

»Gut erkannt«, sagte Kuno. »Du darfst nur nicht zu lange hingucken. Sonst verhexen sie dich und holen dich von der Fähre runter. Wen sie einmal in ihren Fängen haben, den lassen sie nie wieder los.«

Plötzlich wurde die Idylle durch das markdurchdringende Geknatter eines Hubschraubers gestört, der von Föhr in Richtung Amrum gestartet war. Es dauerte eine

Viertelstunde, und der Helikopter flog wieder zurück. Wie Kuno bereits geahnt hatte, nahm er Kurs auf die Klinik in Wyk. Er zog den Kopf zwischen die Schultern. Wen mochte es nun wieder erwischt haben?

Das Dröhnen des Hubschraubers war nur noch schwach zu hören, da klingelte Kunos Handy. Eske meldete sich. An ihrer Stimme erkannte er sofort, dass etwas Schlimmes geschehen war.

»Tela hat einen Herzinfarkt erlitten. Zum Glück war ich in dem Moment bei ihr. Wir wollten zusammen frühstücken und noch während sie den Kaffee kochte, ist sie in der Küche zusammengebrochen.«

Eske schluchzte und Kuno spürte, wie ihm das Blut in die Füße sank. Ein leichter Schwindel überkam ihn. Er hatte doch den Fall klären wollen, bevor Tela …

»Das tut mir furchtbar leid.« Im selben Moment, in dem er sprach, wusste er, dass er niemals zum Ausdruck würde bringen können, wie leid es ihm tatsächlich tat. »Arne und ich sind gerade auf der Fähre nach Wyk. Tela wird in die Klinik nach Föhr gebracht, stimmt's?«

Eske schnäuzte sich die Nase. »Das war ja wohl nicht zu überhören.« Porzellan klapperte und irgendwas zerbrach auf dem Fliesenboden. Eske fluchte leise.

Kuno hätte gerne gefragt, was der Notarzt über Telas Zustand gesagt hatte. Er unterdrückte die Frage; sie gehörte sich nicht, er war kein Angehöriger, kein enger Freund. Und wie sollte der Arzt auch so schnell eine verlässliche Prognose gestellt haben? Da würden intensive Untersuchungen nötig sein. Der Hauptkommissar fühlte sich hilflos wie selten. »Wir sind sowieso nachher in der Klinik. Wir werden versuchen, etwas über Tela in Erfahrung zu bringen. Ich melde mich später bei dir.«

»Danke.« Eske legte ohne ein weiteres Wort auf.

Kuno informierte Arne, der nicht weniger betroffen reagierte als er selbst. Auch Arne gab viel darum, eine Antwort auf Telas dringendste Frage zu finden.

Nach einer weiten Kurve steuerte der Kapitän die Fähre in den Hafen von Wyk hinein.

Kuno sah seinem Kollegen an, dass die Fahrt für ihn viel zu schnell zu Ende gegangen war. »Wir machen das auf jeden Fall noch mal. Dann aber an einem freien Tag, ohne den Gedanken an bevorstehende Befragungen und ohne traurige Telefonate.«

»Und danach erobern wir Langeneß. Wenigstens einmal im Leben will ich auf einer Hallig gewesen sein. Ich glaub einfach nicht, dass es da so aussieht, wie es von hier aus erscheint.«

Kuno lächelte ihn an. »Du wirst dich wundern!«

Sie erreichten das Autodeck, als die Fährbrücke bereits heruntergelassen wurde. Die Fahrer der Wagen hinter ihm waren schon nervös geworden. Kuno winkte ihnen entschuldigend zu und stieg ein. Er lenkte den Wagen durch das Hafengebiet von Wyk. Den kurzen Weg zu der Kunstgalerie im Zentrum des Ortes, in der Mareike seit vielen Jahren tätig war, kannte er auswendig: immer geradeaus, einmal rechts und nochmals rechts.

Die Galerie öffnete erst um neun Uhr, doch Mareike erwartete die Kommissare wie verabredet bereits zu dieser frühen Zeit. Sie schloss die Ladentür auf, als sie Kuno auf dem Parkplatz vor dem Haus anhalten sah, und begrüßte die Ermittler ungewöhnlich locker und aufgeräumt. In ihrer eleganten, mondänen Kleidung wirkte sie fast kosmopolitisch. So stellte Kuno sich die

Inhaberin einer Galerie im Herzen von Manhattan vor.

Er kannte Mareike als biederes junges Mädchen mit einer sportlichen Figur und einem denkbar ausdruckslosen Gesicht. Als Jugendliche hatte sie kein eigenes Profil gehabt. Es stimmte, was man sich erzählte: Immer hatte sie in Ninas Schatten gestanden, und immer hatte sie versucht, Nina als das weitaus hübschere und beliebtere Mädchen zu kopieren. Seitdem hatte sie sich zumindest äußerlich sehr gewandelt. War sie auf Föhr ein anderer Mensch geworden? Manchmal tat ein Ortswechsel ungeheuer gut, um sich aus vorgegebenen Zwängen zu lösen. Neue Umgebung, andere Eindrücke, keine Vorurteile mehr – das gab einem die Chance auf einen echten Neubeginn.

Mareike bat die Ermittler in das Büro der Geschäftsführerin. »Ich habe sie gefragt, ob wir diesen Raum nutzen dürfen. Sie hat nichts dagegen, solange ihr nicht ihre Unterlagen durcheinanderbringt.« Sie zeigte auf den Wust von Katalogen, Briefen und Mappen, der über den Schreibtisch verteilt lag.

Kuno hob gespielt erschrocken die Hände. »Wir rühren nichts an. Ehrenwort.«

Mareike hatte den Tee schon vorbereitet. »Ich brauche sicher nicht zu fragen.« Sie schenkte die Tassen voll. »Fragen zu stellen ist ja sowieso euer Job. Also los.«

Irgendwie wirkte sie tapfer, wie sie da saß: den Rücken durchgedrückt, die verschränkten Arme auf den Tisch gestützt und den offenen Blick auf die Kommissare gerichtet. Kuno hatte sich auf einen kleinen Small Talk eingestellt, mit dem er das Gespräch hätte eröffnen wollen. Mareikes unvermittelte Art hatte ihn aus dem Konzept gebracht. Er dachte noch über einen weniger direkten Einstieg nach, als Mareike loslegte.

»Lasst uns nicht erst lange um den heißen Brei herumreden. Ihr wollt vermutlich wissen, wie der Abend vor zwanzig Jahren verlaufen ist. Ehrlich gesagt, ich bin froh, dass ihr hier seid, denn ich möchte endlich etwas loswerden.«

Mareikes Worte machten Kuno skeptisch. Er ahnte mittlerweile, dass Ninas alte Konkurrentin sich ihre Worte gut zurechtgelegt hatte. Und das vermutlich schon seit dem Zeitpunkt am letzten Sonntag, nachdem Arne und er sie bei ihrer Mutter in Wittdün aufgesucht hatten, um Gunnars Alibi zu überprüfen. Ihre gespielte Offenheit roch ihm jetzt zu stark nach Taktik. Aber nun musste er sie erst einmal reden lassen. Er nickte ihr auffordernd zu. »Bitte, erzähl.«

Mareike holte tief Luft. Als sie anfing, zu reden, blickte sie weder Kuno noch Arne an. Sie fixierte einen Punkt irgendwo in der Luft, der zeitlich weit in der Vergangenheit lag. »Ich kann euch nicht bis ins Detail schildern, was damals passiert ist. Aber ich kann eine ganz wichtige Aussage machen und das will ich heute endlich tun.« Sie blickte kurz in Kunos Gesicht und schluckte schuldbewusst. »Natürlich ist mir klar, dass ich damit ein ganzes Stück früher hätte kommen müssen.«

Kuno wurde ungeduldig. Lange Vorreden hielt er seit je her für überflüssig. »Bitte, wir hören dir zu.«

Sie nickte, nahm wieder den undefinierbaren Punkt ins Visier und räusperte sich. »Also, es war so. Als wir im Wasser waren, war Nina immer nah bei Frederik. Sie war ständig um ihn herum. Es war wirklich albern, das mit anzusehen.«

Arne schnaufte scharf durch. Ein untrügliches Zeichen für Kuno, dass er nicht allein war mit seiner Ungeduld. »Wo warst du zu dem Zeitpunkt?«

Mareike lächelte verlegen und hielt den Blick gesenkt. »Ehrlich gesagt, ich war nicht weit von den beiden entfernt. Um genauer zu sein: Ich war direkt neben Nina und zwischen uns beiden ist es zu einer Auseinandersetzung gekommen.«

»Worum ging es dabei?«

Mareike verzog den Mund. Sie griff nach einem der Kataloge auf dem Schreibtisch ihrer Chefin und ließ eine Ecke der Blätter mehrmals über ihren Daumen laufen. »Um Kerle, natürlich. Um Frederik und Gunnar.«

Arne rückte mit seinem Stuhl etwas nach vorn und versuchte, Mareikes Blick aufzufangen. »Wie jetzt? Ihr habt euch um die Männer gestritten und die haben zugeguckt?«

Mareike schüttelte den Kopf und zierte sich. »Frederik war zu der Zeit an mir nicht ganz uninteressiert, trotz Gisa. Die Beziehung der beiden stand damals wohl auf der Kippe. Das war auch Nina nicht verborgen geblieben. Als sie merkte, dass Frederik zu haben war, hat sie sich an ihn rangepirscht, und zwar auf eine Art und Weise ...« Mareike warf den Kopf nach hinten und fixierte Arne mit ihrem Blick aus Augen von undefinierbarer Farbe. »Nina hat Frederik gestalkt. Und er wollte sie loswerden. Er war ziemlich genervt von ihr.«

Kuno zog die Augenbrauen hoch und schielte zu Arne hinüber.

»Wie ging's dann weiter?«, fragte der junge Kommissar.

»Ich hab Nina gesagt, sie soll verschwinden, sie müsse akzeptieren, dass sie auch mal die Verliererin ist.

Daraufhin hat sie mich körperlich angegriffen. Wir haben uns gegenseitig ganz schön hochgeschaukelt und sind dabei immer weiter rausgekrault, bis zu der Sandbank, die weiter draußen gelegen hat und die mittlerweile nach Norden gewandert ist. Als wir Boden unter den Füßen spürten, haben wir uns einen Zweikampf geliefert wie Ringer.«

Kuno versuchte, sich die Szene bildlich vorzustellen. »Und dann kamen Gunnar und Frederik dazu?«

»Richtig. Sie wollten uns helfen. Nina und ich hatten öfter Streit und sie haben sich wohl Sorgen gemacht, wie das ausgehen würde. Aber was dann geschehen ist, das war ganz bestimmt so nicht geplant.«

An der Ladentür klingelte jemand. Mareike entschuldigte sich und ging in den Geschäftsraum. Sie schloss die Tür auf, unterhielt sich kurz mit einem Mann, dessen sonore Stimme bis ins Büro der Geschäftsführerin drang, und verabschiedete sich mit einem ›Dankeschön, bis nächste Woche‹.

»Ein Lieferant«, sagte sie, als sie ins Büro zurückkehrte. Sie setzte sich wieder hin und griff nach einem Flyer, den sie zusammenrollte und mit den Händen umklammerte.

Der Lieferant interessierte Kuno wenig. Er wollte wissen, wie es damals weiterging. »Was genau ist dann passiert?«

Mareikes Stimme wurde sehr leise. »Wir standen bis zur Taille im Wasser. Frederik hat sich auf Nina gestürzt und sie mit seinem ganzen Gewicht untergetaucht. Ich selbst bin an Land gekrault. Ich habe noch gehört, wie Gunnar ihm zugerufen hat, er solle Nina loslassen. Aber als er das endlich getan hat, war es für sie zu spät.«

Arne rutschte auf die Stuhlkante vor. »Wo waren eigentlich die anderen zu der Zeit? Ihr wart doch nicht nur zu viert im Wasser.«

»Der Rest der Clique hat sich nicht so weit hinausgetraut wie wir. Die meisten haben es auch nicht so lange ausgehalten. Vielen war das Wasser nicht warm genug.«

Mareike blickte Kuno und Arne an, als erwartete sie von ihnen eine Aussage darüber, was als Nächstes geschehen würde. Doch die Ermittler schwiegen.

»Frederik und Gunnar«, fuhr sie schließlich fort, »sind an Land zurückgekommen, als ich mich schon abgetrocknet hatte, so gut das ohne Badetuch ging. Wir haben uns in der Strandhalle wiedergetroffen. Die anderen waren längst schon wieder da, manche sind auch gleich nach dem Bad nach Hause gegangen. Über Nina haben Frederik, Gunnar und ich an dem Abend überhaupt nicht mehr gesprochen. Wir haben diese Auseinandersetzung im Wasser einfach verdrängt. Irgendwo tief drinnen haben wir wohl alle gehofft, dass Nina im Laufe des Abends wieder auftauchen würde.«

Kuno wurde zynisch. »Auftauchen ist hier wohl nicht nur symbolisch zu verstehen.«

Mareike ging über die Bemerkung hinweg. »Ich erinnere mich, dass ich mir einredete, sie wird wohl weggetaucht sein. Darin war sie ja ganz groß: Plötzlich untertauchen und ganz woanders wieder hervorkommen. Wie oft haben wir gedacht, jetzt ist sie ertrunken, und dann hat sie uns fünfzig Meter weiter fröhlich lachend zugewinkt.«

Kuno blickte Mareike lange an und überlegte, was er von ihrer Schilderung halten sollte. »Dass etwas Ernstes passiert war, auf die Idee bist du nicht gekommen?«

Mareike biss sich auf die Unterlippe und gab sich zerknirscht. »Dass Nina tot war, hab ich erst am nächsten Tag erfahren.«

Kuno wurde wütend. »Wisst ihr eigentlich, was es für Tela Asmus bedeutet, nicht zu wissen, was wirklich geschehen ist?«

Mareike zuckte mit den Schultern und wich den Blicken der Kommissare aus. »Vielleicht war es doch ein Fehler, darüber zu sprechen.«

»Zu spät. Ihr hattet öfter Streit, Nina und du?«

Mareike sah Kuno mit Unschuldsmiene an. »Wie kommst du darauf?«

»Wir haben einige interessante Unterlagen gefunden. Tela Asmus hat den Nachlass ihrer Tochter aufbewahrt und wir hatten jetzt Gelegenheit, uns alles anzusehen. Es gibt sehr aufschlussreiche Tagebuchaufzeichnungen.«

Mareike hatte ihre Mimik ungewöhnlich gut im Griff. Nur das Zucken einer Augenbraue verriet, dass Kunos Offenbarung sie innerlich berührte, vielleicht sogar erschrak.

»Da stand geschrieben, dass es häufig heftige Kontroversen zwischen euch beiden gab.«

Mareike nickte. »Stimmt. Die gab es. Sagte ich ja bereits.«

»Nina schrieb, dass du versucht hast, sie in jeder Hinsicht zu imitieren. Kleidung, Frisur. Und wenn sie in einen Mann verliebt war, wolltest du ihn auf einmal auch haben.«

»Dasselbe könnte ich von ihr behaupten. Aber ihr habt euren Tee ja noch gar nicht angerührt.« Sie schob die Tassen etwas näher an die Kommissare heran. »Da ist noch was, was ich euch sagen muss.«

Kuno schmunzelte über die konfuse Aneinanderreihung dreier Feststellungen, die inhaltlich nichts miteinander verband.

»Es geht um den Mordanschlag auf Svenja.« Mareike verschränkte die Hände, streckte beide Zeigefinger durch und machte ein entschlossenes Gesicht. »Ich habe gesehen, wie Frederik während der Gedenkparty für Nina ein Messer versteckt hat. Er hat es aus dem Messerblock herausgenommen, der auf dem Beistelltisch neben dem Grill stand, und in seinem Garten versteckt, genauer gesagt am Gartenzaun in der südöstlichen Ecke des Grundstücks, da wo auch die Mülltonnen stehen.«

»Wo hat er es genau versteckt?«, fragte Arne.

»Als er mit dem Grillen fertig war, hat er Abfall weggebracht. Bei der Gelegenheit hat er eine Terrassenplatte hochgehoben, die zwischen dem Gebüsch und den Mülltonnen liegt, und das Messer daruntergelegt.«

»Wie konntest du das sehen? Du warst doch zu der Feier gar nicht eingeladen, soweit wir wissen?«

»Ich war nicht eingeladen. Aber ich hab es mir nicht nehmen lassen, im Dunkeln vorbeizuschauen. Ich habe mich hinter der Hecke versteckt und mir all die lieben Freunde von damals angesehen.«

Kuno überlegte, wie er mit Mareikes Behauptungen umgehen sollte. »Wärst du bereit, alles, was du uns heute erzählt hast, eidesstattlich zu erklären?«

Mareike lachte auf. »Selbstverständlich.«

»Würdest du das auch vor Gericht aussagen?«

Mareike nickte.

Kuno schlug sich mit beiden Händen auf die Schenkel. »Gut. Dann wären wir erst mal durch. Bitte stell dich darauf ein, kurzfristig nach Amrum fahren zu müssen. Kann sein, dass wir dich sehr bald brauchen.«

»Gerne, jederzeit. Wenn es sich mit meinen Arbeitszeiten vereinbaren lässt.«

Kuno hielt Mareikes Hand zum Abschied länger fest als üblich. »Auf die werden wir keine Rücksicht nehmen können.« Er wandte sich der Tür zu.

Mareike schloss hinter ihnen noch einmal ab, obwohl die reguläre Öffnungszeit begonnen hatte. Kuno sah durch die Scheibe der Eingangstür, dass sie noch einmal im Büro ihrer Chefin verschwand.

Arne war seinem Blick gefolgt. »Was meinst du, was sie jetzt macht?«

»Schwer zu sagen. Telefonieren, vermute ich.«

»Mit wem?«

Kuno zuckte die Achseln. »Mit ihrer besten Freundin?«

»Weißt du, wer das ist?«

»Nee.«

»Und was hältst du von der Sache mit dem Messer?«

Kuno öffnete die Wagentüren mit dem Funkschlüssel. Arne und er stiegen ein und schlugen die Türen zu. »Darüber muss ich noch mal im Stillen grübeln. Ich finde, über alles, was sie gesagt hat, sollten wir noch mal intensiv nachdenken.«

»Dann sind wir uns in dieser Sache einig.«

»Jetzt fahren wir kurz zu Svenja.« Kuno steuerte das Klinikum Nordfriesland an, das für die Bewohner von Föhr und Amrum zuständig war.

Als die Kommissare das Stationszimmer erreichten, saßen ein Arzt und ein Pfleger über einer Krankenakte. Nach kurzer Rücksprache mit dem Mediziner durften die Ermittler Svenja sehen. »Aber nur fünf Minuten.«

Der Arzt führte sie in das Zimmer, in dem Svenja lag. »Nur das Allernötigste und keine Aufregung.«

Svenja war blass. Sie versuchte ein Lächeln. Kuno zog zwei Stühle heran und beugte sich zu ihr vor, damit sie nicht so laut sprechen musste.

»Hast du starke Schmerzen?« Er legte seine Hand auf ihre.

»Geht so. Ich kann nicht tief einatmen.«

»Wir sind auch gleich wieder weg. Vielleicht sind wir mit einer einzigen Frage schon durch: Hast du den gesehen, der dir das angetan hat?«

Svenja schüttelte den Kopf.

»Darf ich noch eine zweite Frage?«

Svenja presste die Lippen zusammen und nickte.

»Hast du eine Ahnung, wer es gewesen sein könnte?«

Sie schüttelte den Kopf.

Kuno überlegte. Es würde schwierig sein, seine nächste Frage so vorsichtig zu formulieren, dass sie Svenja nicht in Aufruhr brachte. »Sag mal, kann es sein, dass Gunnar dich bei der Gedenkparty mit einem anderen Mann turteln gesehen hat?«

Svenja schnappte nach Luft und stöhnte leise auf.

Kuno erschrak. »Schon gut. Du musst nicht antworten. Soll ich den Arzt rufen?«

Sie schüttelte ganz leicht den Kopf.

Kuno gab Arne ein Zeichen und schob seinen Stuhl zurück. »Wir lassen dich jetzt wieder schlafen. Gute Besserung!«

Bedrückt schlichen die Ermittler aus dem Zimmer. Eine Schwester eilte sofort an ihnen vorbei, um nach Svenja zu sehen.

Kuno gab Arne einen Stoß in den Rücken. »Lass uns

zusehen, dass wir hier wegkommen. Sonst kriegen wir gleich Haue vom Stationsdrachen.«

Arne atmete erleichtert auf, als sie wieder auf der Straße standen. »Tut mir leid, aber jetzt hab ich Hunger.«

»Zeit genug haben wir noch, bis die Fähre nach Amrum geht.« Kuno fuhr mit ihm zum Hafen zurück, stellte den Wagen dort ab und führte Arne in ein Restaurant.

Arne saß mit dem Gesicht zum Fenster und stierte zur Hallig Langeneß hinüber. Die Sonne hatte den Dunst weggebrannt, der sich am frühen Morgen wie ein Seidenschal um die Warften drapiert hatte. Jetzt war die Luft so klar, dass die Häuser da drüben zum Greifen nah erschienen.

Der junge Kommissar lächelte verträumt. »Dieser Ausblick ist wirklich inspirierend, nicht nur für Künstler, auch für Kriminalisten.« Er nahm das Wasser entgegen, das die Kellnerin brachte, und prostete Kuno zu. »Viel schlauer als zuvor sind wir allerdings nicht.«

»Aber Mareike hat deine These mit Frederik als Täter untermauert. Wenn auch ziemlich plump. Ob wir ihr wirklich glauben können?«

Die Kellnerin servierte den frischen Fisch aus der Pfanne, den sie beide bestellt hatten.

Arne stürzte sich darauf, als hätte er drei Tage nichts gegessen.

Kuno guckte erschrocken. »Langsam, Junge. Nicht dass du mir 'ne Gräte verschluckst und ich dich gleich auch noch in die Klinik bringen muss.«

Arne deutete auf seinen Mund, um zu signalisieren, dass er gleich, wenn er hinuntergeschluckt hätte, einen

Vorschlag machen wollte. »Was hältst du davon«, sagte er mit halb vollem Mund, »wenn wir den Garten von Frederik und Gisa durchsuchen lassen? Irgendwo muss das Messer ja abgeblieben sein. Wenn Frederik wirklich der Täter war, hat er es möglicherweise nach dem Angriff auf Svenja wieder da versteckt.«

Kuno legte das Fischmesser und die Gabel beiseite und blickte auf die Uhr. »Sobald wir zurück sind, kümmere ich mich um den Durchsuchungsbeschluss. Bis die Fähre nach Amrum geht, bleibt uns aber noch ein bisschen Zeit. Passt nach dem Fisch noch eine Rote Grütze mit Vanillesoße in deinen Magen?«

»Ich frage lieber meine Psyche als den Magen. Und die ruft ganz deutlich nach Nervennahrung.«

»Jetzt schon? Nach unserer Rückkehr geht es doch erst richtig los!«

20

Das Erste, was Kuno auffiel, als er am nächsten Morgen die Polizeiwache betrat, waren die Blätter, die im Fax-Gerät lagen. Ein Anschreiben von Mareike mit dem Hinweis, die Aussagen von gestern, die sie hiermit eidesstattlich bestätigte, würde sie am heutigen Tag noch per Briefpost an die Wache senden, zu seinen Händen. Um ihr Gewissen zu erleichtern, wollte sie ihm die Aussagen jedoch bereits jetzt auf diesem Wege zukommen lassen – mit der tausendfachen Bitte um Entschuldigung für ihr jahrelanges Schweigen.

Nachdenklich beobachtete Kuno die Möwen, die über das Gebäude in Richtung Westen flogen. Mareike hatte es ganz schön eilig. Woher kam auf einmal dieser Drang, die Ereignisse um Ninas Tod offenzulegen?

Den Durchsuchungsbeschluss für Frederiks Haus und Garten hatte Kuno ebenfalls erhalten und die Kollegen aus Föhr, die er zur Verstärkung angefordert hatte, trafen um acht Uhr dreißig auf der Wache am Sanghughwai ein.

Kuno war genauso blass wie Arne, nur dass es bei Arne eher darauf zurückzuführen war, dass die Nacht zu kurz gewesen war; sie hatten gestern in der ›Seekiste‹ noch ein Gläschen Wein getrunken. Kuno dagegen verspürte diese Übelkeit, die immer in ihm aufkam, wenn er kurz davorstand, jemanden zu überführen, von dem er inständig hoffte, dass sich in letzter Minute doch noch ein Beweis für seine Unschuld finden würde.

Ob der Überfall auf Svenja wirklich auf Frederiks Kappe ging? Und die Sache mit Nina ... Er war felsenfest davon überzeugt, dass jemand wie Frederik nur in äußerstem Leichtsinn und unter starkem Alkoholeinfluss dazu in der Lage gewesen sein könnte, solch ein Drama zu verursachen. Keine Gefängnisstrafe der Welt würde Frederik jemals das Gefühl geben, von der Schuld befreit zu sein, die er auf sich geladen hatte. Der Mann würde sich ewig Vorwürfe machen.

»Is' was?« Arne schlürfte Kaffee aus einem Becher, den er seit zwei Tagen nicht in den Geschirrspüler gestellt hatte.

»Kannst dir ruhig mal 'ne frische Tasse gönnen. Stehen doch genug im Küchenschrank.« Mit einem Anflug von schlechter Laune winkte Kuno die Kollegen aus Föhr herbei und besprach das Vorgehen mit ihnen.

Schweigend verließen die Ermittler die Wache und fuhren mit einem Zivilfahrzeug und dem VW-Bus der Kollegen los.

Frederik und Gisa saßen an diesem sonnigen Sonnabend beim Frühstück auf der Terrasse. Frederik wischte hektisch auf seinem Smartphone herum, das neben dem Teller lag. Gisa erzählte ihm etwas, das ihn wenig zu interessieren schien. Sie tippte mit einem Finger auf seine Hand. Er blickte auf. Dann bemerkten sie, dass die Leute in den Wagen, die gerade am Grundstück geparkt hatten, zu ihnen wollten.

Beide standen sie gleichzeitig auf und blickten in gleicher Weise erstaunt zu den Polizisten hinüber. Gisa sah man an, dass sie keine Ahnung hatte, warum die Beamten eintrafen. Aber Frederik? Kuno hätte wetten mögen, dass er sofort daran dachte, dass er die nächsten Jahre nicht in seinem eigenen Bett schlafen würde. Sein Blick sah nicht nach Leugnen aus, nicht nach Widerstand. Er spiegelte Verunsicherung wider und ja, auch so etwas wie Erleichterung.

Kuno stellte Gisa und Frederik die Kollegen aus Föhr vor, zeigte ihnen den Durchsuchungsbeschluss und erläuterte, aus welchem Grund sie hier waren.

»Moment«, sagte Gisa. »Ihr sucht das Messer, das verschwunden ist, als wir beide oben im Schlafzimmer lagen, und ihr glaubt, dass Frederik Svenja damit erstechen wollte?« Fassungslos wandte sie sich Frederik zu.

Frederik stand leichenblass vor ihr. Er griff nach hinten, tastete nach der Lehne eines Stuhls, drehte den Stuhl zu sich herum und ließ sich fallen. »Die Sache mit Svenja, das war ich nicht. Ich war das nicht. Ehrlich.« Mit jedem Wort wurde seine Stimme lauter und schriller.

»Uns liegt eine Aussage vor, nach der du das Messer während der Gedenkparty versteckt haben sollst.«

»Party! Wenn ich das Wort noch einmal höre ...« Gisa schob die Marmeladengläser, die auf dem Tisch standen, so heftig zusammen, dass Kuno meinte, sie zerspringen zu hören.

»Es war eure Idee, die Veranstaltung so zu benennen, nicht unsere.« An Frederik gewandt, fuhr Kuno fort. »Bevor wir auf den Anschlag auf Svenja zu sprechen kommen, warten wir ab, ob unsere Kollegen fündig werden. Zuerst unterhalten wir uns über Nina.«

Frederik sackte in sich zusammen.

Gisa stellte sich hinter ihn und legte die Hände auf seine Schultern. »Damit hat er nichts zu tun.«

Kuno riss der Geduldsfaden. »Gisa, wir haben jetzt zwei Möglichkeiten: Entweder du bleibst bei deinem Partner. Dann hältst du aber ab sofort den Mund. Oder du gehst ins Haus, bis wir dich rufen.«

Gisa dachte einen Augenblick nach und setzte sich dann auf ihren Gartenstuhl. Demonstrativ legte sie die Hände in den Schoss und kniff die Lippen zusammen.

Frederik hatte die Ellenbogen auf seine Knie gestützt und verbarg das Gesicht in den Händen.

Kuno berichtete ihm von dem Besuch bei Mareike und las ihm Passagen aus deren eidesstattlicher Aussage vor. »Frederik, sieh mich bitte an.«

Langsam hob Frederik den Kopf. Seine Augen sahen verweint aus. Er blickte sich nach den Männern um, die an verschiedenen Stellen im Garten das Erdreich umgruben und unter Sträuchern suchten. Langsam nickte er. »Es stimmt, was Mareike sagt. Ich war's.«

Gisa sprang auf. »Frederik, du spinnst!«

Arne war sofort bei ihr. Er führte sie ins Haus und schloss die Terrassentür. Durch die Glasscheiben vernahm Kuno, wie sie Arne anbrüllte. Arne erwiderte lautstark etwas. Dann war Ruhe.

Kuno zog Gisas Gartenstuhl um den Tisch herum und ließ sich neben Frederik nieder. »Du gestehst also.«

Frederik nickte. »Es ist wohl so gewesen, wie Mareike sagt.«

»Was heißt: ›Es ist wohl so gewesen‹? Stimmt es oder stimmt es nicht?«

Frederik hob verzweifelt die Schultern. »Es stimmt, nur dass nicht Nina mich gestalkt hat. Es war Mareike, die ständig hinter mir her war. Sie war diejenige, die ich loswerden wollte. Ich hatte einen riesen Zorn auf sie. Mit Gisa hatte ich keine Krise, ganz bestimmt nicht. Das hätte Mareike sich wohl so gewünscht. Aber alles andere ist so gewesen, wie sie es geschildert hat.«

Kuno hielt Frederik den gefüllten Teebecher hin, der

noch vom unvollendeten Frühstück auf dem Tisch stand. Der Geständige nahm ihn dankbar an, hielt ihn mit beiden Händen fest wie einen Rettungsanker und trank in kleinen Schlucken daraus. Dann fuhr er fort.

»Wir waren zusammen auf der Sandbank, Nina, Mareike, Gunnar und ich. Mareike und Nina waren als Erste da, sie haben miteinander gekämpft. Ich dachte, Mareike bringt Nina um, und wollte Nina retten. Gunnar und ich hatten die beiden fast erreicht, da waren sie auf einmal verschwunden. Untergetaucht, weg. Und plötzlich waren sie wieder da. Wir haben sie uns sofort gegriffen.«

Frederik stockte. Sein Gesicht war erbärmlich bleich. Am Hals zeigten sich einige rote Flecken, die die Blässe noch krasser erscheinen ließen.

»Brauchst du einen Arzt?«

Frederik reagierte nicht auf Kunos Frage.

Kuno rückte näher an ihn heran und nickte ihm auffordernd zu, damit er weitersprach.

»Ich hab mir Mareike gekrallt. Aber was dann genau gewesen ist ... Da hab ich einen Filmriss, seit zwanzig Jahren. Kannst du dir vorstellen, wie das ist?«

»Du kannst dich nicht erinnern?«

Frederik schüttelte verzweifelt den Kopf. »Die entscheidenden Augenblicke sind einfach weg. Mareike hat wie eine Klette an mir geklebt. Ich wollte sie untertauchen, damit sie begreift, dass ich sie wirklich nicht will. Dass sie mich endlich in Ruhe lassen soll. In meiner Wut hab ich mich mit dem ganzen Körper auf sie gestürzt.«

Erneut verbarg er das Gesicht in den Händen. Nach einigen Sekunden hob er den Kopf wieder. »Statt nach

Mareike muss ich in der Dunkelheit und in meinem Suff versehentlich nach Nina gegriffen haben. Ich hab's nicht gemerkt, wirklich nicht. Ich hab auch nicht gemerkt, dass sie auf einmal tot war. Und dann ... Am nächsten Tag hab ich sie am Strand gefunden. Ausgerechnet ich, der Mörder! Seit dem Tag habe ich diese Albträume. Es ist immer derselbe Traum. Ich werde ihn nicht los.«

Kuno grübelte. Mareikes Aussage, auch wenn sie eidesstattlich war, Frederiks vages Geständnis und sein Filmriss – das war eine Kombination, die vor Gericht schwerlich Bestand haben würde. Jeder Anwalt würde Frederik dazu raten, sein Geständnis zu widerrufen, und Mareikes Version als Hirngespinst, bestenfalls als zweifelhafte Erinnerung abtun. Sie hatten noch immer keinen Beweis.

Kuno beschloss, Frederik zu bitten, alle Details seines Traumes aufzuschreiben, an die er sich erinnern konnte. Er dachte darüber nach, ihm eine Hypnose vorzuschlagen. Wenn Frederik in die damalige Situation zurückversetzt würde, könnte er sich vielleicht wieder an das gesamte Geschehen erinnern.

Plötzlich kam Unruhe unter den Kollegen aus Föhr auf. Kuno drehte sich zu ihnen um.

»Wir haben das Messer!« Einer der Männer, die den Garten umgegraben hatten, zeigte auf die Stelle, an der sie fündig geworden waren.

Frederik stand auf. »Das kann nicht sein. Ich war das nicht!«

Kuno ließ sich den Fund zeigen, den der Kollege ihm nun auf einer Schaufel präsentierte. »Ist es das Messer, das du vermisst?«

Trotz des Dramas, das sich gerade für ihn abzeichnete, blitzten Frederiks Augen für den Bruchteil einer Sekunde auf. Er schien erfreut zu sein, dass das Erbstück wieder aufgefunden worden war. »Das ist es. Aber ich hab es nicht versteckt und ich habe Svenja nichts getan. Das könnt ihr mir doch nicht anhängen. Das Messer kann jeder hier vergraben haben. Und ich war doch bei Gisa, als es gestohlen wurde.«

»Wenn es denn stimmt, dass es mitten in der Nacht verschwunden ist. Mareikes Aussage nach hast du es noch während der Party unter der Mülltonne versteckt.«

»Das ist gelogen! Warum glaubt mir das denn keiner?« Frederik ließ sich auf den Stuhl zurücksinken und verbarg das Gesicht in den Händen.

Kuno bat den Kollegen, das Messer in einer Asservatentüte zu verstauen und zur Laboruntersuchung einzureichen. Auf den ersten Blick war kein Blut daran zu erkennen, doch wenn dies die Tatwaffe war, war damit zu rechnen, dass mikroskopisch feine Blutspuren von Svenja an dem rissigen Holzgriff zu finden waren, und wenn der Täter unvorsichtig gewesen war, könnte auch DNA von ihm daran kleben.

Frederik sah Kuno flehentlich an.

Was den Überfall auf Svenja betraf, blieb der Hauptkommissar unerbittlich. »Dein Alibi für die Zeit, als Svenja überfallen wurde, ist leider keins.«

»Warum das denn nicht?«

»Weil du keine Zeugen dafür hast und die Familie nicht benennen kannst. Die Müllers aus Nordrhein-Westfalen, wer soll das denn sein, verdammt noch mal?«

»Ich lass mir doch nicht von jedem, der daherkommt und unverbindlich nach einer Unterkunft fürs nächste Jahr fragt, die Kontaktdaten geben! Du weißt doch selbst, wie das heutzutage mit den Daten ist. Die Leute geben keine Adresse raus, weil sie keine Werbung haben wollen.«

Kuno gab nach. »Lassen wir das jetzt. Wir warten das Ergebnis der kriminaltechnischen Untersuchung ab, dann sehen wir weiter.«

»Ihr könnt mir doch nicht einfach einen Mord unterstellen. Nicht noch einen! Und warum sollte ich Svenja denn überhaupt umbringen wollen?«

Kuno blickte Frederik lange an. »Kann es sein, dass Svenja dich in der Nacht vor zwanzig Jahren beobachtet hat? Hat sie dich erpresst?«

»Quatsch!«

Kuno wurde ruppig. Ein Urteil über die Rückschlüsse, die er anstellte, hatte Frederik sich nicht zu erlauben. »An eurem Grillabend letzten Samstag hat sie sich vor aller Augen an dich herangemacht. Wollte sie zeigen, dass sie dich in der Hand hat, weil du sonst riskierst, von ihr verraten zu werden?«

Frederik schwieg beharrlich.

War das ein Schuldeingeständnis oder Hilflosigkeit? Kuno trieb es auf die Spitze. Wie sonst würde er Frederik zu einer glaubhaften Reaktion bewegen können? »Hast du Svenja ausschalten wollen wie damals im Meer die vermeintliche Mareike, damit du endlich Ruhe hast?«

Frederik lief rot an vor Zorn. »Das ist doch albern! Svenja wusste von nichts. Gunnar hat mir vor zwanzig Jahren Stein und Bein geschworen, dass er niemandem etwas verrät, auch Svenja nicht. Er wusste, dass es ein Versehen war, und er wollte nicht, dass ich wegen so einer Sache ins Gefängnis komme.«

Mit einem Schlag hatte Kuno ein Bild vor Augen und

die Synapsen in seinem Hirn schalteten schneller, als er die Gedanken fassen konnte.

***

Um kurz nach acht verließ Eske die Fähre in Wyk auf Föhr. In aller Frühe war sie losgefahren, um Tela in der Klinik zu besuchen. Ninas Mutter lag auf der Intensivstation. Der Arzt hatte Eske gestattet, sie kurz zu besuchen. Sie würde durchkommen, hatte er gemeint, aber in den nächsten Wochen müsse jede Aufregung von ihr ferngehalten werden.

Eske nahm ein Taxi zur Klinik. Mit klopfendem Herzen schlich sie sich auf die Station und ließ sich von einer Schwester zu Tela führen.

Tela schlief. Nur für einen winzigen Augenblick öffnete sie die Augen, als Eske sich zu ihr setzte. Dann fielen ihre Lider wieder zu.

Eske nahm Telas Hand und sprach beruhigend auf sie ein. Möglicherweise schlief Tela gar nicht fest und konnte sie hören. Eske erinnerte sich daran, wie ihre eigene Mutter im Sterben gelegen hatte. Auch bei ihr hatte sie stundenlang am Bett gesessen und nichts weiter tun können, als die Hand zu halten. Die Erinnerung daran trieb ihr die Tränen in die Augen.

Tela sollte nicht sterben, nicht jetzt!

Eske zog ihre Hand zurück und beugte sich über Telas Ohr. »Sie werden ihn finden. Sei ganz beruhigt.«

Die Linie auf dem Monitor über Telas Bett, die die Herzfrequenz veranschaulichte, zeigte einen Ausreißer. Eske erschrak. Sie verließ das Zimmer und gab der Schwester Bescheid, dass Tela nun wieder alleine sei. Draußen stellte sie fest, dass Gisa sie in der Zeit angerufen hatte, in der das Handy stummgeschaltet war.

Eske spazierte zur Strandpromenade, setzte sich auf eine Bank und rief Gisa zurück.

Gisa sprach atemlos. »Sie haben Frederik vorläufig festgenommen! Mareike hat ausgesagt, er hätte Nina getötet. Und stell dir vor: Den Überfall auf Svenja wollen sie ihm jetzt auch noch anhängen.«

»Jetzt mal langsam«, sagte Eske.

Gisa berichtete ihr, was Mareike über Ninas Todesnacht ausgesagt hatte.

»Was sagt denn Frederik dazu?«

Gisa schilderte, wie Frederik auf die Anschuldigungen reagiert hatte. »Wenn ich doch bloß mit im Wasser gewesen wäre!«, schloss sie. »Frederik hat Nina nicht auf dem Gewissen. Ganz bestimmt nicht.«

Eine Frau setzte sich zu Eske auf die Bank. Eske stand auf und ging ein Stück weiter. »Pass auf, Gisa, ich komme gerade von Tela. Sie schläft, ich war nicht lange bei ihr. Ich suche mir jetzt die Adresse der Galerie heraus, in der Mareike arbeitet, und gehe da vorbei.«

»Was willst du denn damit ausrichten?«

»Weiß ich nicht. Jedenfalls gehe ich hin. Wenn ich sie alleine antreffe, spreche ich sie einfach auf die Sache an.«

»Was glaubst du denn, was sie dir sagen wird? Du bist keine Kriminalkommissarin.«

»Gisa, das ist mir jetzt egal. Ich gehe zu ihr.« Sie beendete das Gespräch und suchte nach der Adresse der Galerie, von der sie nur den Namen kannte. Das Navigationssystem im Handy zeigte ihr, dass der Kunsthandel sich nur wenige Gehminuten entfernt befand.

Eskes Herz schlug bis zum Hals, als sie vor den Schaufenstern stand. Sie gab vor, die ausgestellten Bilder zu betrachten. In Wahrheit versuchte sie, Mareike im Geschäftsraum ausfindig zu machen.

Sie war tatsächlich da! Eine Kundin stand bei ihr. Sie sprachen über ein Gemälde. Mareike redete mit großen Gesten. Die Frau nickte, lächelte, gab Mareike die Hand und verließ das Geschäft. Jetzt war Mareike allein.

Eske stürmte in das Geschäft.

Im ersten Moment erstarrte Mareike vor Schreck oder Überraschung. Als Eske näher kam, verzog sie den Mund zu einem Lächeln. »Du hier?«

»Ich hier. Lange nicht gesehen.« Eske blickte sich im Raum um. Was sollte sie Mareike sagen? Sie konnte sie nicht direkt auf ihre Aussage zu Ninas Tod ansprechen. Hätte sie sich doch besser überlegt, wie sie das Gespräch beginnen sollte und worauf es überhaupt hinauflaufen sollte!

Mareike trat hinter dem Tresen hervor. »Du interessierst dich für ein Bild?«

»Ich weiß noch nicht, ich wollte mich nur mal umschauen.«

»Was schwebt dir denn so vor?«

»Ich weiß es wirklich nicht. Was fürs Wohnzimmer, kein großes Format.«

Mareike führte sie zu einer der beiden Seitenwände des Raumes und blieb davor stehen. Mit dem rechten Arm zeigte sie nach oben. »Das hier haben wir gerade hereinbekommen. Es ist das Werk einer jungen Künstlerin aus Niebüll. Ihr Stil liegt voll im Trend.«

Eskes Blick fiel auf Mareikes nackten Unterarm. Ihr gefror das Blut zu Eis. »Entschuldige, Mareike«, sagte sie mit bebender Stimme. »Ich glaube, ich bin hier falsch.«

Hastig verließ sie die Galerie und rannte zum Hafen. Die Fähre aus Dagebüll, die um elf Uhr vierzig nach Wittdün fahren sollte, nahm gerade Kurs auf Wyk.

Eske suchte Schutz hinter einer Wand des Gebäudes der Wyker Dampfschiffs-Reederei. Ihre Hand zitterte so sehr, dass sie kaum in der Lage war, die Nummer der Polizeistation in Nebel aus dem Telefonspeicher herauszusuchen. Ihr Puls schlug mit rasender Geschwindigkeit. Endlich meldete sich ein Wachtmeister. Eske verlangte nach Kuno Knudsen und betonte, es sei sehr dringend, es gehe um den Tod von Nina Asmus.

»Eske? Kuno hier. Was gibt es denn?«

»Ich war bei Mareike. Sie trägt das Armband.«

»Welches Armband?«

»Das mit den Smaragden.«

21

Mareike war mit der ersten Fähre von Beamten der Kripo Wattenmeer in Wyk auf Föhr zu den Kollegen nach Amrum gebracht worden. Sie sah derangiert und unausgeschlafen aus, was nicht an der Uhrzeit liegen konnte; am Sonnabend legte die Fähre erst um zehn Uhr vierzig ab.

Ihrem Gesichtsausdruck nach war sie eher beleidigt als schuldbewusst. Sichtlich empört darüber, dass man es wagte, sie eines Tötungsdeliktes zu bezichtigen, nahm sie im Verhörraum Platz.

Kuno schaltete das Aufnahmegerät ein, das erst kürzlich angeschafft worden war. Selbst ein Naturparadies wie Amrum konnte sich der modernen Technik auf Dauer nicht entziehen. Das Armband, das Mareike verraten hatte, lag in einer Asservatentüte vor ihm auf dem Tisch.

Nach den üblichen Vorreden und der Aufklärung über ihre Rechte stellte er die Festgenommene zur Rede. »Frederik hat im Traum nicht daran gedacht, mit dir eine Beziehung anzufangen. Mit der Geschichte hast du uns ein rührendes Märchen aufgetischt.«

Mareike saß mit versteinertem Gesicht da. Kuno konnte förmlich dabei zusehen, wie sie eine innere Mauer um sich herum aufbaute.

»Schlimm genug, was du auf dem Kerbholz hast. Aber dann auch noch die Schuld auf einen anderen abzuwälzen, das hat was. Unter Nordfriesen geht man so nicht miteinander um.«

Mareike spitzte die Lippen. Ihr Blick war auf die Tischplatte gerichtet. Es sah aus, als würde sie schwere

Gedanken wälzen und nicht wissen, wie sie sie in Worte fassen sollte.

Arne klopfte mit einem Kugelschreiber auf den Tisch, mal mit dem oberen, mal mit dem unteren Ende, bis Kuno ihm den Stift mit einem Hinweis auf das geräuschempfindliche Aufnahmegerät aus der Hand riss.

Das nahm Arne zum Anlass, seinem Unmut Mareike gegenüber Luft zu machen. »Wir haben jetzt eine ganze Reihe verschiedener Varianten gehört. Jeder aus eurer Clique pflegt seine Sicht auf die Dinge, seine ganz persönlichen Gedächtnislücken und seine ureigene Version. Ich würde jetzt gerne mal die Ausführung hören, die der Wahrheit am nächsten kommt.«

»Dann dürft ihr nicht mich fragen.«

»Ach nee.« Kuno griff zu seinem Teebecher. »Dann schlag uns mal den passenden Ansprechpartner vor.«

Mareike kniff die Lippen zusammen, lehnte sich zurück, streckte die Beine von sich und verschränkte die Arme vor der Brust. Abwehr pur. Vollsperrung auf der Kommunikationsautobahn.

Seufzend stellte Kuno den Becher ab. Er langte nach dem Tütchen mit dem Armband und hielt es in die Höhe. »Schönes Schmuckstück. Ein Geschenk von Ninas Großvater an seine Frau zur Silberhochzeit. In zweifacher Ausfertigung in Handarbeit hergestellt. Eins mit Rubinen; das Armband lag in Ninas Zimmer, als sie starb. Das andere, mit Smaragden versehen, hat Nina zum Zeitpunkt ihres Todes getragen. Seither war dieses Stück verschwunden.« Er zeigte auf das Tütchen. »Verrate uns doch mal, wie du zu dem Armband gekommen bist.«

Mareike dachte nicht daran, sich zu äußern.

»Gut«, sagte Kuno. »Dann schildere ich dir mal meine Version. Nina und du, ihr habt euch immer wieder gestritten. Das ist eine gesicherte Erkenntnis. Von Nina haben wir schriftliche Aufzeichnungen darüber, wie du weißt, und auch du selbst hast es uns gestanden.«

»Pfff! Gestanden!« Mareike wandte sich von Kuno ab.

»Ihr seid an dem Partyabend bis zur Sandbank hinausgeschwommen. Die habt ihr in einen Boxring umfunktioniert. Nina hatte das Nachsehen, du hast gewonnen und dich mit diesem Armband belohnt, das Nina natürlich nicht mit ihren Kleidern abgelegt hatte. Wenn es am Strand in den Sand gerutscht wäre, wäre es womöglich für alle Zeiten verloren gewesen.«

Noch immer zeigte Mareike kaum eine Reaktion. Nur die Kieferknochen bewegten sich. Kaute sie auf einem Geständnis herum?

»Soll ich dir noch was verraten? Wir glauben, ihr hattet eine Zeugin für euren Kampf. Svenja. Sie hat vom Strand aus beobachtet, was auf der Sandbank passiert ist.«

Mareike drehte ihm das Gesicht zu und funkelte ihn an. »So weit konnte man vom Strand aus gar nicht gucken.«

Kuno atmete auf. Endlich hatte er die Verdächtige dazu gebracht, sich zu dem fraglichen Abend zu äußern. Auch wenn es nur ein Protest war, es war zumindest ein Anfang. Jetzt hoffte er auf weitere brauchbare Aussagen bis hin zu einem Geständnis.

Er behielt Mareikes Gesicht im Blick und redete weiter. »Seit dem Tag erpresst sie dich. Ich vermute, sie hat es aus Anlass des zwanzigsten Todestages von Nina übertrieben, sie wollte so eine Art Jubiläumsprämie von dir, und deshalb sollte sie sterben. Dass Frederik das Messer versteckt haben soll, war eine Lüge. Aus verspäteter Rache an ihm, weil er dich nicht wollte, hast du ihn in Verdacht gebracht. Du hast die Gedenkparty heimlich beobachtet, hast den Messerblock gesehen und da ist dir eine Idee gekommen. In der Nacht, als alle schliefen, bist du noch einmal zurückgekommen, hast das Messer entwendet und dabei versehentlich eine Bierflasche umgeworfen, die auf dem Tisch stand. Nach der Tat hast du das Messer im Garten von Gisa und Frederik verbuddelt.«

»Das ist nicht wahr! Das könnt ihr mir niemals nachweisen.«

»Das Messer befindet sich im Labor. Wir werden Spuren finden, verlass dich drauf. Und was Ninas Tod betrifft: Die Aussagen über eure Streitereien lassen keinerlei Zweifel darüber aufkommen, dass du ein Motiv hattest. Das hier«, erneut hielt Kuno die Asservatentüte mit dem Armband hoch, »ist ein untrügliches Indiz. Für uns geht's im Prinzip nur noch um die Antwort auf die Frage: War es Mord oder war es Totschlag? Ein paar Jahre Knast werden das auf jeden Fall.«

Der Hinweis auf die Strafe, die ihr drohte, schien Mareike zum Einlenken zu bewegen. Sie setzte sich gerade hin und schaukelte nervös mit dem Oberkörper vor und zurück.

Kuno merkte, wie seine Gesichtszüge sich entspannten. Nun würde es nicht mehr lange dauern ... Aus dem Augenwinkel blickte er zu Arne hinüber. Der warf ihm ein hoffnungsvolles Lächeln zu.

»Ich war das nicht«, sagte Mareike entschieden.

»Wer war es dann?«, fragte Arne.

Mareike wischte mit einem Finger an der Tischkante entlang und sog die Luft hörbar ein. »Gunnar war's.«

Kunos Faust sauste auf den Tisch. Arne deutete vorsichtig auf das Aufnahmegerät. Kuno winkte unwirsch ab.

Mareike blieb von Kunos Fausthieb unbeeindruckt. »Ich habe das Armband von Gunnar bekommen. Mehr kann ich nicht sagen. Ihr müsst ihn selbst fragen.«

Kuno schüttelte heftig den Kopf. »Nee, wir fragen erst mal dich. Wie kommst du darauf, dass Gunnar es war? Hast du ihn dabei beobachtet, wie er Nina umgebracht hat?«

Mareike zögerte. Schließlich begann sie zu reden.

Die Kommissare hörten zum x-ten Mal die Geschichte von Nina, Mareike, Frederik und Gunnar, die zur Sandbank hinausgeschwommen waren. »Nina und ich haben uns so ineinander verkeilt ... Eine von uns beiden wäre draufgegangen, wenn nicht die beiden Männer dazugekommen wären.«

Kuno glaubte, nicht recht gehört zu haben. »Eine von euch beiden *wäre* draufgegangen? Bekanntlich *hat* es eine Tote gegeben.«

Mareike nickte schuldbewusst. »Ja, ich weiß. Ich wollte sagen: Auch wenn Frederik und Gunnar nicht gekommen wären, wäre es mit ziemlicher Sicherheit passiert. Es war wirklich ernst zwischen Nina und mir. So ernst wie noch nie.«

»Daran haben wir keinen Zweifel.«

»Wir waren ja auch nicht ganz nüchtern.«

Nun wurde es auch Arne zu viel. »Das ist doch keine Entschuldigung. Oder glaubst du etwa, es reicht, sich zu besaufen, um bei einem Mord oder Totschlag mit Verständnis von Seiten der Justiz rechnen zu können?«

Mareike wich den Blicken der Kommissare aus und schüttelte zaghaft den Kopf. »Als ich merkte, wie ernst es war, bin ich abgetaucht. Ich wollte unter Wasser ein Stück weit auf den Strand zuschwimmen, um Nina zu entkommen. Aber ich habe sofort die Orientierung verloren. Ich wusste nicht, in welche Richtung ich musste, und ich hatte auch nicht genug Luft geholt, um weit zu kommen. Plötzlich spürte ich Nina, die wohl auch abgetaucht war. Wir sind gleichzeitig wieder an die Oberfläche gekommen und haben nach Luft gejapst.

Kurz darauf haben sich die Männer auf uns gestürzt, Frederik auf mich und Gunnar auf Nina. Frederik hatte anscheinend viel Wasser geschluckt und in die Augen bekommen. Er ließ mich schnell wieder los, wischte sich mit den Händen übers Gesicht und hustete. Da habe ich gemacht, dass ich fortkomme.

Frederik ist mir gefolgt und hat mich eingeholt. Auf einmal hat er mich umklammert, wie Rettungsschwimmer das machen, und hat mich an Land gezogen. Als wir wieder auf dem Strand standen, hat er mich ganz verdattert angesehen. Ich glaube, er hat erst in dem Moment begriffen, wen er aus dem Wasser gefischt hatte. Und mir wurde klar, dass er nicht mich hatte retten wollen. Wir sind am Flutsaum stehen geblieben und haben aufs Wasser geguckt. Es war auf einmal so still da draußen. Dann kam Gunnar angeschwommen. Alleine.

Ich habe mich weggedreht, bin zu den Strandkörben, habe mich mit meinem T-Shirt abgetrocknet, so gut es ging, und mich angezogen. Dann bin ich in die Strandhalle zurück. Frederik und Gunnar kamen später dazu.

Gunnar hat mich abgefangen, als ich zur Toilette wollte. Er hat mir Ninas Armband in die Hand gedrückt und gesagt, ich solle zu niemandem ein Wort sagen.« Mareike guckte hilflos.

Grimmig drückte Kuno auf den Schalter des Aufnahmegerätes. »Wir machen 'ne Pause.« Er stand auf, gab Arne ein Zeichen, ihm zu folgen, und rief einen uniformierten Polizisten herein, damit er Mareike bewachte. Auf dem Weg in sein Büro bat er zwei Kollegen darum, Gunnar wegen des Verdachts, Nina Asmus getötet zu haben, vorläufig festzunehmen und umgehend nach Nebel zu bringen. »Sagt ihm, Mareike ist hier und sie hat uns eine sehr interessante Geschichte aus alten Zeiten erzählt.«

Arne schloss die Tür zum gemeinsamen Büro der Kommissare und setzte sich Kuno gegenüber hin.

Kuno brauchte eine Weile, um zu verdauen, was Mareike ihnen gerade erzählt hatte. »Was hältst du von der Version?«

»Klingt für mich nachvollziehbar. Ich denke, von allen Varianten, die wir bisher gehört haben, ist das diejenige, die der Realität am nächsten kommt. Aber ich würde gerne wissen, warum Mareike Gunnar die ganze Zeit über gedeckt hat.«

»Geht mir genauso. Ohne Gegenleistung wird sie das kaum getan haben.«

»Am besten konfrontieren wir Gunnar mit Mareike, was meinst du?«

Kuno nickte. »Gute Idee. Bin gespannt, wie er reagiert.«

»Sollen wir auch Mareikes Mutter kommen lassen, wegen des Alibis für den Zeitpunkt des Anschlags auf

Svenja?«

Kuno dachte nach und schüttelte schließlich den Kopf. »Ich denke, das können wir uns schenken. Ich hab da 'ne Idee. Machen wir weiter?«

»Jo.«

Zurück im Verhörraum schaltete Kuno das Aufnahmegerät wieder ein. »Was für eine Art von Beziehung besteht zwischen Gunnar und dir?«

»Was geht euch das an?«

»'ne ganze Menge. Also?«

Mareike zuckte mit den Schultern. »Zwischen uns ist nichts von Bedeutung. Wir kennen uns von früher. Weiter ist da nichts. Ab und zu haben wir mal Kontakt.«

Arne lehnte sich zurück und legte den Kopf schräg. »So wie neulich, als ihr euch rein zufällig genau zu dem Zeitpunkt begegnet seid, als Gunnars Frau beinahe erstochen wurde?«

Mareike blickte ungerührt an ihm vorbei. »Zum Beispiel, ja.«

Kuno beugte sich über den Tisch, um ihren Blick auffangen zu können. »Wir werden deine Mutter bitten, das Alibi vor Gericht zu bestätigen. Wenn sie das nicht tut, hast du keins. Was meinst du, ob sie wohl bereit sein wird, auszusagen?«

Mareikes Gesicht zeigte keine Regung, nur diesen blasierten Ausdruck.

»Wir nehmen dir das Treffen mit Gunnar nicht ab. Wir werden alles tun, um Leute zu finden, die dich bei deiner Mutter im Garten gesehen haben, als du angeblich mit ihm zusammen warst.«

Mareike wurde kleinlaut. »Lasst meine Mutter aus dem Spiel.«

»Dann sag uns die Wahrheit.«

Mareike zögerte einen Moment, bevor sie gestand: »Ich war die ganze Zeit bei meiner Mutter im Haus. Gunnar hat mich irgendwann angerufen. Er wusste, dass ich ein paar Tage in Wittdün war.«

Interessant! Kuno schloss, dass es doch eine irgendwie geartete Beziehung zwischen den beiden geben musste. »Woher wusste er das?«

»Auf dem Weg von der Fähre zum Haus meiner Mutter komme ich immer an seinem Fahrradverleih vorbei. Er war auf dem Hof vor seinem Laden, wir haben ein paar Worte miteinander geredet.«

»Und was wollte er von dir, als er dich jetzt anrief?«

Mareike zuckte mit den Schultern. »Er hat gesagt, wenn irgendjemand nach ihm fragen sollte, soll ich sagen, ich wäre ihm an dem Nachmittag zufällig am Strand begegnet, wir hätten ein paar Stunden miteinander verbracht und über alte Zeiten geredet.«

Kuno tauschte einen skeptischen Blick mit Arne aus. »Da wäre ich an deiner Stelle aber ganz schön hellhörig geworden. Hast du ihn nicht gefragt, warum du ihm ein Alibi geben solltest?«

»Ich wollte nicht indiskret sein. Ich dachte, er hätte 'ne Flamme, mit der er sich vergnügt.«

Die Tür zum Verhörraum wurde unvermittelt aufgerissen. Gunnar stürmte hinein. »Du mieses Stück Dreck!«, brüllte er.

Die Polizisten, die Gunnar hergebracht hatten, drückten ihn auf einen Stuhl und blickten die Kommissare bedauernd an.

Mareike rutschte auf ihrem Stuhl vor und umklammerte den Sitz mit beiden Händen. »Was soll das jetzt?«

Gunnar funkelte sie an. »Hab ich dir nicht gesagt, du sollst das Maul halten?!«

»Danke, das genügt.« Kuno ließ Mareike in einen Nebenraum bringen und baute sich mit verschränkten Armen dicht neben Gunnar auf. »Erzähl uns deine Variante von Ninas Tod.«

Gunnar verzog das Gesicht zu einer ungläubigen Fratze. »Ich habe keine Variante. Ich hab nichts damit zu tun.«

Kuno hob die Asservatentüte in die Höhe. »Dieses Armband sagt dir was?«

Gunnar schüttelte den Kopf. »Ich wiederhole: Mit Ninas Tod habe ich nichts zu tun, auch wenn Mareike vielleicht das Gegenteil behauptet. Die Frau spinnt. Sie weiß gar nicht, was wirklich passiert ist. Wenn ich euch einen Tipp geben darf: Wendet euch an Frederik.«

Kuno setzte sich auf seinen Platz. »Du scheinst aber zu wissen, dass das Armband Nina gehört hat.«

Gunnar schwieg.

»Schön«, sagte Kuno. »Lassen wir die Vergangenheit ruhen, begeben wir uns in die Neuzeit. Deine Ehe mit Svenja ist, wie uns scheint, ein Auslaufmodell. Getrennte Schlafzimmer, getrennte Aktivitäten am Wochenende. Svenja hat bei der Feier kürzlich ihre Vorliebe für Frederik auffällig unauffällig zur Schau gestellt. Jetzt frag ich mal ganz konkret: Wollte deine Frau dich verlassen?«

Gunnar trat heftig mit dem Fuß gegen ein Tischbein. Nach Kunos Erfahrung eine eindeutige Antwort.

»Deine Frau war bekanntlich deutlich vermögender als du.«

Gunnar schlug mit den Fäusten auf den Tisch. »Was soll diese Bemerkung?«

Arne übernahm den Spielball von Kuno. »Im Fall einer Scheidung wolltest du nicht auf die Annehmlichkeiten verzichten, die du durch Svenjas Wohlstand hattest.«

»Und auch auf die Kohle ihrer Eltern nicht«, sagte Kuno und übergab das Wort mit einem stummen Blick wieder an Arne.

Arne tat, als zählte er etwas an seinen Fingern ab. »Da hast du nachgerechnet, ob es sich nicht lohnen würde, Svenja zu beerben.«

»Das Geld ihrer Eltern wäre dir in dem Fall natürlich entgangen.« Kuno machte eine gespielt bedauernde Miene.

Arne grinste schlau. »Aber vermutlich nicht die ansehnliche Lebensversicherung, die du auf Svenja abgeschlossen hast.«

»Und deshalb«, schlussfolgerte Kuno, »hast du dir gedacht, du beförderst deine Frau ins Jenseits.«

Während dieses Schlagabtausches war Gunnar das Blut aus dem Gesicht gewichen. Seine zittrigen Hände führten das Wasserglas, das Arne ihm hingestellt hatte, zum Mund. »Das könnt ihr mir nicht anhängen. Ihr habt keine Beweise.«

»Wir werden Svenja fragen, sobald sie zu einer Aussage in der Lage ist.« Kuno rieb sich die Hände. »Stell dir vor, heute Morgen haben wir ein Messer gefunden. Mareike hatte uns einen freundlichen Tipp gegeben, wo wir danach suchen müssen.«

»Nur wollte sie mit dem Hinweis die Schuld auf Frederik schieben«, sagte Arne.

Kuno tippte sich an die Stirn. »Aber du weißt ja, wer uns aufs Glatteis führen will, muss ein bisschen früher aufstehen.«

»Die Waffe liegt jetzt im Labor und ich wette, es klebt nicht nur Blut von Svenja daran, sondern auch DNA von dir.« Arnes Stimme klang felsenfest überzeugt.

Gunnar kam ins Schwitzen.

Kuno stand auf und lief gemächlich im Raum auf und ab. »Der Holzgriff eines alten, handgefertigten Messers hat viele winzige Risse. Ich gehe jede Wette ein, da ist DNA hängen geblieben.«

Gunnar schlug die Faust auf den Tisch. »Ausgeschlossen! So wie ich es abgeschrubbt ...« Er verstummte schlagartig. Dann fluchte er leise.

Kuno lächelte. »Glaub mir, aus dem Holz kriegst du die Spuren nicht weg.« Er bat seine Kollegen, Gunnar in den Nebenraum zu begleiten und Mareike wieder in den Verhörraum zu bringen.

»Gunnar sieht die Dinge anders als du«, sagte er, als sie wieder vor dem Aufnahmegerät Platz genommen hatte. »Er bestreitet, Nina getötet zu haben.«

Mareike hauchte etwas Unverständliches.

»Bisschen lauter bitte.«

»Er hat mich bezahlt.«

»Wofür hat Gunnar dich bezahlt?« Kuno tippte mit dem Finger auf das Aufnahmegerät. »Unsere Technik möchte das gerne laut und deutlich geschildert haben.«

Mareike biss sich auf die Lippe und schaukelte wieder vor und zurück wie im ersten Teil des Verhörs.

Kuno verlor die Geduld. »Hör endlich mit dem kindlichen Gewippe auf und erzähl uns die ganze Geschichte! Wofür hat er dich bezahlt?«

»Dafür, dass ich schweige. Ich kann das beweisen.«

Arne zog die Augenbrauen hoch. »Hat er dir etwa Geld auf ein Konto überwiesen? Für so blöd hätte ich ihn gar nicht gehalten.«

»Hat er nicht. Ich habe eine Liste geführt. Alle vier oder sechs Wochen, wenn ich nach Wittdün komme, um meine Mutter zu besuchen, gehe ich bei Gunnar vorbei und hole mir mein Schweigegeld.«

»Wie viel?«

»Nicht sehr viel. Verträgliche Summen. Dreihundert, vierhundert Euro, was er gerade in der Kasse hat. Im Sommer mehr, im Winter, wenn das Geschäft brachliegt, weniger. Ich dokumentiere das immer, ich notiere das Tagesdatum und die Summe.«

Arne kam aus dem Staunen nicht heraus. »Du führst regelrecht Buch darüber?«

»Ich hab mir damals gedacht, hunderttausend muss es ihm wert sein. Vorher höre ich mit meinen Forderungen nicht auf.«

»Das Smaragdarmband war eine Art Anzahlung?«

Mareike nickte.

»Verstehe«, sagte Kuno. »Das war der Beginn einer langjährigen geschäftlichen Verbindung.«

Arne blickte zu Kuno hinüber. »Wenn Mareike genau benennen kann, an welchen Tagen sie Geld aus Gunnars Kasse bekommen hat, müsste sich zumindest für die letzten Jahre anhand der Tageseinnahmen, die er auf sein Konto eingezahlt hat, nachvollziehen lassen, dass es an den betreffenden Tagen deutlich weniger war als üblich.«

Kuno nickte ihm zu. »Mit Glück ist es so. Wir werden das prüfen lassen.«

Arne wandte sich feixend an Mareike. »Jetzt verstehe

ich umso mehr, warum dir so daran gelegen war, den Verdacht auf Frederik zu lenken. Es war nicht nur verspätete Rache dafür, dass er dich nicht wollte. Letztlich wäre es für dich praktischer gewesen, wir hätten ihn der Tat überführt statt Gunnar. Dann hättest du deine Geldquelle weiter anzapfen können.«

Mareike errötete leicht.

»Dass du dich dafür vor Gericht verantworten musst, ist dir klar?« Kuno bat die Kollegen, Mareike abzuführen und Gunnar noch einmal in den Verhörraum zu bringen.

»Mareike hat uns von dem Schweigegeld erzählt. Wenn du ein paar Bonuspunkte für deine Gerichtsverhandlung sammeln willst, wäre jetzt der Zeitpunkt gekommen, zu gestehen.«

Gunnar konnte sich nicht überwinden, von sich aus zu reden.

Kuno blickte ihm lange in die Augen. »Warum musste Nina sterben?«

Gunnar zog den Kopf zwischen die Schultern. »Sie hat mit mir gespielt. Eine Zeit lang dachte ich, sie wollte mich haben, aber sie wollte immer nur Frederik. Ein paar Tage vor der Strandparty hat sie mit mir ganz heftig geflirtet. Ich habe angebissen und dachte, jetzt geht es weiter. Aber sie ... sie hat mich plötzlich zurückgewiesen, als wäre ich ein Aussätziger.

Dann kam Frederik während der Party auf die Idee mit dem nächtlichen Bad. Es fing ganz harmlos an, wir haben rumgealbert. Auf einmal bekamen wir mit, dass Mareike und Nina miteinander kämpften. Sie waren weiter draußen, wir konnten sie nur hören, nicht sehen, und es klang wirklich so, als wollten sie sich gegenseitig umbringen. Wir sind hin und wollten die beiden auseinanderreißen.«

Gunnars Stimme wurde immer leiser und rauer, während er sprach. Arne schob das Aufnahmegerät unauffällig weiter an ihn heran.

»Auf den ersten Blick konnten wir kaum erkennen, welche der beiden Frauen Mareike war und welche Nina. Frederik hat sich auf eine der beiden geworfen. Sie ist weggetaucht, die andere ebenfalls. Als sie wieder hochkamen, hat Frederik sich Mareike gegriffen und ist mit ihr an Land geschwommen.

Ich wollte Nina an mich reißen, um sie vor Mareike zu beschützen. Aber selbst da hat sie mich weggestoßen. Sie hat laut um Hilfe geschrien und behauptet, ich würde sie vergewaltigen wollen. In dem Moment bin ich durchgedreht. In meiner Wut hab ich sie unter Wasser gedrückt. Da war sie endlich still.«

»Du hast sie unter Wasser gehalten, bis sie sich nicht mehr wehrte«, sagte Kuno. »Und auf einmal hattest du das Armband in der Hand.«

Gunnar nickte. »Es muss sich gelöst haben. Ich hab es mit an Land genommen. Warum, weiß ich nicht.«

»Wie war das eigentlich«, fragte Kuno, »Frederik war überzeugt, er hätte Nina umgebracht. Wie hast du es geschafft, dich selbst aus der Verantwortung zu ziehen?«

Gunnar lachte höhnisch. »Ich habe nichts dazugetan. Frederik selbst ist an dem Tag, als er Nina gefunden hat, zu mir gekommen und hat gemeint, dass er sie auf dem Gewissen hat. Ich habe ihm das nicht ausgeredet. Ich habe ihm gesagt, er kann sich auf mich verlassen, ich würde ihn niemals verraten.«

Kuno schlug mit der Hand auf den Tisch. »Feine

Freundschaft. Du hast Frederik all die Jahre mit dem Gedanken leben lassen, einen Mord begangen zu haben, der auf dein eigenes Konto ging?«

Gunnar erwiderte nichts.

»Wo war eigentlich Svenja die ganze Zeit über? War sie auch im Wasser?«

Gunnar blickte ihn erschrocken an. »Sie war in der Strandhalle.«

Kuno versuchte angestrengt, in seinem Gesicht zu lesen. Gunnar hielt seinem Blick mit Mühe stand.

»Schluss für heute.« Kuno ließ Gunnar abführen.

Arne stöhnte auf. »Wie bringen wir das jetzt Tela bei? Die bekommt den nächsten Herzinfarkt, wenn sie das hört.«

»Das fürchte ich allerdings auch. Trotzdem sollte sie es so bald wie möglich erfahren. Ich werde den Polizeipsychologen auf Föhr informieren. Der soll es ihr im Beisein des Arztes so schonend wie möglich mitteilen.«

»Am besten sollte auch Eske dabei sein.«

Kuno knuffte Arne in die Seite. »Und du hast dir jetzt ein Drei-Gänge-Menü in Kunos Gartenrestaurant verdient.«

Einer der uniformierten Kollegen öffnete die Tür. »Telefon für euch. Es geht um Svenja.«

Kuno sprang auf. »Stell das Gespräch bitte auf meinen Apparat durch.« Von Arne gefolgt, lief er in sein Büro und stürzte sich aufs Telefon. »Hauptkommissar Knudsen hier.«

Am anderen Ende meldete sich Svenjas Arzt. »Die Patientin möchte Sie gern sprechen, in einer dringenden Angelegenheit.«

Kuno blickte auf die Uhr. »Wir kommen mit der

nächsten Fähre.«

Arne verdrehte die Augen.

»Was hast du denn?«, fragte Kuno. »Das Rührei mit Krabben gibt es auch nachmittags. Und denk an den schönen Blick auf Langeneß.«

***

Wieder begleitete der Arzt die Ermittler bis zu Svenjas Zimmer. Mahnend hob er die Hand. »Es geht ihr erheblich besser als bei Ihrem letzten Besuch. Trotzdem muss ich Sie bitten ...«

»Kein Thema«, sagte Kuno. »Wir rufen Sie sofort, falls es nötig sein sollte.«

Svenja lächelte, als die Kommissare sich an ihr Bett setzten, aber Kuno entdeckte sofort die Traurigkeit in ihren Augen.

»Du wolltest uns sprechen.« Einen banaleren Einstieg in das Gespräch mit ihr hatte er kaum finden können.

»Ihr habt Mareike festgenommen.«

Kuno schmunzelte. »Die Amrumer Buschtrommel dröhnt also bis nach Föhr.«

»Ihr habt auch Gunnar verhaftet.«

Kuno nickte wortlos. Er befürchtete, dass Svenja nicht würde weitersprechen können, wenn er ihr offenbarte, dass ihr Mann im Verdacht stand, den Anschlag auf sie verübt zu haben.

Svenja wandte den Blick von den Kommissaren ab. »Die Nacht, in der Nina starb ... Ich war nicht mit im Wasser, aber ich habe im Strandkorb gesessen und gewartet.«

»Worauf hast du gewartet?«

Svenja schüttelte den Kopf.

Kuno fragte sich, was sie damit sagen wollte.

»Ich wusste, dass Gunnar hinter Nina her war«, fuhr Svenja fort. »Ich wollte wissen, was passiert, wenn die beiden im Wasser sind. Oder wenn sie wieder rauskommen. Mir selbst war nicht danach, mitten in der Nacht schwimmen zu gehen. Ich habe mich ein bisschen abseits in einen Strandkorb gesetzt, um Gunnar zu beobachten. Sehen konnte ich nichts, es war viel zu dunkel. Aber hören konnte ich einiges.

Es dauerte nicht lange, da kamen die meisten wieder aus dem Wasser raus. Es war ihnen zu kühl. Mareike und Nina konnte ich weiter hinten auf See streiten hören. Frederik und Gunnar müssen zu den beiden hingeschwommen sein. Frederik kam mit Mareike zurück. Er war völlig fertig, schwankte und hat sich in den Sand fallen lassen. Ich glaube, ihm war gar nicht klar, was passiert war. Er hatte ziemlich viel getrunken. Ein Wunder, dass er überhaupt heil aus dem Wasser gekommen ist.

Kurz nach Frederik kam auch Gunnar an Land. Mareike hat die beiden alleine gelassen. Sie hat sich angezogen und ist in die Strandhalle zurück. Gunnar war ziemlich aufgeregt. Er hat versucht, mit Frederik zu reden, aber der war gar nicht in der Lage, irgendwas zu begreifen oder zu reagieren. ›Du hast Nina umgebracht‹, hat Gunnar dann zu Frederik gesagt.«

Svenja blickte Kuno an. »Es war nicht Frederik, der Nina umgebracht hat. Ich habe Nina noch rufen gehört, als Frederik schon an Land war. Gunnar hat sie umgebracht. Er hat Frederik eingeredet, er wäre es gewesen. Er hat Frederik gesagt, er brauche keine Angst zu haben, er würde immer den Mund halten, sein Leben lang; sie seien schließlich Freunde. Niemand würde jemals von ihm erfahren, was passiert ist.«

Kuno ahnte, wie es danach weitergegangen war. Er versuchte, in Svenjas Augen zu ergründen, ob er sie dazu befragen könnte. »Hast du mit Gunnar darüber gesprochen?«

Svenja nickte.

»Er wusste, dass du das Gespräch mitbekommen hast?«

Wieder nickte sie.

»War ihm auch klar, dass du wusstest, wer Nina getötet hat?«

»Ich habe ihm alles erzählt.«

Kuno musste ihr die Frage stellen. »Hast du ihn erpresst?«

Svenja schüttelte den Kopf. »Erpresst nicht. Aber ich hatte ihn von da an natürlich in der Hand. Er hat immer alles gemacht, was ich wollte. Bis ... Bis es auf den zwanzigsten Jahrestag von Ninas Tod zuging und Gisa vor ein paar Monaten mit der Idee kam, diese Gedenkfeier zu veranstalten. Da kam auf einmal so vieles in uns hoch. Gunnar veränderte sich plötzlich. Er wurde so unzufrieden, er nörgelte nur noch herum.«

In gewisser Weise konnte Kuno nachvollziehen, wie Gunnar sich in seiner Ehe gefühlt hatte. All die Jahre hatte er unter enormem Druck gestanden, auch wenn Svenja keine offene Drohung ausgesprochen hatte.

»Ich hatte das Gefühl, er wollte nichts mehr mit mir zu tun haben«, erklärte Svenja. »Als ich merkte, dass ihm nur noch an meinem Geld gelegen war, wollte ich einen Schlussstrich ziehen.«

»Du wolltest ihn verlassen?«

Svenja nickte. »Ich wollte mich scheiden lassen. Andere Mütter haben schließlich auch hübsche Söhne.

Es muss nicht immer der sein, den ich von Kindesbeinen an kenne.«

Kuno dachte an Svenjas Flirtversuch mit Frederik und verkniff sich jeglichen Kommentar. »Wie hat Gunnar auf deine Pläne reagiert?«

»Er war nicht begeistert.«

»Hat er dich bedroht?«

»Nicht direkt. Er hat nur gemeint, das würde ich bereuen. Seitdem war ein tiefer Bruch in unserer Beziehung. Er hat sich völlig von mir zurückgezogen und ich hätte ihn am liebsten sofort rausgeschmissen.«

»Warum hast du das nicht getan?«

Svenja zuckte mit den Schultern. »Ich war kurz davor, aber ich hatte so eine undefinierbare Angst.«

Die vermutlich berechtigt war. »Wir haben ein Messer gefunden, vermutlich die Tatwaffe. Wir lassen es gerade auf DNA untersuchen.«

»Und wegen Nina ... Bleibt Gunnar in Haft?«

»Ja. Morgen lassen wir ihn aufs Festland bringen und dann geht die Sache ihren Gang.«

Svenja atmete erleichtert auf.

22

Kuno hatte kurzfristig einige Leute zu einer Gartenparty eingeladen, um Arne im größeren Kreis zu verabschieden. Am nächsten Morgen wollte sein Kollege mit der ›Adler-Express‹ nach Sylt zurückkehren. In der gemeinsamen Zusammenarbeit bei der Kripo Wattenmeer hatte er mittlerweile so viele Amrumer kennengelernt, dass Kuno meinte, man könne Arne nicht einfach wieder nach Sylt entlassen, ohne ihn und seinen Einsatz bei der Aufklärung von Ninas Tod gebührend zu feiern.

Schweren Herzens hatte Kuno sich dazu durchgerungen, sogar Friedrich Fliegenfischer einzuladen. Arne hatte ihn dazu gedrängt. Noch immer musste der Sylter Kommissar über seine allererste Begegnung mit dem Inselreporter im ›Seeräuber‹ schmunzeln, als er wegen des Attentats auf Jasper Erikson nach Amrum gekommen war.

Friedrich hatte ihm wohl bis heute nicht verziehen, dass Arne ihn beim gemeinsamen Bier am Tresen der Stammkneipe der Insulaner gelinkt und sich nicht sofort als Kriminalkommissar geoutet hatte. Arne meinte, der heutige Abend könnte die Basis für eine zukünftig engere Zusammenarbeit zwischen Kriminalpolizei und Presse bilden. Dem hatte Kuno nichts entgegenzusetzen.

Kaum hatte EffEff Kunos Grundstück betreten, stürzte er sich auf Eske. Kuno beobachtete, wie er sie in einen Winkel des Gartens zog und die beiden die Köpfe zusammensteckten. Misstrauisch beobachtete er die Szene. EffEff bemerkte seine Blicke und zwinkerte ihm zu.

Kuno stellte den Elektrogrill an. Arne half ihm dabei, die Steaks und Fischfilets vorzubereiten. Unter Kunos

Anleitung verbesserten Arnes Kochkünste sich von Mal zu Mal und der Hauptkommissar war stolz auf seinen Schüler und, um ehrlich zu sein, auch auf sich selbst.

Während Kuno das erste Steak würzte und auf den Grill legte, spürte er den kalten Hauch von Friedrichs Atem in seinem Nacken. Er blickte sich kurz um. »Na, was gibt's? Hab jetzt eigentlich keine Zeit für 'n Schnack. Ich muss mich aufs Grillgut konzentrieren.«

Friedrich drückte Arne eine Faust in die Rippen. Der Kommissar machte einen halben Schritt zur Seite und der Reporter drängte sich zwischen ihn und Kuno. »Nur 'ne kleine Info für dich. Wusstest du schon, dass die Flaschenpost vom Mörder ganz gezielt am Badestrand von Nebel deponiert wurde?«

Kuno schluckte. Friedrich wusste mal wieder mehr als er. Wie konnte es auch anders sein. »Hab ich mir natürlich gedacht.« Er versuchte, gleichgültig zu klingen.

Der Reporter sprach abwechselnd in Kunos rechtes und Arnes linkes Ohr. »Da wollte jemand, dass ihr mal so richtig mit dem Allerwertesten hochkommt.«

»Echt?« Arne fiel die Grillzange aus der Hand.

Kuno deutete mit dem Kinn auf Eske.

Friedrich Fliegenfischer grinste nur.

Kuno nickte. »Schon klar. Wegen Tela. Sie wollte mit Macht, dass der Fall wiederaufgenommen wird. Ehrlich gesagt, ich kann sie verstehen.« Er schob Friedrich mit seinem ganzen Körper zur Seite. »Wir brauchen jetzt wirklich Ellenbogenfreiheit. Sonst wird das hier nix.«

Arne stellte sich dicht an Kuno und beobachtete amüsiert, wie Friedrich sich davontrollte. »War das nicht strafbar, was Eske gemacht hat? Einen Mord anzudrohen?«, raunte er Kuno ins Ohr.

»Schscht«, machte Kuno. »Willst du sie dafür zur Rechenschaft ziehen, dass sie Telas Herzenswunsch erfüllen wollte? Und außerdem: Wissen wir überhaupt mit Sicherheit, ob Eske dem Friedrich nicht einen Bären aufgebunden hat?«

Arne überlegte kurz. »Hast recht.«

Bis in den späten Abend hinein waren die Kommissare damit beschäftigt, ihre Gäste zu beköstigen, Getränke auszuschenken, nette Gespräche zu führen und sich immer wieder gegen Friedrich Fliegenfischers Neugier zur Wehr zu setzen.

Als schließlich der letzte Besucher gegangen war, war auch für Arne die Zeit gekommen, sich von Kuno zu verabschieden.

»Ich fahr dich morgen zum Hafen«, sagte Kuno. »Ich lass dich doch nicht von der Insel, ohne dir nachzuwinken.«

»Gib's zu, du willst nur sichergehen, dass ich auch wirklich weg bin«, frotzelte Arne und verließ das Haus.

Kuno beschloss, die Reinigung des Grills Okko aufs Auge zu drücken. Der würde am nächsten Tag genügend Zeit für diese Arbeit haben. Mit alkoholschweren Schritten stieg er die Treppen zum Dachboden hinauf.

Okko hatte endlich den Elan gefunden, das Gerümpel zu durchforsten und die Sachen auszusortieren, die entsorgt werden konnten. Er stand vor einer uralten, wurmstichigen Seekiste, die er unter staubigen Decken und anderem Gerümpel ausgegraben hatte. Die Truhe hatte einst dem Großvater väterlicherseits gehört, der Kapitän auf Großer Fahrt gewesen war.

Bei ihrem Anblick fielen Kuno der Nachlass von Nina und der Einbruch bei Eske ein. »Du, Okko?« Die

Hände in den Hosentaschen, schlenderte er auf seinen Bruder zu.

»Ja-ha?«

»Sag mal ehrlich: In der Nacht, in der bei Eske eingebrochen wurde und wir die Kiste mit Ninas Nachlass hierhin gebracht haben, wo warst du da?«

Okko kehrte seinem Bruder den Rücken zu. »Och, weiß nicht mehr so genau. Ist schon 'n paar Tage her, ne?«

Kuno trat näher an seinen Bruder heran. »Bitte sag mir nicht, du warst derjenige, der Eske einen ungesetzlichen Besuch abgestattet hat.«

Okko faltete eine alte Wolldecke zusammen und hustete den Staub aus, der ihr entwich. »Ich glaube, das war irgendjemand, der einfach nur wissen wollte, was in der Kiste so drinne war.«

Kuno hatte es geahnt! Wütend schlug er mit der Faust gegen einen Dachbalken. »Wieso hätte irgendjemand das wissen wollen?«

»War vermutlich einer, der nach Erinnerungen an alte Zeiten gesucht hat. Vielleicht dachte er sogar, dass sich irgendwas über ihn selbst in der Kiste finden würde.« Okko öffnete die alte Truhe seines Großvaters, bückte sich und kramte darin herum.

Kuno runzelte die Stirn. »Was für Erinnerungen sollten das denn gewesen sein, die er finden wollte?«

»Du, Kuno?«

»Ja?«

Okko drehte sich um. Er hielt eine Flasche in der Hand. »Guck mal, ich hab in der Seekiste von unserem Opa 'ne Flaschenpost gefunden. Soll ich die mal aufmachen?«

Kuno nahm die Flasche in die Hand. Tatsächlich befand sich ein zusammengerolltes Blatt Papier darin. Es sah brüchig und verwittert aus.

Ohne eine Sekunde über den Fund nachzudenken, gab Kuno seinem Bruder die Flasche zurück. »Untersteh dich! Pack das Ding da rein und nagele die Kiste zu! Die kommt morgen auf den Recyclinghof.«

Er wandte sich um und stieg die Treppe hinab. Auf dem Weg nach unten hörte er Okkos Stimme.

»Darüber ist das letzte Wort noch nicht gesprochen.«

Bücher der Autorin

Reihe ›Ein Fall für Molly Bleck‹
1. Der Herzmuschelmörder
2. Der Strandhexenmord

Reihe ›Ein Fall für die Kripo Wattenmeer‹
1. Der Pfauenfedernmord
2. Jaspers letzter Flirt

Reihe ›Kripo Wattenmeer ermittelt‹
1. Flaschenpost vom Mörder
2. Mord auf der Hallig
3. Countdown in Westerland
4. Die Tote im Dünenhaus
5. Der Stalker von List
6. Der Seenebelmord

Reihe ›Anders und Stern ermitteln‹
1. Mordsrevanche
2. Mordsverrat
3. Mordsherz
4. Mordsblues
5. Mordssand

Reihe ›Kripo Greetsiel ermittelt‹
1. Tod am Deich
2. Mordskuss
3. Mordsleben
4. Mordsschwestern
5. Mordsfinale

Weitere Bücher
- Himmelhochjauchzendhellblau
- Leichte Mädchen haben's schwer
- Der Blaue Stern
- Tod auf Juist

Nachwort der Autorin

Liebe Leserin, lieber Leser,

schön, dass Sie mir bis hierhin gefolgt sind! Wenn Sie über meine Neuerscheinungen informiert werden möchten, bestellen Sie doch meinen Newsletter. Die Anmeldung dazu finden Sie auf meiner Website:

https://ulrike-busch.de/

Sobald ein neuer Titel erschienen ist, erhalten Sie eine Mail mit Informationen dazu.

Auf meiner Website finden Sie zudem Informationen über mich und meine bisher erschienenen Titel.

Gerne lade ich Sie auch auf meine Seiten bei Facebook und Instagram ein:

https://www.facebook.com/Autorin.Busch

https://www.instagram.com/ulrikebuschautorin/

Und wer weiß: Vielleicht begegnen wir uns einmal an einem meiner Lieblingsorte an der Nord- oder Ostsee?

Bis dahin, Ihre
Ulrike Busch